Carla Wolf ist gebürtige Schwäbin. Aus diesem Grund gilt sie in Hessen als *Oigeplackte*. In die Sterzbachstadt kam sie vor vielen Jahren der Liebe wegen. Hier lebt sie mit ihrem Mann, dem Schriftsteller Wolf-Ingo Härtl.

Unter ihrem Klarnamen Cornelia Härtl schreibt die Autorin Spannungskrimis und gefühlvolle Romane. Sie ist Mitglied im SYNDIKAT, dem Verein für deutschsprachige Kriminalliteratur, und bei den *Mörderischen Schwestern*, dem Verein zur Förderung der von Frauen verfassten deutschsprachigen Krimiliteratur.

Die Schauplätze in diesem Buch und die örtlichen Gegebenheiten sind real. Gelegentlich hat sich die Autorin aber die künstlerische Freiheit genommen, diese der Geschichte anzupassen oder etwas zu ergänzen. So existieren beispielsweise das Hotel *Sterzbacher Hof* und die *Langener Morgenpost* in der Realität nicht.

Die Personen und die Handlung des Romans sind fiktiv. Eventuelle Ähnlichkeiten sind zufällig und nicht gewollt, sofern sie nicht abgesprochen sind.

Die in Kapitel 31 abgedruckte Liedzeile stammt aus dem Song *Das Leben ist schön* des in Langen lebenden Singer-Songwriters Markus Striegl und wird mit freundlicher Genehmigung von Trust In Music Records verwendet.

Carla Wolf

Mord im Mühltal

Ein Schmunzelkrimi aus der Sterzbachstadt Langen

Bibliografische Information der Deutschen Nationalbibliothek
Die Deutsche Nationalbibliothek verzeichnet diese Publikation in der
Deutschen Nationalbibliografie; detaillierte bibliografische Daten sind
im Internet über http://dnb.dnb.de abrufbar.

Erstausgabe Oktober 2024
Text © 2024 Carla Wolf (Cornelia Härtl)
www.cornelia-haertl.de
hallo@cornelia-haertl.de

Umschlaggestaltung: Grit Bomhauer
Umschlagmotive:
© Depositphotos – mexrix | JoeArt | monika.w20.wp.pl | Kokhan-
chikov | goinyk | sablinstanislav | vlad-nikon | majaFOTO | halfpoint
© Adobe Stock – vadim_fl | maho | cynoclub © Cornelia Härtl

Korrektorat: Birgit van Troyen, Lektorat Adlerauge

Verlag:
BoD · Books on Demand GmbH, In de Tarpen 42, 22848
Norderstedt
Druck:
Libri Plureos GmbH, Friedensallee 273, 22763 Hamburg
ISBN: 978-3-7597-9215-0

Für Wolf-Ingo

1

Als der Rentner Karl Nappes an diesem Donnerstag um kurz vor sechs Uhr die zweite der beiden Unterführungen ins Mühltal betrat, überlief ihn ein kalter Schauer. Es war nicht der Umstand, dass die Luft hier klamm war und einen leicht fauligen Geruch mit sich trug. Im Nachhinein würde er sagen, es sei eine Vorahnung gewesen, die ihn kurz innehalten ließ. Lumpi jedoch schien nichts davon zu bemerken und zerrte unternehmungslustig an der Leine. Der helle Rücken der kleinen Promenadenmischung leuchtete im Dunkel. Gleich darauf hatten Mann und Vierbeiner die Unterführung durchschritten. Aus der nahe gelegenen Hundepension erscholl mehrstimmiges Bellen. Doch Lumpi war an diesem Morgen nicht interessiert daran, sich mit seinen Artgenossen zu unterhalten. Gleich darauf befanden sich die beiden Spaziergänger inmitten von Wiesen, deren Grün jedoch nur zu erahnen war. Noch war es Nacht, am Himmel zeigte sich ein kaum wahrnehmbarer heller Streifen. Der passionierte Frühaufsteher Nappes war, wie jeden Morgen, schon zeitig auf den Beinen. Er hatte von seiner Wohnung in der Bachgasse bereits eine Strecke Wegs hinter sich gebracht. Kein Wunder, dass er unmittelbar nach Betreten des Mühltals erneut stehen blieb, um durchzuschnaufen. Lumpi unterdessen wirkte immer energischer. Er schob den Kopf nach vorn, hob die Ohren und bot insgesamt ein Bild höchster Konzentration. Als er an seiner Leine zerrte, brummte Nappes vor sich hin, setzte sich aber wieder in Bewegung. Wenige Augenblicke später erhellte sich seine eben noch angestrengte Miene.

Weiter vorn erkannte er eine Gestalt, die sein Herz erwärmte. Brunhilde Siebenhühner stand dort, mit dem Rücken zu ihm.

Eine Lederhose, deren Farbe man wohl als Waidmansgrün bezeichnen konnte, saß stramm an ihren kräftigen Beinen. Der dicke dunkelgraue Zopf hing ihr über einem schwarzen Poncho bis fast bist zum Po. Sie bemerkte Nappes nicht, blickte angestrengt ins Dickicht, das sie mit der Handylampe beleuchtete.

»Brunhilde«, rief er aus. Sie drehte sich zu ihm um.

»Karl«, rief sie zurück. Ihr eben noch besorgter Gesichtsausdruck wich einem Lächeln. Beide grinsten sich über die Entfernung an wie zwei Teenager in love.

»Wuff«, machte unterdessen Lumpi und zerrte wieder an der Leine.

»Wo ist Esmeralda?«, schnaufte Nappes. Er und seine Promenadenmischung waren jetzt bei Brunhilde angelangt. Die schaute ratlos ins Unterholz. Ihre Königspudeldame war nirgendwo zu sehen.

»Ich weiß nicht, sie rannte plötzlich davon«, meinte Brunhilde verwirrt. Um dann ein resolutes »Esmeralda, hierher!« folgen zu lassen.

Lumpi stand auf einmal ganz still. Er fiepte leise und sah Nappes auf eine Weise an, die dem nicht geheuer war.

»Was ist denn los?«, meinte der alte Herr und bückte sich ächzend, um seinem Hund beruhigend über den Rücken zu streicheln. Im selben Moment schrie Brunhilde leise auf.

»Um Gotteswillen«, hörte Nappes sie ausrufen.

Er erhob sich aus seiner unbequemen Haltung und musste seinerseits nach Luft schnappen. Da stand Esmeralda. Die sonst so hochmütig daherkommende Königspudeldame machte einen verängstigten und ziemlich derangierten Eindruck. Dreck klebte an ihren Beinen. Blätter hatten sich in ihrem Fell verfangen. Das Schrecklichste aber war das Blut an ihrer Schnauze.

»Was ist das denn? Hat der Hund etwa ein kleines Tier gebissen? Oder einen Igel aufgestöbert?« Brunhilde starrte verständnislos auf ihren Pudel.

Oder etwas Schlimmeres, wollte Nappes sagen, hielt aber den Mund. Es wäre sicherlich nicht passend, seine Bekannte jetzt mit der Nachricht zu erschrecken, dass erst dieser Tage ein Hund an einem Giftköder verendet war. Brunhilde unterdessen wollte sich nicht auf Vermutungen verlassen und schritt, die Lampe vor sich hertragend, energisch auf das Gebüsch zu, aus dem Esmeralda gekommen war.

»Nicht!«, warnte Karl seine Bekannte. Ein ungutes Gefühl hatte ihn befallen. Ein sehr ungutes. Aber Brunhilde hörte nicht auf ihn und stapfte davon. Esmeralda hingegen ließ sich einfach fallen, legte den Kopf auf den Boden und gab einen jammernden Ton von sich.

Endlich ließ Nappes Lumpi von der Leine, damit der seine Angebetete trösten konnte. Tatsächlich rannte der kleine Hund, so schnell ihn seine krummen Beine trugen, sofort zu seiner Freundin hinüber und stupste sie liebevoll an.

Nappes schüttelte den Kopf. »Die will nichts von dir, begreife es endlich«, murmelte er und beschloss, ebenfalls nachzusehen, was sich da im Unterholz ereignet hatte. Was hatte Esmeralda aufgestöbert? Eine Maus? Eine Ratte? Einen Marder? Wenn er ehrlich zu sich war, glaubte er nicht, dass die verwöhnte Esmeralda jemals in der Lage wäre, ihr Futter selbst zu erlegen, und sei es noch so klein. Woher stammte also das Blut?

Brunhilde war nicht mehr zu sehen. Nappes seufzte, hängte Lumpis Leine an einen Ast und folgte ihr. Kaum dass er die ersten vorsichtigen Schritte ins Dickicht hineinlief, erscholl ein Schrei, der ihm das Blut in den Adern gefrieren ließ.

»Karl, komm schnell!« Brunhildes Stimme klang schrill und verängstigt. Beide Hunde hoben gleichzeitig alarmiert den Kopf.

Nappes, eben noch bereit, Brunhilde zu folgen, stand stocksteif. Ja, so sehr er seine Bekannte, ach was, Freundin, in den vergangenen Monaten auch liebgewonnen hatte, jetzt wäre er um ein Haar davongerannt. Ihr Schrei hatte sich so entsetzlich angehört, dass ein Fluchtreflex die einzig richtige Antwort darauf war. Dann siegte der Mann der alten Schule in ihm. Er gab sich einen Ruck und eilte Brunhilde hinterher, deren Gestalt sich sogleich aus der Dunkelheit schälte. Sie stand da, die Hände an die Wangen gelegt und starrte zu Boden.

»Hier ... liegt jemand!«

Nappes blieb stehen, wie von unsichtbarer Hand gestoppt.

Nicht schon wieder, dachte er.

Da drehte Brunhilde sich zu ihm um. Aus ihrem Zopf hatten sich einige Strähnen gelöst. Ihre Augen waren ängstlich aufgerissen. Sie stieß unverständliche Laute aus.

Nappes trat näher. Tatsächlich. Etwas Blutrotes schimmerte aus dem dunkelbraunen, aufgewühlten Laub heraus. Er bückte sich, um zu sehen, was es war. Im ersten Moment atmete Nappes erleichtert auf, als er erkannte, was da lag. Ein rot bemaltes Ei. Das ist von Ostern, dachte er verwirrt. Da nämlich wurde das Mühltal jedes Jahr zum *Tal der tausend Eier,* die gesucht, aber wohl nicht alle gefunden worden waren. Das befreiende Lachen, das sich bei dieser Erkenntnis einstellen wollte, blieb ihm im Hals stecken, als sein Blick an Brunhildes ausgestrecktem Finger entlang weiterwanderte. Er erkannte eine Gestalt, am Boden liegend. Ein Mensch war das. Nur notdürftig mit Laub bedeckt. Helles blondes Haar, dunkelrot verklebt, das Gesicht den beiden zugewandt. Während Nappes sich bückte, das Handgelenk der

Frau ergriff und nach dem Puls tastete, wählte Brunhilde bereits den Notruf.

»Sie ist tot«, murmelte Nappes. Als hätte es daran einen Zweifel gegeben. Vor Entsetzen ganz starr schaute er auf die Frau hinab, deren gebrochener Blick anklagend zu fragen schien: »Warum?«

2

»Die Frau wurde vermutlich niedergeschlagen.«

Der Polizist Michael Hanfstängel war, gefolgt von seiner Kollegin Ayshe Müller, der Erste, der nach Brunhildes Notruf am Fundort eingetroffen war. Sie hatte etwas wie: »Kommen Sie schnell. Hier im Mühltal liegt eine Frau in ihrem Blut«, gemurmelt. Nappes war still zur Seite getreten, hatte sich unweit des Fundorts an einen Baum gelehnt und gehofft, das sei alles nur ein schrecklicher Traum.

»Niedergeschlagen und dann ins Gebüsch gezerrt.«

»Hat man sie ... war sie ...«, Nappes wusste nicht, wie er formulieren sollte, was er befürchtete.

»Sie trug Joggingklamotten. Da war nichts durcheinander«, hörte er Brunhilde sagen, die wohl die Details besser aufgenommen hatte.

Und während Brunhilde den beiden Gesetzeshütern alles in den Block diktierte, was sich knapp eine Viertelstunde vorher abgespielt hatte, trafen immer mehr morgendliche Spaziergänger im Mühltal ein, die meisten mit Hunden, die witternd die Nasen hoben, an ihren Leinen zerrten und zwischendurch einen vielstimmig bellenden Chor anstimmten. Die Uniformierten hatten alle Hände voll zu tun, die Neuankömmlinge vom Ort des schlimmen Geschehens fernzuhalten. Man hatte den Tatort weiträumig abgesperrt, Menschen in weißen Ganzkörperanzügen huschten herum wie überdimensionale Maden. Jemand filmte jeden Winkel und scheinbar jeden Grashalm, eine andere Person machte Fotos. Unter leisem Murmeln wurden Schildchen aufgestellt.

»Hier!«, rief auf einmal eine Beamtin. Sie stand etwa zehn Meter entfernt und deutete auf einen der drei sesselgroßen

Sitzsteine, die inmitten des Grüns seitlich des Weges weiß durch die Morgendämmerung schimmerten und wirkten, wie von Riesenhand dorthin geschleudert. Automatisch wollte Nappes zu ihr hineilen, wurde jedoch durch einen Beamten daran gehindert.

»Bitte keine Spuren zertrampeln«, bat der.

Nappes war zu müde, um sich zu empören. Auch von seinem Standort aus bekam er mit, dass man Blutspuren gefunden hatte. Ein Team aus drei Weißgekleideten eilte dorthin.

Schließlich traf die Kripo ein. Zwei übermüdet und grau aussehende Beamte, die wirkten wie Tatort-Kommissare kurz vor der Rente.

»Sie können jetzt gehen«, beschieden die beiden Nappes und Brunhilde, nachdem die erneut alles erzählt hatten, was auch schon Hanfstängel von ihnen erfahren hatte.

Inzwischen war es heller geworden, es schien wieder einer der zwar kalten, aber klaren und sonnigen Tage zu werden, mit denen der Oktober sie bisher verwöhnt hatte. Brunhilde, die im Moment robuster wirkte als ihr Freund Karl, griff nach seinem Ellbogen und führte ihn vom Weg weg, auf dem sich jetzt der schwarze Wagen eines örtlichen Bestattungsunternehmens den Weg bahnte. Stumm sahen sie zu, wie zwei dem Anlass entsprechend ernst blickende Mitarbeiter in schwarzen Anzügen ausstiegen. Ein Leichensack wurde aus dem Wagen geholt. Gleich würde die Tote abtransportiert werden.

»In die Rechtsmedizin nach Frankfurt«, instruierte einer der Kommissare die Bestatter. Das Handy noch am Ohr, fuhr er fort: »Ja, Herr Staatsanwalt. Wird so gemacht.«

»Komm, Karl. Ich brauche auf den Schrecken was zu essen.« Brunhilde zog ihren Freund, der an Essen gar nicht denken konnte und sich am liebsten trotz der frühen Stunde einen

Schnaps genehmigt hätte, mit sich. So trabten sie davon, die Hunde, inzwischen beide wieder angeleint, folgten ihnen. Eng nebeneinandergehend. Ein seltsamer Anblick, denn Lumpi reichte Esmeralda gerade mal bis zum Bauch. Die schien, ganz entgegen ihrer arroganten Gewohnheiten, an diesem Morgen nichts gegen seine schmachtende Nähe zu haben.

3

»*Die Tödlichen Ladys* tagen in der Stadt.« Die Journalistin Petra Koslowski saß an ihrem Schreibtisch in der Redaktion der *Langener Morgenpost* und scrollte durch ihre Mails.

»Was ist das? Ein Geheimbund von lauter Mörderinnen?« Frederik, der Praktikant, schob sich den überlangen schwarzen Pony aus der Stirn und schielte zu seiner Kollegin hinüber.

Die gluckste. »So ähnlich«, meinte sie. »Die morden, aber nur mit Worten. Sind alles Krimischriftstellerinnen. Die Crème de la Crème des Landes.«

Frederik, der vermutlich keine Krimis las, zuckte desinteressiert die knochigen Schultern.

»Ist gar nicht so einfach, dort Mitglied zu werden. Die sieben ganz schön aus«, fuhr Petra fort. Sie hatte inzwischen die Webseite des Clubs aufgerufen. »Es dürfen, halte dich fest, immer nur genau 100 Autorinnen in der Gruppe sein.« Sie zog ihren Notizblock zu sich und machte einen entsprechenden Vermerk.

»Was wollen die denn hier?« Frederik hatte sich in seinem Stuhl zurückgelehnt und ließ einen Bleistift zwischen seinen Fingern herumwandern.

»Sie halten jährlich eine Woche lang ein Arbeitstreffen ab. Immer vor der Frankfurter Buchmesse und immer in einer anderen Stadt. Dieses Jahr bei uns in Langen und standesgemäß im *Sterzbacher Hof*.«

»Schreibst du was über die?«

»Klar!« Petra grinste. »Die *First Lady* Marie-Theres Strobel hat uns eine Pressemitteilung geschickt.« Sie deutete auf den Bildschirm ihres PC. »Aber ich denke, ich reichere das Ganze mit ein bisschen Original-Ton und einem kleinen Interview an.«

»Strobel? Muss man die kennen?«

Petra seufzte. »Was liest du denn?«, fragte sie streng.

»Fantasy und Dystopien«, lautete Frederiks Antwort. Und dann legte er los und nannte eine ganze Reihe von Serien, unter denen taten es die Fantasy-Schreiberinnen und Schreiber offensichtlich nicht, die man einfach gelesen haben musste. Als er dann noch anfing, über Steampunk, High End und Urban Fantasy zu reden, winkte Petra ab.

»Nicht meine Welt«, befand sie.

Ehrlicherweise sagte ihr der Name der obersten Tödlichen Lady selbst auch nichts. Sie musste ihn in eine Suchmaschine eingeben. »Wow«, murmelte sie allerdings, nachdem sie sich ein bisschen eingelesen hatte. Die Frau hatte eine vom Feuilleton hoch gelobte Serie über eine Polizistin im vorigen Jahrhundert geschrieben. Feministisch angehaucht und erstklassig recherchiert, schrieb die Kritik. Das Publikum war eher gespalten, aber das war ja häufig so. Das einzige von der Autorin vorhandene Foto zeigte eine streng in die Kamera schauende Frau mittleren Alters, deren dunkelgraue Mähne wirkte, als sei sie durch eine rasante Fahrt in einem Cabrio gestylt worden.

Petra fuhr sich durch ihre kurz geschnittenen blonden Haare und griff zum Handy, um sich bei der Frau anzumelden.

Kaum geschehen, zog eine Mail, die sich durch ein leises *Pling* anmeldete, die Aufmerksamkeit der Journalistin auf sich.

»Das ist ja ein Ding!«, sagte sie halblaut vor sich hin.

»Ist was?«, Frederik schaute neugierig zu ihr.

»Kann man wohl sagen.« Petra war bereits dabei, ein paar Sachen in ihre Tasche zu werfen.

»Pressekonferenz heute Nachmittag. Man hat eine Tote gefunden. Im Mühltal. Sieht nach einem Mord aus.«

4

Die Frontfrau des Autorinnenclubs *Die Tödlichen Ladys* sah in natura wesentlich weniger streng aus als auf dem Foto ihrer Webseite. Sie war eher klein, höchstens ein Meter sechzig, und statt einer ernsten Miene trug sie ein Lächeln im Gesicht. Wache braune Augen blickten durch eine modische Brille in die Welt. Die Haarpracht jedoch war unverkennbar. Nach allen Seiten standen die schwarzgrauen Wellen von ihrem Kopf ab und wirkten, als hätten sie gerade einen Orkan überstanden.

»Das ist schön, dass die *Langener Morgenpost* über unser Jahrestreffen berichtet«, befand die *First Lady*. Sie und Petra hatten sich an der Rezeption des Hotels getroffen. Marie-Theres Strobel, erste Vorsitzende des Clubs und zuständig für Presse und Öffentlichkeitsarbeit, winkte die Journalistin mit sich in einen kleinen Besprechungsraum. Über der Tür prangte ein weißes Transparent, gesprenkelt mit unregelmäßigen roten Spritzern. Als habe jemand Blut vergossen. In schwarzer Schrift stand dort: »*Wir sind Die Tödlichen Ladys.*« Und darunter der Slogan der Vereinigung: »*Bei uns ist Krimi weiblich!*« Der Punkt des Ausrufezeichens war ein dunkelvioletter Sprenkel. Im Inneren des Raumes roch es nach Kaffee und frischen Backwaren.

»Mögen Sie?« Strobel deutete auf einen Servierwagen, auf dem eine chromfarbene Thermoskanne und ein Teller mit Hefeplunder standen.

»Kaffee sehr gern.«

Während die Vorsitzende der Autorinnenvereinigung ihnen beiden einschenkte, nahm Petra auf einem der Sessel der Sitzgarnitur Platz, schob auf dem Couchtisch ein Schälchen mit

Zuckertüten und ein Milchkännchen zur Seite und legte ihren Notizblock ab.

»Nun, was möchten Sie über uns wissen?«, fragte Marie-Theres Strobel, nachdem auch sie sich gesetzt hatte.

»Nach allem, was ich bereits gelesen habe ...«

Weiter kam Petra nicht. Die Tür flog auf und herein spazierte eine große Frau, deren Blick die Journalistin förmlich zu durchbohren schien.

»Mechthild Schmauser. Die zweite Vorsitzende unseres Netzwerks. Verantwortlich für die Finanzen«, erklärte Marie-Theres, als die andere herangekommen war. Ihr selbst war die Verwirrung über das Eintreffen ihrer Kollegin anzumerken. Petra hatte den Eindruck, dass das nicht abgesprochen war und sie sich nicht darüber freute.

»Viola kommt auch gleich«, sagte Mechthild in einem leicht schleppenden Tonfall.

»Ach ja?« Die Vorsitzende der *Tödlichen Ladys* wirkte jetzt definitiv verärgert.

Mechthild ließ sich aufs Sofa plumpsen, ohne auf Petras Gruß und die Irritation von Strobel zu reagieren.

»Wir sind zu dritt im Vorstand«, erklärte sie lediglich. Sie fuhr sich über das kurz geschnittene, rotblonde Haar, als wolle sie prüfen, ob das Gel, das sie reichlich verwendet hatte, seinen Zweck erfüllte.

»Mechthild schreibt Cosy Crime«, meldete sich die *First Lady* wieder zu Wort.

»Aha. Das sind eher heitere Krimis?«, hielt Petra das Gespräch am Laufen.

Mechthild nickte mit derartig finsterem Gesichtsausdruck, dass Petra sich insgeheim fragte, wo so ein Sauertopf wohl den

Humor hernahm. Hoffentlich waren nicht alle Autorinnen so schlecht gelaunt. Doch gleich die Frau, die als nächste eintrat, zerstreute ihre Bedenken.

»Viola Habert, die dritte Vorsitzende und verantwortlich für die interne Kommunikation.« Marie-Theres winkte der Frau, die mit ihren langen hellblonden Locken und dem breiten Lächeln auf dem kirschrot geschminkten Mund aussah wie ein Rauschgoldengel, freundlich zu.

»Hallo!«, sagte Viola, zeigte zwei Reihen perfekt geformter schneeweißer Zähne, die definitiv nicht echt sein konnten, reichte Petra die Hand und ließ sich ebenfalls auf das Sofa plumpsen. Die *First Lady*, jetzt eingerahmt von ihren beiden Stellvertreterinnen, saß stocksteif und eindeutig angespannter als noch vor wenigen Minuten da. Tatsächlich hatte sich die Atmosphäre im Raum seit dem Eintreten der beiden Frauen spürbar verändert. Drei Augenpaare ruhten auf Petra.

»Dann wollen wir mal«, sagte die betont munter. Sie schwenkte ihr Handy und bekam von allen dreien ein Nicken als Bestätigung, sie könne das Gespräch aufnehmen. Zusätzlich würde sie im Notizbuch die Stichworte mitschreiben.

Erfreulicherweise ging das Interview recht zügig voran. Die Vorsitzende beantwortete alle Fragen. Mechthild und Viola nickten gelegentlich und insgeheim fragte sich Petra, warum die beiden so viel Wert darauf gelegt hatten, anwesend zu sein. Erst als das Thema der bevorstehenden Vorstandswahl aufkam, war eine gewisse Nervosität zu spüren. Marie-Theres' Antworten kamen zögerlicher. Beredte Blicke wurden gewechselt. Aber weder der Rauschgoldengel noch der Sauertopf griffen in das Gespräch ein. Das darüber hinaus dann überraschend und ziemlich abrupt endete.

Die Tür flog auf, eine Frau mit kurzem dunklen Haar, das abstand wie die Stacheln eines Igels, stürmte herein, ohne auf Petra zu achten.

»Zita«, keuchte sie und presste die Handflächen an ihre Schläfen. »Sie ist ... es ist etwas geschehen ... es ist so furchtbar ...«

Mechthild sprang auf. »Was sagst du da?« Ihre grauen Augen, bis eben kühl und abweisend, spiegelten den Schrecken, den sie bei den Worten der Frau empfunden haben musste. Nun erhoben sich auch die anderen beiden Ladys. Sie umringten die Dunkelhaarige, die stockend und schluchzend fortfuhr.

»Zita ... Die Polizei ...« Weiter kam sie nicht, denn Mechthild unterbrach sie mit einer harschen Geste und deutete zu Petra hinüber. Die hatte sich ebenfalls erhoben und schaute ungläubig zu den vier Frauen. Sie zweifelte keine Sekunde daran, dass der Todesfall, zu dem die Pressekonferenz der Polizei anberaumt worden war, mit den Geschehnissen, um die es gerade hier ging, zusammenhing. Aber das war etwas, über das sie in dieser Situation nichts sagen wollte und konnte. Stattdessen sammelte sie ihre Sachen ein und schnappte sich einen Flyer, der auf dem Tisch lag.

»Ich lasse Sie dann jetzt mal alleine. Falls noch Fragen auftauchen, melde ich mich schriftlich«, murmelte sie.

Niemand sagte etwas. Die Stimmung im Raum wirkte so bedrückt, dass Petra froh war, ihn verlassen zu können.

In der Hotellobby stand ein halbes Dutzend Frauen beieinander, ihre Stimmen schwirrten gedämpft durch den Raum. Die Geschichte sprach sich also gerade herum.

Petra blickte auf die Uhr ihres Handys. Sie hatte noch genügend Zeit bis zur Pressekonferenz. In diesem Moment wurde sie von einem Typ angerempelt, der im Stechschritt durch die Empfangshalle eilte. *Stoffel,* hätte ihm Petra am liebsten hinterhergerufen, weil er sich nicht mal entschuldigte. Das Wort blieb ihr im Hals stecken, als sie seine Aufmachung bemerkte. Hohe Stiefel, feste Hose, Lederweste und einen Cowboyhut. So stand er bereits am Empfangstresen.

»Ich habe heute früh reserviert«, hörte Petra ihn sagen. »Jones mein Name. Wie Indiana Jones.« Dann kicherte er.

Petra rollte mit den Augen. Die Menschen werden auch immer seltsamer, dachte sie, bevor sie das Hotel verließ.

5

Der Besprechungsraum der Polizeistation Langen war bereits gut gefüllt, als Petra eintraf. Sie nickte ein paar Kolleginnen und Kollegen zu und suchte sich einen freien Platz. Sie war angespannt.

Als sie den *Sterzbacher Hof* verlassen hatte, war ihr eine Frau aufgefallen, die blass und mit verstörtem Blick vor dem Ausgang stand. Sie hatte so sehr gezittert, dass Petra auf sie zugegangen war. Doch auf die Frage, ob sie Hilfe benötige, hatte die andere fast schon panisch abgewunken. Dabei fiel ihr Blick auf den Werbeflyer der *Tödlichen Ladys*, den Petra in der Hand hielt.

»Dieser Name ist wirklich verdient«, stieß sie hervor, bevor sie ins Hotel hineinstürmte.

Petra fragte sich, was wohl damit gemeint war.

Noch hatte die Pressekonferenz nicht begonnen und sie hatte Zeit, den Flyer zu studieren. Die Vereinigung bewarb darin ihre Exklusivität – nur ausgewählte Autorinnen wurden aufgenommen – sowie gemeinschaftliche Aktionen. Lesungen. Interviews. Signierstunden. Da wurde einiges für die Mitglieder getan. Der Jahresbeitrag dafür hatte sich daher gewaschen. »Fünfhundert Mäuse«, murmelte Petra. »Mein lieber Scholli. Das ist wirklich was Besonderes.«

Sie steckte den Flyer weg, als das allgemeine Gemurmel im Raum erstarb. Vorne am Rednertisch nahmen drei Personen Platz.

In der folgenden halben Stunde erfuhren die Anwesenden, was geschehen war, beziehungsweise was man geruhte, der Presse von den Geschehnissen des frühen Morgens mitzuteilen. Eine 39-jährige Frau, ihr Name wurde mit Zita K. angegeben, war, vermutlich zwischen vier und fünf Uhr am Morgen, im Mühltal zu

Tode gekommen. Aufgrund der Auffindesituation ging man von einem Gewaltverbrechen aus. Die Frau war in Joggingkleidung und mit einer Stirnlampe unterwegs gewesen, als sie der Person begegnete, die sie mittels stumpfer Gewalt ins Jenseits beförderte. Nach bisherigen Erkenntnissen war der Fundort nicht der Tatort. Nach der Tatwaffe wurde intensiv gesucht. Einen Hinweis auf den Täter oder die Täterin gab es bislang nicht.

Petra hob die Hand.

»Frau Koslowski, bitte«, sagte Sven-Johann Bieber. Der Pressesprecher der Polizeidirektion Südosthessen saß zwischen Hanfstängel und einer blassen Kripobeamtin. Er wirkte wie aus dem Ei gepellt und höchst forsch. Petra erhob sich.

»Stimmt es, dass das Opfer eine der Frauen war, die zurzeit im *Sterzbacher Hof* eine Tagung abhalten?«

Sämtliche Köpfe drehten sich zu ihr um. Biebers Brauen wanderten zu seinem schütteren, aber perfekt geföhnten Haaransatz. Hanfstängels Kopf ruckte nach oben. Die Kripobeamtin starrte ins Leere.

»Wie ...«, Bieber musste sich räuspern, bevor er fortfuhr, »wie kommen Sie darauf?« Es war offensichtlich, dass man genau diese Information noch nicht hatte an die Presse geben wollen.

»Betriebsgeheimnis«, brummte Petra, um sogleich die nächste Frage zu stellen. »Wie ist die Frau vom Hotel ins Mühltal gekommen?«

Eine berechtigte Frage. Der *Sterzbacher Hof* lag im Stadtteil Neurott. Dort hatte man den Wald direkt vor der Haustür. Warum also in aller Herrgottsfrühe am anderen Ende der Stadt joggen?

Die blassen Wangen der Kripobeamtin färbten sich rosa.

23

Hanfstängel durchbohrte Petra mit seinem Blick. Sie zuckte kaum wahrnehmbar entschuldigend mit der Schulter. Michael Hanfstängel war seit einiger Zeit mit Petras bester Freundin Karina liiert. Was mit einer Schwärmerei für den Polizisten, der Karinas Meinung nach aussah wie Lex Barker in seiner Rolle als Old Shatterhand, begonnen hatte, war mittlerweile eine feste Beziehung geworden. Seitdem gehörte er ebenfalls zu Petras Freundeskreis. Was nicht heißen musste, dass sie ihm brühwarm alles erzählte, was sie zu wissen glaubte. Machte er ja auch nicht.

»Nun, das …« Bieber schaute ratlos zu der inzwischen hochrot dasitzenden Kripobeamtin. Sie wusste es also nicht.

»Wir ermitteln in alle Richtungen«, erklärte die Beamtin, bemüht, einen souveränen Eindruck zu machen.

Im Raum erhob sich lebhaftes Gemurmel.

»Was für eine Tagung?«, rief jemand.

»Hat sich das Hotel schon geäußert?«, jemand anderes.

»Gehen Sie von einem Serienmörder aus?«, erscholl eine weitere Stimme. Bei der lauthals herausgeschrienen Frage: »Müssen Langens Frauen Angst haben, wenn sie auf die Straße gehen?«, ließ Bieber seine Faust auf die Tischplatte krachen.

»Meine Damen und Herren! Bitte keine haltlosen Gerüchte! Unser Team arbeitet mit Hochdruck daran, sämtliche offenen Fragen zu klären.«

Die Menschen im Saal beruhigten sich nur langsam. Petra hatte sich zurück auf ihren Stuhl sinken lassen. Sie hatte mit ihren Nachfragen in ein Wespennest gestochen. Wenn die Polizei derzeit weniger wusste als sie, musste sie diesen Vorteil unbedingt wahren. Nun brachten Bieber, Hanfstängel und die Kripobeamtin ihr Anliegen vor.

»Zeugen werden gesucht. Wer war heute früh zwischen vier und sechs Uhr im Mühltal unterwegs, wer hat die Joggerin gesehen und vielleicht weitere Personen? Wer kann sachdienliche Hinweise geben?«, schallte Biebers Stimme durch den Raum.

Petra unterdessen tippte die Nummer von Marie-Theres Strobel ein und schickte der *First Lady* eine Nachricht.

»Können wir uns ein weiteres Mal treffen? Es geht um Zita K.«, schrieb sie. Bis zum Ende der Pressekonferenz war keine Antwort eingetroffen.

6

Hanna Koslowski schloss die Tür ihres Arbeitszimmers, lehnte sich mit dem Rücken dagegen und schnaufte fünf Mal tief durch. Anschließend durchquerte sie den Raum, schaute ratlos erst auf den ausgestopften Raben an der Wand und dann auf ihre Glaskugel.

Schon wieder war es geschehen. Ein Mord, davon konnte man nach allem, was ihr Nachbar eben erzählt hatte, ausgehen. Eine junge Frau.

»Wie sie dalag ... im Unterholz. Mit Herbstlaub bedeckt. Blut am Kopf. Die Esmeralda hat sie gefunden.« Fassungslos war der Nappes gewesen. Sein Lumpi hingegen wirkte, als wolle er diejenige Person, die das getan hatte, sofort verfolgen. Der arme Kerl hatte die letzten beiden Mordopfer in der Sterzbachstadt gefunden. Beim zweiten Mal, das wusste Hanna aus sicherer Quelle, war das dem kleinen Kerl gar nicht gut bekommen. Lumpi hatte ein Trauma erlitten, nichts mehr gefressen.

»Zum Tierheilpraktiker Kuno von Otter musste ich ihn bringen«, hatte Nappes ihr damals erzählt. Dort hatte der Hund Globuli erhalten. »Und dann hat sich Lumpi in diese Esmeralda verguckt.« Noch immer war Nappes fassungslos. Wie konnte sich seine unkomplizierte Promenadenmischung in eine derartig hochmütige Pudeldame verknallen? »Das waren die Kügelchen vom von Otter«, lautete Nappes' Überzeugung. Dass er selbst Esmeraldas Frauchen schöne Augen machte, war aber auch niemandem verborgen geblieben. Dabei verhielt es sich bei den beiden, ähnlich wie bei ihren Hunden, so, dass sie wesentlich größer (und auch besser beieinander, wie man so sagte) war als er. Aber wo die Liebe halt hinfällt, dachte Hanna. Ihre eigene Katze, die inzwischen an Altersschwäche verstorbene Philomena, war ebenfalls bei Kuno von Otter in Behandlung gewesen, gottlob ohne amouröse Nebenwirkungen.

Jetzt aber galt es, die Geisterwelt zu befragen.

Hanna, wegen ihrer Tätigkeit als Wahrsagerin auch Kristallkugel-Hanna genannt, ließ sich an dem dunkel gebeizten Tischchen nieder. Legte die Hände um die Kugel der Wahrheit, wie sie sie nannte, und schloss die Augen.

Normalerweise dauerte es nicht lange, bis dann ein leises Summen oder Brummen erscholl, die Kugel unter ihrer Berührung warm wurde und farbiges Licht aussandte. Doch nun – nichts!

Es gab ja Menschen, die nicht wirklich davon überzeugt waren, dass Hanna Stimmen aus der Zwischenwelt hören konnte. Insbesondere, seit diese gelegentlich auch ohne Kristallkugel, Räucherzeremonie oder Meditation zu ihr sprachen.

»Oma, du hast Tinnitus, das ist alles«, hatte neulich ihre vorlaute Enkelin zu ihr gesagt.

»Unfug!«, hatte Hanna unwirsch geantwortet. Wie sollte sie Petra erklären, dass sie einfach in einem Alter war, in dem man das Grundrauschen der Welt stärker wahrnahm? Oder war es die Welt selbst, die lauter tönte als ein paar Jahre oder gar Jahrzehnte zuvor?

Doch heute? Nichts. Nada. Niente. Nothing.

Hanna löste die Finger von der Kugel. Sie war kühl und weiß und völlig unbeteiligt.

»Du willst nicht. Und ich weiß auch, warum.«

Klar war, dass die Kristallkugel in letzter Zeit häufig schwieg. Sei es, weil die Menschen, die zu Hanna kamen und um Rat baten, ihre Fragen nicht konkret genug formulierten. Sei es, weil die Geschehnisse, zu denen Hanna Antworten suchte, räumlich nicht nah genug stattgefunden hatten. Das Mühltal schien zu weit weg.

Die Türklingel riss Hanna aus ihren Gedanken.

»Oma!« Petra stürmte herein, das blonde kurze Haar unordentlich, die blauen Augen voller Neuigkeiten. »Du glaubst nicht, was geschehen ist.«

Die Reporterin war schon in die Küche geeilt. Dort warf sie ihre riesige Umhängetasche auf einen Stuhl und drehte sich erwartungsvoll zu Hanna um. Als sie deren Gesichtsausdruck sah, veränderte sich ihre Miene.

»Du weißt es also schon.« Ihre Stimme klang dumpf.

»Der Nappes hat es mir erzählt«, erklärte Hanna.

»Der hat die Tote gefunden?« Petra ließ sich auf einen Küchenstuhl plumpsen.

»Er war dabei. Der Hund von seiner Bekannten, der war's.«

Petra kaute aufgeregt auf der Innenseite ihrer Wange herum.

»Ach, die mit dem arroganten Königspudel. Brunhilde Siebenhühner.« Petra schnippte mit den Fingern.

Hanna nickte.

Petra erhob sich.

»Wo willst du denn schon wieder hin? Du bist doch gerade erst gekommen.«

»Ich muss dringend zur Siebenhühner.«

»Meinst du wirklich, die erzählt dir mehr als der Polizei?« Hanna wiegte zweifelnd den Kopf.

»Erstens gibt die Polizei uns Journalisten gegenüber niemals alles preis, was bekannt ist. Und zweitens hatte die Siebenhühner es im vergangenen Dezember meinem Engagement zu verdanken, dass sie schnell aus der Haft entlassen wurde.«

7

Brunhilde Siebenhühner öffnete Petra nach dem zweiten Klingeln. In ihrem Oversized Shirt mit einem Tim-und-Struppi-Motiv, den ausgeleierten schwarz-rot gestreiften Leggins und den grau-violetten Puschen, die verdächtig an das Fell ihres Pudels erinnerten, sah sie aus, als hätte sie es sich gerade auf ihrer Couch gemütlich gemacht.

»Ach. Sie sind es«, begrüßte sie dementsprechend wenig begeistert ihren Überraschungsgast. »Hätte ich mir ja denken können, dass Sie auftauchen.«

»Echt?« Petra grinste.

»Sie waren schon immer eine von der schnellen Truppe.«

Die Siebenhühner unterstrich ihre letzte Bemerkung mit einem Nicken und bat Petra herein.

»Sie wohnen jetzt schon recht lange hier«, resümierte Petra, während sie die Wohnung betrat. In der Diele lag ein Hundekorb, darin ein Lockenknäuel. Esmeralda gehörte, wie die Wohnung, nicht Brunhilde Siebenhühner, sondern deren Schwester. Die hielt sich seit fast einem Jahr irgendwo – Goa? Nepal? Bali? – auf, um sich selbst zu finden. Eine Suche, die andauerte. Brunhilde hütete seitdem Wohnung und Hund und hatte sich in der Stadt während der zurückliegenden Monate gut eingelebt.

Neugierig versuchte Petra, einen Blick ins Schlafzimmer zu werfen. Als sie im vergangenen Winter das Siebenhühner'sche Domizil das erste Mal betreten hatte, damals im Schlepptau von Karl Nappes, der verrückt vor Sorge um seine von einem Sonderkommando verhaftete Bekannte gewesen war, konnte man deutliche Hinweise auf eine Cannabis-Zucht erkennen. Damals noch illegal, heute wären die drei Töpfchen keinen zweiten Blick eines

Gesetzeshüters mehr wert. Die Tür jedoch war geschlossen und die Siebenhühner komplimentierte Petra in ihre kleine Küche und dort an die Schmalseite eines rechteckigen Tisches, die der Tür gegenüber lag.

»Kaffee? Tee?«, fragte sie ihren Gast.

»Nur eine Auskunft«, bat Petra und kramte ihr Notizbuch aus der Tasche.

Die Siebenhühner seufzte und quetschte ihren massigen Körper auf einen Stuhl am anderen Ende des Tisches.

»Dass Sie mir damals den besten Anwalt weit und breit besorgt haben, dafür bin ich Ihnen dankbar. Aber wenn Sie jetzt versuchen, aus mir etwas herauszupressen, was ich nicht weiß ...« Sie hob vielsagend die Hände in die Höhe.

»Darum geht es nicht«, beruhigte Petra sie. »Ich möchte lediglich ein paar authentische Worte, Originaltext einer Zeugin, zu dem, was heute früh im Mühltal geschehen ist.«

Die Siebenhühner schaute ihren Gast aus leicht zusammengekniffenen Augen an. »Ich denke, dass sich das in der Stadt bereits herumgesprochen hat.«

»Genau.« Petra nickte bestätigend. Tatsächlich war die Geschichte wie ein Lauffeuer herumgegangen, bei all denjenigen, die am Morgen den Polizeieinsatz in dem bei Menschen und Hunden beliebten Erholungsgebiet beobachtet hatten. Handyfotos in den sozialen Medien. Die ersten Teaser in den Online-Ausgaben der Regionalzeitungen mit dem Hinweis *Wir werden weiter berichten.*

»Sie waren gegen sechs Uhr früh im Mühltal, zwischen Paddelteich und dem sogenannten Springenteich, den manche auch Mühlteich nennen, unterwegs«, begann Petra das Gespräch.

Brunhilde nickte.

»Es war sicher noch dunkel ...«

»Ja, man hat nicht viel gesehen. Und außerdem bin ich im Grunde keine Frühaufsteherin.« Brunhilde verstummte und sinnierte in sich hinein.

»Was hat Sie denn so früh nach draußen gelockt?«

Erst einmal warm werden mit der Gesprächspartnerin. So, wie sie es von Sigurd Falck, ihrem Redaktionsleiter, einst gelernt hatte. Menschen vertrauten einem viel mehr an, wenn man sie erst einmal zum Reden gebracht hatte. Ihnen zuhörte. An den geeigneten Stellen Fragen einflocht.

Brunhilde fuhr sich mit einer müden Geste übers Gesicht. Die Frau war vermutlich Mitte bis Ende sechzig und normalerweise sprühte sie nur so vor Energie und Lebensfreude. Jetzt war davon verständlicherweise nichts zu spüren. Sie schien innerhalb von Stunden um Jahre gealtert. Das Gesicht – grau. Die Haare – verzottelt. Die Körperhaltung – eingefallen. Der Blick – verstört.

»Seit einiger Zeit leide ich an Schlafstörungen«, beantwortete die Siebenhühner jetzt Petras Frage. »Esmeralda scheint es ähnlich zu gehen. Sie muss immer früher raus. Vielleicht eine altersbedingte Blasenschwäche.« Der letzte Satz kam ganz leise.

»Beim Hund?«

Brunhildes Kopf, eben noch bei jedem Wort tiefer auf die üppige Brust gesunken, ruckte nach oben. »Ja. Natürlich beim Hund. Bei mir – alles tipptopp.«

Danach verschleierte sich ihr Blick. »Und dann ... das!«

»Sie haben eine Frauenleiche entdeckt«, konkretisierte Petra die Sache. Ihr Gegenüber zuckte zusammen.

»Die arme Frau«, murmelte sie und strich sich mit den Fingern unter der Nase entlang. »Man hat gleich gesehen, dass sie tot war.«

»Haben Sie sie berührt?«

»Das war nicht nötig.« Ein Zittern durchlief den Körper der Hausherrin. »Diese Augen, das werde ich mein Lebtag nicht mehr vergessen.«

»Aber sie lag doch abseits des Weges? Wie haben Sie sie denn gefunden?«

Brunhilde Siebenhühner starrte ins Nichts. »Esmeralda ...« Sie stockte, fuhr sich mit der Hand übers Gesicht und schüttelte den Kopf, als könne sie das alles nicht begreifen. Dann sah sie Petra direkt an. »Der Hund hat die Leiche aufgespürt. Es ist ungewöhnlich, dass Esmeralda einfach davonläuft. Normalerweise scheut sie davor zurück, im Unterholz herumzustreunen. Heute Morgen aber ist genau das geschehen. Sie war ja angeleint. Da riss sie sich plötzlich los, rannte davon, als wäre jemand hinter ihr her. Ich rief sie natürlich. Aber sie hörte nicht. Zuerst dachte ich, sie hätte vielleicht ein kleines Tier aufgespürt, einen verletzten Nager oder so. Ich wurde streng. Sie folgte nicht.«

Die Hündin hatte wohl ihren Namen gehört, auf jeden Fall stand sie auf einmal in der Küchentür und schaute etwas bedröppelt. Ob Hunde ein Gespür dafür hatten, wenn sie Leichen fanden? Ahnten sie, was das bedeutete?

»Kusch, ins Körbchen!«, verlangte Brunhilde und Petra konnte sich in diesem Moment direkt davon überzeugen, dass die Königspudeldiva zwar ziemlich hochnäsig wirkte, ihrem aktuellen Frauchen aber keine Schande machte. Esmeralda drehte um und trottete in die Diele zurück.

»Als Ihr Hund nicht zurückkam, sind Sie ihm nachgegangen?«

»Erst kam Karl. Also, der Nappes mit dem Lumpi.« Die Siebenhühner schnaufte heftig durch. »Und dann kam Esmeralda auf einmal zurück. Völlig verdreckt und mit Blut an der

Schnauze. Das war ein Schock. Der Nappes wurde gleich ganz wuschig.«

Kein Wunder, dachte Petra. Dessen kleiner Lumpi hatte bereits zwei Mal Tote entdeckt. Da haben bei seinem Herrchen wohl in unguter Erinnerung gleich die Alarmglocken geschrillt.

»Da musste ich nachsehen«, fuhr die Siebenhühner fort. »Ich bin ins Dickicht gelaufen. Dort lag sie.« Wieder dieses Schaudern, das den üppigen Körper erbeben ließ.

»In Joggingkleidung?« Petra trieb das Gespräch voran, weil sie ahnte, dass ihr Gegenüber sich gerade in einer mitteilsamen Phase befand, die von jetzt auf gleich beendet sein konnte.

»So genau habe ich es nicht gesehen, man hatte den Körper mit Laub bedeckt. Aber das, was ich erkennen konnte – ja, sie trug Laufkleidung. Eine Stirnlampe lag neben ihr im Gras.« Sie überlegte einen Moment und musterte Petra dann scharf. »Bevor Sie etwas schreiben, was zu Spekulationen führen könnte – das Opfer war meines Wissens nach vollständig bekleidet. Es gab keinen Hinweis auf ... na, Sie wissen schon.«

8

Als Petra nach diesem anstrengenden Tag in ihre Wohnung am Forstring in Oberlinden zurückkehrte, wünschte sie sich drei Dinge: ein Glas gut gekühlten Weißwein, einen Teller leckere Pasta und einen kuscheligen Abend mit ihrem Freund Maik auf dem Sofa. Nichts davon sollte sich erfüllen.

Ihre eigene Wohnung war leer und auf dem Herd blubberte und brutzelte nichts. Verwirrt holte sie ihr Handy hervor. Keine Nachricht von ihrem Liebsten. Sie starrte auf den Einkaufszettel, der an der Magnettafel hing. Maik war diese Woche mit dem Einkauf dran, er hatte es wohl vergessen. Alles, was der Kühlschrank hergab, war eine leicht verhutzelte Mohrrübe, die sich Petra einverleibte und die ihren Hunger nicht stillte. Sie tippte eine Message an Maik, die dieser weder las noch beantwortete. Merkwürdig! Die beiden hatten sich im Sommer des vergangenen Jahres kennengelernt. Inzwischen waren sie fest zusammen, gelegentlich war er beruflich ein paar Tage unterwegs. Der Halb-Isländer, ebenfalls Journalist und früher für ein Krawallblatt tätig, arbeitete inzwischen für das Gourmet-Magazin einer schwedischen Starköchin. Meistens vom Homeoffice in Langen aus, manchmal musste er nach Stockholm. Hatte er einen Eilauftrag erhalten und vergessen, seine Freundin zu informieren? Unwahrscheinlich. Maik hatte sich, nachdem es vor einigen Monaten in ihrer Beziehung heftig geknirscht hatte, als überaus zuverlässig erwiesen. Während Petra darüber nachdachte, sich eine Pizza zu bestellen, gab ihr Handy ein piepsendes Geräusch von sich. Maik! Endlich!

»Süße, ich musste was recherchieren. Kann später werden. Koss, Maik.«

Koss war die isländische Variante von Kuss und eines der wenigen Wörter, die Petra schon gelernt hatte. Die Nachricht insgesamt warf jedoch mehr Fragen auf, als sie Antworten gab. Was musste Maik denn auskundschaften? Dann fiel ihr ein, worum es sich handeln könnte. Kürzlich hatte in einer benachbarten Stadt ein skandinavisches Feinschmecker-Lokal eröffnet. Dort standen alle möglichen Meeresbewohner auf der Speisekarte, das war so gar nicht Petras Geschmack. Würde sie eben bei Pizza bleiben. Noch bevor sie sich entschieden hatte, ob sie lieber *Quattro Formaggi* oder *Quattro Stagioni* wählen sollte, klingelte ihr Handy. Karina war es.

»Hast du schon gehört?«, sprudelte es aus Petras bester Freundin heraus.

»Die tote Frau. Ja, klar.« Petra warf den Flyer des Lieferdienstes auf den Tisch und ließ sich auf einen Stuhl fallen. »Ich war bei der Pressekonferenz dabei. Aber das hat Michi dir sicher bereits erzählt.«

»Er muss heute Überstunden machen«, erklärte Karina dumpf. »Auf einmal wollen alle etwas oder jemanden gesehen haben. Die kommen mit den Befragungen nicht mehr nach.« Sie seufzte. Um dann, wesentlich lebhafter, fortzufahren. »Aber das ist es nicht, was ich dir erzählen wollte.«

»Sondern?«

Karina holte tief Luft, was meist das Vorspiel für eine ausführliche Antwort darstellte. Petra ignorierte ihr Magenknurren. Und vergaß schlagartig ihren Hunger, als Karina fortfuhr.

»Man hat Nuggets gefunden. Im Sterzbach. Und jetzt ist die ganze Stadt voll von Goldgräbern.«

Ja, dachte Petra, als sie sich von ihrem ersten ungläubigen Staunen erholt hatte. Und einer davon nennt sich Indiana Jones.

Karina war überraschend schnell einverstanden gewesen, sich mit Petra an der Bar des Hotels *Sterzbacher Hof* zu treffen. Dort herrschte an diesem Abend ein Gedränge, wie man es sonst nur während des Ebbelwoifestes in den Hofgärten der Sterzbachstadt kannte. Kernig aussehende und salopp gekleidete Männer belagerten den Tresen. Misstrauisch beäugt von Frauen, die schwarze Hosen und weiße T-Shirts mit unregelmäßigen roten Punkten darauf trugen. Die *Tödlichen Ladys* fühlten sich offensichtlich an den Rand des Geschehens gedrängt. Was, wie Petra gleich erfuhr, berechtigt war.

»Eine angekündigte Lesung im *Blauen Salon* wurde kurzerhand abgesagt, weil das gesamte Personal mit dieser unangekündigten Flut von Gästen ausgelastet ist«, erklärte die nervös vorbeihuschende Viola. Sie warf ihr Rauschgoldengelhaar nach hinten. Als lautes Lachen von der Bar durch die ganze Lobby drang, legte die dritte Vorsitzende eine perfekt manikürte Hand auf die Brust. Es wirkte etwas theatralisch, aber wenigstens sah es nicht so aus, als ob sie oder jemand ihres Autorinnenclubs ihrem Namen gerecht werden und gleich zur tödlichen Tat schreiten wollte.

»Da kriegen wir keinen Platz mehr«, mutmaßte Karina beim Anblick der Gäste, die in Dreierreihen an der Bar standen.

»Dort hinten wird was frei!« Petra zeigte in einen Teil der Lobby, wo sich in diesem Moment zwei muffelig aussehende Ladys von ihren Sitzplätzen erhoben. Petra und Karina schoben sich zwischen den eng gestellten Tischen und Stühlen hindurch.

»Warte mal kurz«, bat Petra ihre Freundin. Sie hatte Marie-Theres Strobel erspäht und kämpfte sich zu ihr durch. Als die *First Lady* des Clubs die Journalistin auf sich zukommen sah, verfinsterte sich ihr Gesichtsausdruck. Petra befürchtete bereits, dass sie gleich eine Abfuhr kassieren würde. Doch zu ihrer Überraschung erhob sich die Strobel von ihrem Platz und winkte ihre ungebetene Besucherin hinter sich her aus der Lobby hinaus in den Gang, der zu den Toiletten führte.

Dort angekommen, atmete Strobel heftig durch, bevor sie sich Petra zuwandte. »Sagen Sie mir jetzt bitte nicht, dass Sie wegen Ihrer Textnachricht hier sind. Dass ich mich nicht gemeldet habe, spricht doch für sich.« Sie redete mit gedämpfter Stimme, gleichzeitig sehr energisch. Vermutlich kam man als Vorsitzende eines Clubs mit verbalen Wattebäuschchen nicht weit.

»Ich bin nicht Ihretwegen hier«, erklärte Petra mit einer vielsagenden Handbewegung in Richtung Lobby. »Es gibt ja noch mehr, über das sich aus Langen zu berichten lohnt.«

»Sie meinen diese merkwürdigen Leute? Keine Ahnung, was die hier tun.«

Die *First Lady* der Autorinnenvereinigung schien von dem Goldrausch bisher nichts gehört zu haben. Oder es interessierte sie nicht, was angesichts der Geschehnisse im Mühltal verständlich war.

»Jedenfalls ist unsere geplante Lesung wegen des unvorhergesehenen Ansturms von Gästen geplatzt.« Strobel runzelte verärgert die Stirn. »Dabei haben wir das alles frühzeitig arrangiert.«

»Sie hätten gelesen? Obwohl ein Mitglied Ihres Clubs zu Tode gekommen ist?« Petra hob erstaunt die Brauen.

»Zita? Sie war keine von uns.« Strobels Worte klangen wenig mitfühlend. Fast schon hart. Bevor Petra etwas dazu fragen konnte, erscholl die Stimme von Mechthild Schmauser. Die hatte wohl Strobels letzte Worte gehört.

»Noch nicht!«, gab sie kontra und baute sich bedrohlich nah vor ihrer Vorsitzenden auf.

Marie-Theres wich einen halben Schritt zurück und funkelte ihre Vereinskollegin wütend an. »Schleich dich doch nicht immer so heran!«, fauchte sie, bevor sie sich umdrehte und die beiden anderen Frauen einfach stehenließ. Mechthild sah ihr mit schmalen Augen hinterher.

»Was heißt denn: noch nicht?« Petras berufliche Neugier war geweckt.

Mechthild gab ein Brummen von sich, bevor sie sich der Journalistin zuwandte. »Sie stand auf der Liste«, erwiderte sie schmallippig.

»Auf der Aufnahmeliste für den Club?«

»Genau.« Etwas blitzte in Mechthilds Augen auf. So, als fände sie Petras Fragen merkwürdig.

»War sie die einzige Kandidatin?«

Mechthild kaute unschlüssig auf ihrer Wange herum, bevor sie antwortete. »Sie war eine von fünf. Aber es gibt nur drei freie Plätze. Jedenfalls wenn ...«

In diesem Moment kam die nächste Unterbrechung in Person von Karina daher. »Petra!«, rief sie ungeduldig. »Wo bleibst du denn?«

Als sei das Auftauchen der anderen ein Signal gewesen, durchlief ein Ruck die hoch aufgeschossene Gestalt der *Tödlichen Lady*. Geistesabwesend strich sie sich mit der Hand über das gegelte Haar, murmelte »ich muss eh« und verschwand in Richtung Damentoilette. Petra knirschte mit den Zähnen. Es hätte sie zu sehr interessiert, was der Sauertopf eigentlich hatte sagen wollen. Aber die Gelegenheit war nun futsch.

»Jetzt sag schon«, forderte Petra ihre Freundin auf, kaum dass sie an dem winzigen Tisch Platz genommen hatten. Eingequetscht zwischen Männern, die sich über ihre Erfahrungen mit Metalldetektoren mit wasserdichten Suchspulen austauschten und einer Gruppe von Frauen, deren Thema die tödliche Dosis von Muskatnuss und Eisenhut war.

»Uff«, knurrte Karina. »Hier geht es ja zu.«

»Woher hast du von dem Gold erfahren?«, fragte Petra mit gesenkter Stimme. Nicht, dass es nötig gewesen wäre. Der Lärmpegel im Raum war enorm hoch.

»Kiki Lauterbach hat es mir gesteckt.«

Kiki war eine Künstlerin aus dem benachbarten Egelsbach, das von Langenern zum Leidwesen ihrer Nachbarn auch gerne mal *Langen-Süd* genannt wurde. Sie schuf dort monumentale Gebilde aus Umweltschrott, die sie zu Kunst verarbeitete, die allerdings Geschmackssache war.

»Woher weiß sie das denn?«

Karina beugte sich zu Petra hinüber. »Sie ist in einem Internetforum für Sondengänger und hat sich über die rege Aktivität dort gewundert. Anfragen nach Übernachtungsmöglichkeiten in und um Langen. Sie selbst hat dann einem Paar das Gästezimmer in ihrem Haus vermietet und so davon erfahren.«

»Und dir hat sie alles brühwarm erzählt?«

Karina nickte. »Als sie einen Termin bei unserem Bürgermeister hatte und bei mir im Vorzimmer elend lange warten musste. Es geht um das Kunstwerk, das an der Stadthalle aufgestellt werden soll. Wir haben einen Kaffee zusammen getrunken.«

»Interessant«, murmelte Petra. Die sich einerseits fragte, wie die an allen Ecken und Enden klamme Kommune eines der sündhaft teuren Installationen bezahlen sollte, nach denen sich inzwischen Ausstellungen und Freiluft-Museen die Hände leckten, und andererseits mehr über den Goldfund wissen wollte.

»Fand ich auch. Es ist so, dass im Sterzbach, in der Nähe vom Loh, ein Nugget gefunden wurde.«

So was! Dass man in der Eder das edle Metall finden konnte, hatte Petra irgendwann gehört. Aber im Sterzbach?

Gleich darauf erfuhr sie mehr. Ein Tourist war es gewesen, der das Goldstück bei einem Abendspaziergang entdeckt hatte. »War mit seinem Hund unterwegs. Zuerst dachte er an eine optische Täuschung. Immerhin ist der normalerweise recht schmale Bach nach den langen Regenfällen der vergangenen Wochen recht üppig angeschwollen. Aber dann ...«

»Ehrlich gesagt würde ich so etwas nicht in die Welt hinausposaunen«, erwiderte Petra nachdenklich.

»Na ja, er hat das Ding fotografiert und wollte es an einen befreundeten Juwelier schicken. Hat dann aber versehentlich seine gesamten WhatsApp-Kontakte damit beglückt. Den Rest kannst du dir denken.«

Die Männer am Nebentisch erhoben sich.

»Wohnen Sie hier im Hotel?«, fragte Petra geistesgegenwärtig. Ein Interview mit einem dieser Glücksritter für die *Langener Morgenpost* konnte doch nicht verkehrt sein.

»Hier war nichts mehr frei. Wir sind auf dem Campingplatz in Mörfelden«, informierte sie der Mann, bevor er davonging.

»Meine Güte«, murmelte Petra. »So viele Sondengänger sind das.«

»Schätze, es werden noch mehr werden.« Karinas Stimme hatte einen verschwörerischen Ton angenommen.

»Wieso?«

»Das Nugget. Nach allem, was ich weiß, ist es ziemlich rein und bringt richtig was.«

»Wie viel?«

Karinas Stimme senkte sich erneut, sie war kaum noch zu verstehen. »Das, was der Mann gefunden hat, brachte sage und schreibe einen Tausender!«

Die beiden Freundinnen schauten sich an und Karina nickte leicht, als wollte sie sagen: Da schaust du, was? Und Petra nickte, als wollte sie sagen: Ganz genau.

Gold im Sterzbach! Ein Fund, der Glücksritter aus nah und fern anzog. Die ganze Stadt zu überschwemmen schien. Petra vermochte sich nicht auszumalen, wie es am nächsten Tag an dem kleinen Bachlauf aussehen würde. Im Anschluss an das Treffen mit Karina hatte sie sich an der Tankstelle am Kreisel zwei Tüten Chips, ein Magnum-Eis und eine Flasche Weißwein gekauft. Jetzt hockte sie mit untergeschlagenen Beinen auf dem Boden vor ihrer Couch und malträtierte ihren Laptop.

Goldwaschen war in Deutschland mit Ausnahme von Naturschutzgebieten oder privaten Grundstücken fast überall gestattet. Allerdings, da waren sich die Experten einig, gab es hierzulande nicht wirklich viel zu holen. Unmöglich war es andererseits nicht. Und konnte es nicht sein, dass der heftige Regen der letzten Wochen etwas aufgewühlt hatte? Sie versuchte sich zu erinnern, was sie bei dem Bildvortrag eines HEIMATKUNDIGEN in der Stadtbücherei einmal gehört hatte.

Die Quelle des Sterzbachs lag im Mühltal, östlich von Langen am Springenteich. Von dort aus floss *die Bach*, wie das Gewässer im Volksmund genannt wurde, durch den Paddelteich und –

kanalisiert – zum Weihertürchen am Stumpfen Turm. Zurück an der Oberfläche ging es dann die Bachgasse entlang, bis zu einem abgedeckten Wasserfall hinter den zwei Sühnekreuzen. Dort stand vor langer Zeit eine Holz-Schneidmühle, angetrieben von einem Mühlrad mit der Wasserkraft des *Stürzbachs*, die fünf weitere Mühlen in Langen nutzten. Gezwängt in Kanalrohre kam er erst wieder an der Rechten Wiese zum Vorschein. Durch das Loh, an Schloss Wolfsgarten vorbei, vereinte er sich hier mit dem Kirchnerseckgraben. Sein Wasserweg führt ihn dann durch das Hessische Ried bis zum Altrhein und weiter in den Rheinstrom. Letztendlich mündet alles, was hier in Langen plätscherte, irgendwann in die Nordsee und den Atlantischen Ozean.

9

Als Petra am Freitagmorgen nach dem überaus ereignisreichen Vortag erwachte, lag sie alleine im Bett. Maik war nicht mehr zu ihr gekommen. Es war nicht ungewöhnlich, dass er manchmal abends an seinen Texten arbeitete, aber sie fand es schade, hätte sich gern an ihn gekuschelt und die Zeit, die sie miteinander verbringen konnten, genossen.

Weil es auf dem Balkon zu kalt war, absolvierte sie ihre allmorgendlichen Yoga-Übungen im Wohnzimmer, trank einen Kaffee und machte sich dann auf den Weg in die Redaktion. Ohne bei Maik zu klingeln. Wenn es bei ihm spät geworden war, würde er ausschlafen wollen.

Frederik erwartete sie mit Neuigkeiten.

»Die Tote hieß Zita Kirsch. Sie war nicht im *Sterzbacher Hof*, sondern in einem Hotel in der Frankfurter Straße, nahe der Altstadt, abgestiegen.« Der Praktikant legte eine Kunstpause ein, bevor er fortfuhr. »So, wie vier weitere Autorinnen. Alle fünf wollten in den Kreis der *Tödlichen Ladys* aufgenommen werden.«

»Uff«, stöhnte Petra, »gibt es denn Hinweise darauf, dass eine der vier anderen ebenfalls gestern früh im Mühltal unterwegs war?«

»Du meinst eine, die sich ihren Platz in dieser illustren Riege von Frauen sozusagen ermorden wollte?«

Petra nickte versonnen. »Könnte doch sein.«

Frederik wirkte erschrocken. »Tödliche Ladys morden nicht nur mit Worten«, textete er dann und malte dabei mit den Fingern Gänsefüßchen in die Luft, bevor er sich wieder seinem Bildschirm zuwandte.

»Was dagegen, wenn ich heute früher Schluss mache?«, murmelte er. Petras Blick fiel auf ein Paar Gummistiefel neben seinem Schreibtisch. Ruckartig richtete sie sich in ihrem Bürostuhl auf.

»Erstens musst du nicht mich fragen, sondern Sigurd. Er ist der Chef hier. Und zweitens – hast du etwa vor, zum Sterzbach zu gehen?«

Frederiks Kopf sank etwas tiefer, der Vorhang seines überlangen Ponys versperrte Petra den Blick auf seine Mimik.

»Von meinem Praktikantengehalt kann ich keine großen Sprünge machen.«

»Weißt du, was in der Stadt los ist? Drei, vier Dutzend Goldgräber sind bestimmt schon seit Morgengrauen unterwegs. Glaubst du, dass du da auch nur ein Krümelchen mehr findest?«

»Ich gehe nicht zum Sterzbach«, verkündete Frederik, »sondern schaue mich im Mühltal um.« Es dauerte einen Moment, bis Petra begriff.

»Du denkst ...«

»Der Regen der letzten Tage und Wochen. Genau. Ich denke, der hat in einem der Teiche dort was ins Rollen gebracht.«

Gar nicht so dumm. Wie immer, wenn sie ihre grauen Zellen auf Trab bringen musste, nagte Petra an ihrem Daumen. Um dann erneut ruckartig nach oben zu fahren. »Was, wenn diese Zita ebenfalls dort etwas gesucht hat.«

Frederik, ein lautloses »Oh«, auf den Lippen, wandte sich ihr zu. »Du meinst, sie hat um vier Uhr früh nach Gold Ausschau gehalten?«

»Vielleicht welches gefunden. Das man ihr abgenommen hat.«

»Dann wäre der Täter ...«

»... oder die Täterin ...«

44

»… jetzt im Besitz von Nuggets.«

Petra sprang auf und lief neben ihrem Schreibtisch auf und ab. »Man müsste wissen, ob sie Utensilien dabeihatte. Gummistiefel. Sieb. Waschpfannen.«

»Du hast doch mit dieser Siebenhühner gesprochen. Was hat sie denn gesagt?«

Dass die Leiche bekleidet war. Eine Stirnlampe neben ihr im Gras lag. Sonst war ihr nichts aufgefallen. Möglicherweise hatte man ihr aber auch ihre Gerätschaften abgenommen. Aus gutem Grund, weil es wichtige Hinweise waren. Andererseits …

»Sag mal Frederik. Kannst du herausfinden, wann dieser Mann das Nugget gefunden hat, das den ganzen Goldrausch ausgelöst hat? Am besten wäre ein Interview mit ihm.« Sie erklärte ihm die Geschichte mit dem Foto und WhatsApp, die Karina ihr am Vorabend erzählt hatte.

»Soll ich mich jetzt in sein Handy hacken oder was?« Sie beide wussten, dass er es konnte. Er und seine Kumpels von den *Beasty Young Nerds* waren überaus geschickt darin, sich in anderer Leute technische Spielzeuge zu schmuggeln. Sogar in den Rechner des BKA war Frederik mal eingedrungen. Sehr zu ihrem Entsetzen. Sie wollte nichts wissen von derlei Praktiken.

Petra schielte zur geschlossenen Bürotür von Sigurd Falck. Der Redaktionsleiter war seit ein paar Tagen verdächtig still. Noch stiller war nur Natalie, seine Sekretärin. Und jetzt, wo sie so über das Thema Stille nachdachte, fiel Petra noch etwas auf. Von den beiden Redaktionskollegen, die sich das angrenzende Büro teilten, war ebenfalls nichts zu hören und zu sehen.

»Was ist hier eigentlich los?«, fragte sie leise.

»Was meinst du?« Frederik schien keine Veränderung bemerkt zu haben.

»Die Stimmung ist doch etwas gedrückt.«

Vom anderen Schreibtisch her kam lediglich ein Brummen, aber keine Antwort. Dann klingelte Petras Handy und sie nahm das Gespräch freudestrahlend an, ging aber vorsichtshalber in den Hausflur. Musste ja nicht jeder ihre Turtelei mit Maik mitkriegen.

Als sie zehn Minuten später mit leicht geröteten Wangen und glänzenden Augen an ihren Platz zurückkehrte, schnippte Frederik triumphierend mit den Fingern. »Vorgestern war's. Der Mann hat das Nugget beim Abendspaziergang gefunden und per WhatsApp in die Welt hinausposaunt.«

»Und du hast das jetzt wie genau rausgefunden?«

Frederiks Grinsen ging bis hinter seine Ohren. »Ganz einfach. Ich habe meine Maus gefragt, weil die mich gestern darüber informiert hat. Die hat das von ihrem Cousin aus Erlangen erfahren, der wiederum einen Kollegen hat, der ...«

»Okay, okay. Schon verstanden.« Petra winkte ermattet ab. Sie war heilfroh, dass Frederik keine kriminelle Energie hatte einsetzen müssen, sondern lediglich den allgemein bekannten Umstand nutzte, dass jeder jeden auf dieser Welt um sieben Ecken kannte. Und eines war jetzt auch klar – Zita Kirsch hätte durchaus von dem Gold gewusst haben können, als sie sich zu nachtschlafender Zeit auf den Weg ins Mühltal machte. Und damit rückte ein mögliches Mordmotiv, glänzend wie ein riesiges Nugget, in Petras Bewusstsein.

Gegen Mittag meldete sich Marie-Theres Strobel. Petras Überraschung konterte sie mit einem »Ich habe es mir überlegt. Bevor Sie irgendetwas schreiben, diktiere ich Ihnen die Dinge lieber in den Block.« Petra unterdrückte eine unwirsche Bemerkung, die in die Richtung ging, sie schreibe nie *irgendetwas* und sei schließlich nicht die Sekretärin der *First Lady*. Weil Strobel sich keinesfalls mit der Journalistin im Hotel treffen wollte, verabredeten sie sich für den Nachmittag im Eiscafé am Lutherplatz. Bis dahin hoffte Petra, weitere Informationen über den Mord zu erhalten. Frederik erteilte sie den Auftrag, nicht nur zu schürfen, sondern gleichzeitig zu recherchieren. Die Überschrift für den Artikel stand bereits fest: *Goldrausch in der Sterzbachstadt!* Gleichwohl offensichtlich keiner der angereisten Glücksritter bisher auch nur ein Krümelchen des Edelmetalls entdeckt hatte.

»Die sind morgen alle wieder weg«, tröstete sie sich. Und später Marie-Theres Strobel, die immer noch wegen der ausgefallenen Lesung grummelte. Die beiden Frauen saßen einander im hinteren Teil des Cafés, weit entfernt von den bodentiefen Fenstern, die einen Blick zum Lutherkreisel boten, beim Kaffee gegenüber.

»Diese Leute interessieren mich nicht. Mich stört die Tatsache, dass dieser Trupp die Aufmerksamkeit auf sich zieht. Wo doch wir uns das erhofft hatten«, murrte die *First Lady* und fuhr sich mit den Fingern durchs wilde Haar. Seit ihrem Eintreffen huschte ihr Blick ständig im Lokal herum und Petra wurde das Gefühl nicht los, dass ihr Gegenüber die Befürchtung hegte, dass plötzlich wieder eine ihrer Stellvertreterinnen auftauchen könnte.

»Sie wollen wissen, was es mit Zita und unserem Club auf sich hat. Richtig?«

Petra nickte. Sie aktivierte die Aufnahmefunktion ihres Handys, schlug ihr Notizbuch auf und zückte einen der drei Bleistifte, die sie stets mit sich führte. In den folgenden zehn Minuten erläuterte die *First Lady* die Dinge, die Petra bereits kannte.

Immer nur einhundert Krimiautorinnen, handverlesen. Wer länger als drei Jahre kein neues Buch veröffentlicht hatte, wurde ausgeschlossen. Dann ging es ans Eingemachte. Autorinnen, die Mitglied werden wollten, mussten von zwei Vereinsmitgliedern vorgeschlagen werden, die als eine Art Bürgin fungierten.

»Wir entscheiden bei unserer jährlichen Versammlung im Vorstand darüber, welche der Anwärterinnen aufgenommen werden soll. Normalerweise haben wir mehr Bewerbungen als freie Plätze.«

Die Aufnahmekriterien waren geheim. Lediglich die Frage, wer entschied, wurde beantwortet. »Das ist immer die *First Lady*, also derzeit ich, und ihre beiden Stellvertreterinnen. Dazu kommen im Losverfahren zwei Mitglieder. Nicht dieselben, die eine der Frauen vorgeschlagen haben, versteht sich.«

»Also fünf Autorinnen, die über die Aufnahme gemeinsam entscheiden«, vergewisserte sich Petra, denn ihr Gegenüber sprach schnell und stakkatoartig, wobei sie sich immer wieder hektisch umblickte.

Marie-Theres Strobel nickte. »Sie können sich vorstellen, dass das manchmal nicht einfach ist. Dieses Jahr zum Beispiel. Drei Plätze sind frei geworden, fünf Anwärterinnen wollen aufgenommen werden. Alle hochkarätig in dem Sinn, dass sie erfolgreich sind und regelmäßig neue Bücher schreiben.«

»Gab es schon einen Entschluss?«

Strobel schüttelte den Kopf. »Die Sitzung ist für Sonntag anberaumt.«

»Werden Sie sie durchführen?«

»Aber ja.« Strobels Stimme ließ keinen Zweifel aufkommen. »Das mit Zita ist tragisch. Doch wenn wir jetzt nicht entscheiden, bleiben drei Plätze unbesetzt, der gesamte Club würde leiden.«

Petra verkniff sich die Frage, was genau so wichtig daran wäre, immer genau 100 Mitglieder zu haben und stenografierte einfach mit.

»Darf ich fragen, wie es zu den drei freien Plätzen kam?«

Marie-Theres Strobel ließ sich mit einem Seufzen in ihren Stuhl zurückfallen. »Eine Lady hat sich entschieden, generell keine Krimis mehr zu schreiben, eine zweite brachte in den vergangenen drei Jahren nichts Neues raus. Die dritte ist verstorben.« Sie senkte die Augen auf ihre inzwischen geleerte Kaffeetasse. Nach einer kurzen Pause fuhr sie fort. »Zita brachte alle Voraussetzungen mit. Ich kannte sie persönlich nicht, hätte mir aber vorstellen können, dass sie einen Zuschlag erhält.«

»Die anderen vier Frauen stehen nicht ganz so gut da?«

»Wenn Sie mich indirekt danach fragen, ob es sich für eine von ihnen gelohnt hätte, Zita etwas anzutun – das kann ich mir nur schwer vorstellen.«

Nach dem Gespräch hatte Marie-Theres Strobel es eilig, wieder ins Hotel zurückzufahren. Es wirkte, als habe sie das Treffen mit der Journalistin auf eine To-Do-Liste gesetzt und sei froh, einen Haken daran machen zu können.

Petra packte ihre Sachen zusammen und strebte dem Ausgang zu, als jemand mit einem lauten »Pst!« auf sich aufmerksam machte.

»Ja bitte?« Petra kannte die dünne Frau nicht, die lautlos neben ihr aufgetaucht war.

»Sie sind die Reporterin, oder?« Ein leichter, harter Akzent.

»Ich arbeite für die *Langener Morgenpost*.«

»Gibt Belohnung?«

Petra zog die Brauen hoch. »Wir sind kein Boulevardblatt«, entgegnete sie würdevoll. Die Frau fuhr sich mit den Fingern durch ihr kurzes Haar von undefinierbarer Farbe. Sie wirkte unentschlossen. Petra wartete.

»Bin Zimmermädchen«, verkündete die Fremde. Ihre Augen huschten im Raum umher. Sie war genauso nervös wie Marie-Theres Strobel.

»Aha.« Noch war sich Petra nicht sicher, ob sie sich auf ein weiteres Gespräch einlassen sollte. Leute, die sofort nach Geld fragten, hatten selten etwas wirklich Wissenswertes zu berichten.

»Weiß etwas über die Tote.« Das blasse Gesicht der Frau rötete sich leicht bei diesen Worten.

Jetzt wurde es interessant.

»Wollen wir uns setzen? Darf ich Sie auf etwas einladen?« Petra bat die Frau mit einer Handbewegung in den hinteren Teil des Raumes. Als sie sich an den Tisch gesetzt hatten, den Petra erst kurz zuvor verlassen hatte, fragte die Journalistin nach dem Namen ihres Gegenübers.

»Irina«, entgegnete die leise. Sie wirkte unsicher, wie sie dasaß, an ihrer Unterlippe kaute und die Hände so fest ineinander verschränkte, dass die Knöchel weiß hervortraten.

»Irina, Sie kannten die Frau, die man im Mühltal gefunden hat?«

Das Zimmermädchen nickte.

»Gibt Geld?«, wollte sie erneut wissen.

Petra unterdrückte ein Seufzen. »Wenn Ihnen etwas bekannt ist, dass der Aufklärung des Verbrechens dient, müssen Sie sich an die Polizei wenden. Falls man dort eine Belohnung ausgesetzt hat ...«

»Also nicht.« Die Stimme der Frau klang dumpf.

Der Kellner trat an den Tisch. Irina bestellte eine Waffel mit Eis und einen Cappuccino, Petra einen Espresso und ein Wasser. Danach nahm Petra den Gesprächsfaden wieder auf.

»Was möchten Sie mir erzählen?« Vermutlich für umsonst nicht mehr viel, aber man sollte die Hoffnung bekanntlich nicht aufgeben.

Irina schien wieder zu überlegen, dann durchlief sie ein sichtbarer Ruck. »Habe gehört Streit.«

»An dem Zita beteiligt war?« Petra kramte eilig ihr Notizbuch aus der Tasche, schlug es auf und notierte das Wort »Streit«.

»Mit Freundin.«

Petra schrieb »Freundin« und verband die beiden Begriffe mit einem Pfeil.

»Wann war das?«

»An Abend vor ...« Irinas Stimme stockte, sie schluckte.

»Bevor man die Tote fand?«, assistierte Petra.

Irina nickte. »War heftige Streit«, setzte sie hinzu.

»Worum ging es denn?« Petra hatte Mühe, ihre Stimme zu zügeln, wollte nicht zu gierig wirken. Aber das, was Irina ihr gerade erzählte, ließ ihr Journalistinnenherz höherschlagen.

»Weiß nicht.« Diese Worte dämpften Petras Enthusiasmus spürbar.

»Das heißt, Sie haben nicht verstanden, worüber die beiden geredet haben?«

Irinas Kopf pendelte hin und her. Gerade so, als wolle sie nicht bejahen, aber auch nicht kategorisch verneinen. Und tatsächlich, eine Sache fiel ihr wieder ein. Sie hatte dem wohl keine Bedeutung zugemessen. Aber Petra, die mehr über die *Tödlichen Ladys* wusste, war sofort klar, was der Begriff zu bedeuten hatte.

»Aufnahme«, lautete das Wort.

Zita Kirsch hatte auf der Liste derjenigen gestanden, die dem edlen Autorinnenclub beitreten wollten. Mit wem konnte sie darüber in Streit geraten sein?

Der Kellner kam und servierte die Bestellung. Irina fiel über ihre Waffel her wie ein ausgehungerter Wolf über ein Stück Fleisch.

»Sie stritten sich um die Aufnahme?« Petras Bein zuckte nervös.

Irina nickte, mit dicken Backen kauend. Sie schluckte, bevor sie antwortete. »Ging um Club.«

Bingo! Petra rutschte etwas näher an ihre Informantin heran. »Um die *Tödlichen Ladys*?«

»Vielleicht.« Irina zuckte desinteressiert die Schultern. »Und ging um Rommé.«

Rommé? Das Kartenspiel? Da verwechselte Irina wohl etwas.

»Renommee?«, half Petra ihr auf die Sprünge.

»Oder so.« Wieder ein Schulterzucken. Die Waffel und das Eis waren verputzt, Irina wischte sich ein bisschen Schokoladensoße vom Kinn.

Petra trank ihren Espresso und tippte mit dem Finger auf das Blatt mit den Notizen. »Das haben Sie alles gehört?«, vergewisserte sie sich.

»Sage doch. An Abend. Freundinnen waren sehr laut.« Sie verdrehte die Augen.

»Wissen Sie denn, wie die andere hieß?«

»Aurora«, kam die Antwort wie aus der Pistole geschossen. Dann kicherte Irina koboldhaft. »Wer nennt Kind so?«

Das wusste Petra auch nicht, aber sie wusste, wen sie gleich anrufen würde.

»Ich muss mal kurz telefonieren. Soll ich Ihnen noch etwas bestellen?«

Irina wollte eine weitere Waffel, die Petra beim Hinausgehen orderte. Auf der Außenfläche des Cafés saßen bei dem herbstlichen Wetter lediglich eine Handvoll Leute. Dick eingepackt in Anoraks und Mäntel tranken sie ihren Kaffee. Es war sonnig, aber kühl. Petra wandte sich von der Außenterrasse ab und tippte die Nummer von Marie-Theres Strobel in ihr Handy. Erfreulicherweise meldete die sich fast sofort.

»Eine Frage«, fiel Petra gleich mit der Tür ins Haus. »Sie haben mir ja erzählt, dass über die Aufnahmeanträge Sie, Ihre beiden Stellvertreterinnen und zwei zugeloste Mitglieder des Clubs entscheiden. Richtig?«

»Exakt.«

»Können Sie mir sagen, welche beiden Ladys das dieses Jahr sind?«

Einen Moment lang blieb es am anderen Ende still. »Warum?«

»Es geht um die Vollständigkeit meiner Recherchen.« Was ja irgendwie stimmte.

»Weiß nicht, was das zur Sache tut«, brummte die Strobel. »Aber wenn es Sie interessiert. Dieses Jahr wurden Annalena Bergmann und Aurora Grün ausgelost.«

Aurora! So viele Frauen dieses Namens würde es ja wohl nicht geben! Durch Petras Körper floss Adrenalin. Sie war auf einer Spur, das fühlte sie ganz deutlich.

»Und beide Frauen sind bei der Jahrestagung dabei, also hier, in Langen?«, vergewisserte sie sich.

»Natürlich. Das ist die Voraussetzung, zugelost zu werden. Anders geht es ja nicht. Aber jetzt sagen Sie mir mal ...«

»Danke«, unterbrach Petra die Vorsitzende. »Sie haben mir sehr geholfen. Ich veröffentliche übrigens nichts über Interna Ihres Clubs, ohne den Text von Ihnen freigeben zu lassen.«

»Das will ich hoffen«, brummte es auf der anderen Seite.

Petra atmete tief durch und ging zurück ins Café. Dort hatte Irina die zweite Waffel bereits fast vollständig verdrückt. Wohin das zierliche Persönchen das alles steckte?

»Aurora und Zita haben sich gestritten. Es ging um die Aufnahme in den Club der *Tödlichen Ladys*«, rekapitulierte Petra, nachdem sie wieder Platz genommen hatte.

»So. Ja.« Irina wischte einen Krümel vom Tisch und sah ihr Gegenüber gespannt an.

»Das war in Zitas Zimmer«, fuhr Petra fort.

»Nicht Zitas. Auroras Zimmer«, korrigierte Irina leicht ungeduldig.

»Wie bitte?« Petra war davon ausgegangen, dass Aurora Zita in deren Hotel nahe der Altstadt besucht hatte.«

»Bin Zimmermädchen in *Sterzbacher Hof*. Beste Haus am Platz.« Bei den letzten Worten richtete sich Irina kerzengerade stolz auf. »Kriegt nicht jede Job da«, setzte sie hinzu.

»Ja, der *Sterzbacher Hof* ist was ganz Besonderes«, beeilte sich Petra, ihr beizupflichten.

»Sie sagen niemandem, dass ich mit Ihnen geredet habe?« Auf einmal schien Irina einzufallen, dass man im Hotel ganz sicher nicht begeistert wäre von ihrer mangelnden Diskretion.

»Nein, bei uns gilt der Quellenschutz. Sie als Informantin werden nicht genannt.« Petra nickte beruhigend. »Aber nun noch einmal: Der Streit fand in Aurora Grüns Hotelzimmer statt?«

»In Zimmer von Aurora und Zita«, entgegnete Irina, leicht genervt. »Beide ein Paar.« Jetzt zuckte sie mit den Schultern und beugte sich zu Petra hinüber. »Du verstehen?«

»Ehrlich gesagt, ja und nein«, stammelte die. Diese Informationen musste sie erst einmal sortieren, genau wie das Du, zu dem Irina unvermittelt übergegangen war. »Die beiden haben sich ein Zimmer geteilt?« Sie flüsterte fast. Nicht wegen der Tatsache, dass Aurora und Zita womöglich ein Paar gewesen waren. Wen interessierte das heute noch? Sondern, dass eine Aspirantin mit einer derjenigen Frauen, die ein Stimmrecht bei der Aufnahme in den Club hatte, zusammen gewesen war. Sogar das Hotelzimmer mit ihr geteilt hatte. Offiziell hatte Zita in einem anderen Hotel gewohnt. Aber wenn es stimmte, was Irina sagte, hatte sie in der Nacht vor ihrem Tod bei ihrer Freundin im *Sterzbacher Hof* übernachten wollen. Wozu es nicht mehr gekommen war. Was, soviel war anzunehmen, mit dem Streit zusammenhing.

»Danke, Irina.« Petra erhob sich, bat den Kellner um die Rechnung und reichte dem Zimmermädchen die Hand. »Ich denke, dass das, was Sie mir erzählt haben, auch die Polizei interessiert.«

Irina sah nicht so aus, als ob sie diese Einschätzung teilte. Aber das war nicht mehr Petras Sache.

10

Beim Verlassen des Cafés fiel Petra als Erstes der Feuerwehrwagen auf, der mit lautem Tatütata über den Kreisel am Lutherplatz jagte. Es folgte, ebenfalls mit Sirene, ein Polizeiwagen. Was war denn da wieder los? Jedenfalls gab es nichts zu überlegen für eine engagierte Journalistin, wie sie es war. Petra schwang sich flugs auf ihr Rad und strampelte den beiden Fahrzeugen hinterher, die August-Bebel-Straße hinauf. Als sie an der Kreuzung zur Fahrgasse angekommen war, sah sie das Blaulicht schon durch die Bachgasse zucken. Jetzt trat Petra erneut in die Pedale, raste regelrecht auf den Wilhelm-Leuschner-Platz zu, vorbei am Vierröhrenbrunnen und sah von dort aus gleich ihre schlimmsten Befürchtungen bestätigt. Feuerwehr und Polizei standen vor dem Haus, in dem Petras Großmutter Hanna wohnte. Und aus genau deren Parterrewohnung drang dicker, schwarzer Rauch.

Petra war so schnell von ihrem Rad gestiegen, dass dieses umkippte und in den Sterzbach gefallen wäre, hätte sie es nicht in letzter Sekunde festgehalten. Die Szenerie wirkte auf den ersten Blick fast apokalyptisch. Hanna Koslowski stand auf der Bachgasse, Gesicht und Haare schwarz vor Ruß. Neben ihr husteten Kuno von Otter und Brunhilde Siebenhühner um die Wette. Beide sahen ähnlich ramponiert aus. In Hannas Wohnung war ein Brand ausgebrochen, durch das weit geöffnete Küchenfenster zogen dunkle Rauchwolken heraus. Bevor Petra fragen konnte, was passiert war, trug ein Feuerwehrmann eine große Feuerschale aus dem Haus. Aus der qualmte und stank es gewaltig.

»Das ist ein Fall für den Tierschutz«, hörte Petra jemanden empört sagen. Sie blinzelte, weil der Rauch ihre Augen zum

Tränen gebracht hatte. Neben dem breitschultrigen, inzwischen gut trainierten Hanfstängel – nichts erinnerte mehr an das alkoholkranke Wrack, das er einst gewesen war, – stand ein blonder Spargeltarzan in Polizeiuniform.

»Wenn das stimmt ...«, setzte der an. Mit unüberhörbar bayerischem Zungenschlag.

»Der Rabe war schon tot, du Dabbes!«, schrie ausgerechnet Hanna diesen jungen Mann an.

»Frau Koslowski. Etwas Respekt bitte. Das ist Polizeianwärter Schnappauf.«

»Und Beschimpfungen empfinde ich als Beamtenbeleidigung«, schob der dergestalt Vorgestellte nach und rückte seine Hose mit Holster, Handschellen und Schlagstock in einer bedrohlichen Geste zurecht.

»Ach herrje!«, meldete sich Brunhilde zu Wort. »Jetzt müssen sie sich ihre Polizisten schon aus Bayern holen! Dabei wird jeder Pimpf heute Beamter. Da kann man ja gar nichts mehr sagen, ohne einen von der Sippe zu beleidigen.«

Die Siebenhühner war, wie Petra wusste, in ihrer politischen Zeit in Frankfurt in den 1970er-Jahren gerne »Brunhilde die Wilde« genannt worden und hatte sich eine Zeit lang hingebungsvoll staatsfeindlichen Umtrieben gewidmet. Jedenfalls war das die Meinung einiger offizieller Stellen, die mit Hausbesetzern und der autonomen Szene befasst gewesen waren. Aus der Zeit kannte Brunhilde auch Kuno von Otter, der viel Wert darauf legte, damals schon gemäßigter gewesen zu sein als seine ehemalige Kumpanin. Seitdem die beiden sich zufällig nach Jahrzehnten in Langen wieder über den Weg gelaufen waren, schien die alte Freundschaft erneut aufgeflammt zu sein. Sehr zum

Verdruss von Karl Nappes, der jetzt ebenfalls den Ort des Geschehens betrat.

»Wurde auch Zeit«, knurrte er in Richtung der Ordnungshüter. »Bevor meine Nachbarin mit ihrem Esoterikkram das ganze Haus abfackelt.« Er schoss einen giftigen Blick auf Hanna ab, die ihm dafür den Vogel zeigte. Jetzt erst sah er, dass auch Brunhilde mit von der verräucherten Partie war.

Die wiederum plusterte sich auf, stemmte die Fäuste in die Hüften und fragte bedenklich ruhig: »Du hast die Polizei gerufen?«

»Wir kommen automatisch, wenn's brennt«, beantwortete Hanfstängel die nicht an ihn gerichtete Frage.

Brunhildes Augen blitzten dennoch zornig. »Hast du überhaupt eine Ahnung, was du damit gestört hast?«

Nappes war anzusehen, dass er gar nicht wusste, wie ihm geschah. »Gestört?«, murmelte er. »Ich habe verhindert, dass das Haus abbrennt.«

Petra, bisher offensichtlich von niemandem bemerkt, trat näher an die Gruppe heran. Was war in der Wohnung ihrer Großmutter los? Sie linste zu dem Feuerwehrmann, der die Feuerschale mitsamt bedenklichem Inhalt etwas abseits auf den Boden gestellt hatte. Darin lagen Holzstückchen und Räucherhütchen. Und über allem qualmte der schwarze Flügel eines Raben.

Es wird doch nicht der aus Großmutters Arbeitszimmer sein, dachte Petra. Das ausgestopfte Tier hing schon seit ewigen Zeiten in dem Kabuff, in dem Hanna den Leuten die Zukunft voraussagte oder sie mit den Seelen ihrer Verstobenen in Verbindung brachte.

»Erzählen Sie. Es würde uns ebenfalls interessieren«, klinkte sich der Spargeltarzan in das Gespräch ein. Aus Hannas Fenster flog jetzt eine halb angekokelte Gardine, gefolgt von einem ebensolchen Teppich und ein paar schwarz verbrannten Holzscheiten.

»Was um Himmels willen ...«, murmelte Ayshe Müller und warf ihrem Kollegen Hanfstängel einen Blick zu, der ihr Unverständnis deutlich zum Ausdruck brachte.

»Frau Siebenhühner brauchte Antworten«, meldete sich Kuno von Otter an dieser Stelle zu Wort. »Immerhin war sie es, die die Tote im Mühltal gefunden hat.«

»Aha«, meinte Hanfstängel. »Und dieser Rabe sollte was genau dabei tun? Reden beziehungsweise krächzen konnte er aufgrund seines Zustands ja nicht mehr.«

Jemand kicherte.

»Er war dennoch ein Medium.« Hanna hatte jetzt ihre Enkelin in der inzwischen angewachsenen Menge der Schaulustigen und Nachbarn entdeckt und winkte ihr matt zu.

»Wir hätten diese Brücke nutzen können, wenn nicht dieser Herr hier«, Brunhilde zeigte anklagend auf Nappes, »gemeint hätte, die Feuerwehr alarmieren zu müssen.«

»Es hat gebrannt«, gab der wütend zurück.

»Gequalmt«, konkretisierte Kuno von Otter. Die beiden Männer maßen sich mit Blicken, scharf wie Rasierklingen.

»Wir haben Schlimmeres verhindert«, gab der Wehrführer der Feuerwehr zu Protokoll. »Dort drinnen hatte eine Gardine Feuer gefangen und die Holzscheite glimmen immer noch.« Er schüttelte fassungslos den Kopf. »Was manche Leute so treiben.«

»Die Scheite lagen in der Schale«, kreischte Brunhilde. »Hätten Sie ein bisschen besser aufgepasst ...«

»Ruhe jetzt!«, ging Hanfstängel ungewohnt energisch dazwischen. »Sie haben auf unverantwortliche Weise gezündelt. Da gibt es kein Vertun.«

»Den Einsatz wird Frau Koslowski bezahlen müssen«, brummte Ayshe und zog ihren schwarzen Pferdeschwanz zurecht, bevor sie sich umdrehte, um mit dem jungen Kollegen die Schaulustigen zurückzudrängen. Insbesondere ihre Drohung, Handys unverzüglich zu konfiszieren, führte dazu, dass die Geräte schnell weggesteckt wurden.

Nappes trat mit einem versöhnlichen Blick auf Brunhilde zu.

»Sei doch froh, ich habe dir das Leben gerettet.«

»So ein Kabbes«, gab die zurück und holte tief Luft, um eben das weiter auszuführen, als der Feuerwehrmann sie anfuhr. »Kein Kabbes! Sie alle hätten tot sein können. Schon mal was von Erstickungsgefahr durch Brandrauch gehört?«

Hanna schluckte heftig. Von Otters Augen hinter der Brille wurden groß. Brunhilde jedoch war noch nicht abgekühlt, sie schüttelte genervt den Kopf.

»Na ja, das wäre dann wohl der kurze Draht ins Jenseits gewesen«, erklärte der Spargeltarzan kühl. Was ihm einen zurechtweisenden Rippenstoß seines Vorgesetzten eintrug.

11

Nachdem die Feuerwehr Hannas Wohnung wieder freigegeben hatte, die Feuerschale mit dem qualmenden Vogelkadaver und dem ganzen Rest entsorgt worden war, nachdem sich die Schaulustigen zerstreut hatten, Polizei und Feuerwehr abgezogen waren, Kuno von Otter sich getrollt hatte und während Karl Nappes und Brunhilde ihren Streit lautstark auf der Straße fortsetzten, folgte Petra ihrer Großmutter ins Haus. Im Flur stank es so entsetzlich, dass die Journalistin befürchtete, sich übergeben zu müssen. Die Wohnung roch nicht besser. Ein Blick in Hannas sogenanntes Arbeitszimmer genügte. Dort hatte die Feuerschale auf dem massiven Holztisch gestanden, der sonst der Glaskugel vorbehalten war.

Die lag zertrümmert auf dem Boden, was Hanna mit einem lauten Schrei, gefolgt von heftigem Wehklagen, quittierte. »Die zeige ich an«, stammelte sie und sammelte die Scherben ihres Schatzes ein. »Das ist Sachbeschädigung.« Sie meinte die Feuerwehrleute, die, im Bestreben, ein Brandunglück zu verhindern, verständlicherweise nicht gerade zimperlich durch die Räume gelaufen waren.

»Was habt ihr euch dabei gedacht?«, wollte Petra wissen und starrte auf den kreisrunden, schwarzen Fleck, den die glühend heiße Feuerschale ins Holz des Tisches gebrannt hatte. Ein paar Räucherhütchen lagen am Boden. Vorhänge und Gardinen waren abgerissen worden, der Teppich fehlte. Aber der ausgestopfte Rabe hockte unversehrt an der Wand und betrachtete aus seinen gelben Glasaugen von hoch oben ungerührt das Geschehen. Hanna war auf ihrem von Löschschaum durchnässten Plüschsofa zusammengesunken. Sie hielt die Überreste der zerbrochenen Kugel in Händen und wiegte sich leise weinend vor und zurück.

»Oma, ich koche uns jetzt erst einmal einen Tee«, verkündete Petra. Doch in der Küche sah es aus, als habe eine Bombe eingeschlagen. Es würde Stunden dauern, alles wieder ordentlich herzurichten. Hanna, so viel war klar, befand sich derzeit nicht in der Gemütslage, das zu tun. Aus diesem Grund fasste Petra einen Entschluss.

»Du kommst jetzt erst einmal mit zu mir«, sagte sie zu ihrer Großmutter. »Um all das hier kümmern wir uns morgen.«

Karl Nappes dampfte wie ein frisch gekochtes Rippchen.

Wie hatte Brunhilde ihm das antun können! Ihn vor aller Augen und Ohren zu beschimpfen. Sie hätte ihm um den Hals fallen müssen. Vor Freude darüber, dass er ihr das Leben gerettet hatte. Stattdessen verhielt sie sich, als habe er genau das Gegenteil getan.

Nachdem alle abgezogen waren, hatte sie ihn mitten auf der Bachgasse lautstark zusammengefaltet. Dabei hatte sie ausgesehen wie ein angriffsbereites Nilpferd. Sie hatte ihm, er gab es ungern zu, Angst eingeflößt. Denn Brunhilde war nicht nur größer, breiter und schwerer als er, sie kannte darüber hinaus deutlich weniger Skrupel, die Dinge beim Namen zu nennen. Er mochte das an ihr. Inzwischen.

Anfangs war sie ihm mehr als suspekt gewesen. Eine Frau von Mitte sechzig, die ihre barocke Figur in knallenge Lederhosen zwängte und sich die Fingernägel grün lackierte. Hätte sich Lumpi damals nicht in Esmeralda schockverliebt und wäre von der Pudeldame nicht mehr loszueisen gewesen, wer weiß, ob nicht die erste Begegnung – Brunhilde hatte Nappes und Lumpi im Winter beim Einparken über und über mit Schneematsch beschmutzt – auch die letzte gewesen wäre. Dann aber hatte er eine Frau kennengelernt, die mit großem Vergnügen aß und trank, lachen konnte, dass die Wände wackelten und die ihn aus seinem Junggesellen-Schneckenhaus gelockt hatte. Ja, sogar den einen oder anderen romantischen Gedanken hatte er bei ihren gemeinsamen Spaziergängen oder Fernsehabenden gehegt. Hatte sie ihn nicht bereits einmal *Moi Schnuggelsche* genannt? Man konnte sagen, sie waren sich behutsam nähergekommen in den vergangenen Monaten. Nur wenn sie ihn zu sich zum Essen einlud, wurde es gelegentlich schwierig. Brunhilde kochte gerne orientalisch und dabei meistens vegetarisch. Aber eine Mahlzeit ohne Fleisch war für Nappes einfach keine, mochte sie noch so exotisch gewürzt sein. Dennoch, auch das hatte er tapfer ertragen.

Jetzt jedoch sah er all seine Felle davonschwimmen. Brunhilde war nach dem verbalen Schlagabtausch abgezogen. So wutschnaubend, dass Nappes sicher war, er habe Dampf aus ihren Nüstern aufsteigen sehen.

Was nun? Ratlos und verstört kehrte er in seine Wohnung zurück. Dort saß Lumpi in seinem Körbchen. Der Hund hatte keine Ahnung, was geschehen war, aber feine Antennen. Als er leise fiepte und sein Köpfchen traurig auf den Vorderpfoten ablegte, musste Nappes sich verstohlen eine Träne aus dem Augenwinkel wischen. Frauen, dessen war er sich in diesem Moment sicher, brachten nur Verdruss mit sich. Egal, ob bei Mensch oder Tier!

12

Es war schier unmöglich, Hanna zu trösten. Petra versuchte es erst gar nicht. Die zerbrochene Glaskugel stellte für ihre Großmutter eine Katastrophe dar. »Du hast keine Ahnung«, rief sie aus, als ihre Enkelin ihr vorschlug, einfach eine neue anzuschaffen. »Diese Kugel war etwas Besonderes. Das gibt es nicht in einem Kaufhaus zu erwerben.«

Es stellte sich heraus, dass Hanna das gute Stück einst auf dem legendären Frankfurter Flohmarkt am Eisernen Steg gekauft hatte. Zusammen mit dem ausgestopften Raben. Beides stammte aus dem Nachlass eines Mediums. »Als ich die Sachen sah, wusste ich, dass sie dort auf mich gewartet hatten.« Es war, wie sie sagte, eine klare Botschaft aus der Zwischenwelt gewesen. Seitdem legte Hanna ihrer Kundschaft nicht nur die Karten, sondern verschaffte sich Zugang zu dem Bereich, den man gemeinhin zwischen Himmel und Erde nannte. Oder gelegentlich ins Jenseits.

Doch jetzt lag all das buchstäblich in Scherben. Aus Hannas Mund drangen jammernde Laute, die Petra einen kalten Schauer nach dem anderen über den Rücken jagten. Wenn das so weiterging, sah sie auch für ihren eigenen Seelenfrieden schwarz. Zunächst aber musste sie sich um Hannas namenlosen Kater kümmern. Den hatten sie ebenfalls mit in Petras Wohnung genommen. Ein seltsamer Tross war das gewesen, der da mit dem Hopper, dem On-Demand-Shuttle, aus der Altstadt nach Oberlinden gefahren war. Petra und ihr Rad. Hanna mitsamt der zerbrochenen Kugel, Kater, Katzenklo und Körbchen.

»Und jetzt will ich wissen, was da eigentlich los war«, forderte Petra.

»Ach Kind«, Hanna schnüffelte in eines ihrer umhäkelten Stofftaschentücher. »Du verstehst das nicht.«

»Versuch's!«

»Na gut. Also – Du weißt ja, dass Kuno und ich uns ein bisschen angefreundet haben. Gestern Abend kam er mit Brunhilde Siebenhühner bei mir an. Sie hatte ihn aufgesucht, weil sie etwas zur Beruhigung wollte.«

Da hatte das Cannabis wohl nicht ausgereicht.

»Dabei hat sie ihm erzählt, dass sie der Überzeugung ist, nicht zufällig am Ort des tödlichen Geschehens gewesen zu sein. Vielmehr ist sie sich sicher, dass die Tote sie sozusagen zu sich gerufen hat. Damit sie den Mord aufklärt.«

»Hä?« Petra hatte Mühe, ihre Mimik unter Kontrolle zu halten. »Die Siebenhühner denkt, die Tote hätte sie buchstäblich zu sich gelenkt? Um praktisch durch sie, also ihre Stimme aus dem Jenseits, zu erfahren, wer sie getötet hat?«

Die Verstorbene schien ja kein großes Vertrauen in die Polizei zu setzen.

»Ich sagte ja, du verstehst das nicht.«

Hanna stopfte das Taschentuch umständlich in die Tasche ihres Kleides.

»Erzähl trotzdem weiter, vielleicht kommt das ja noch. Das Verständnis.«

»Sie wollte Kontakt aufnehmen. Zu der Toten.« Hanna schaute mit gerunzelter Stirn vor sich hin. »Da habe ich eine Räucherzeremonie vorgeschlagen. Mit Weihrauch, Sandelholz und ...«, sie stockte und blickte unsicher zu ihrer Enkelin hinüber.

»Einem toten Raben. Ich weiß. Die ganze Stadt redet inzwischen darüber«, ergänzte die den Satz ihrer Großmutter.

Hanna zeigte mit einer wegwerfenden Handbewegung, was sie davon hielt. »Diese ganzen Schlappmäuler«, murmelte sie. Um dann entschieden fortzufahren: »Raben sind Wanderer zwischen den Welten, das ist ja allgemein bekannt. Wir brauchten also einen, der die Nachrichten transportiert. Frau Siebenhühner war, das kann ich dir sagen, ohne meine Schweigepflicht zu verletzen, ziemlich durch den Wind.«

Schweigepflicht! Bei einem Medium! Petra schüttelte den Kopf, bedeutete ihrer Großmutter aber, fortzufahren.

»Sie wollte, nein, sie musste diesen Auftrag erfüllen. Also hat Kuno ihr einen toten Raben beschafft und wir haben losgelegt.«

Hoffentlich hatte der Tier-Heilpraktiker nicht einen seiner Grundsätze verletzt und den Vogel eigenhändig vom Leben in den Tod befördert!

Es folge eine ermüdende Auflistung sämtlicher Handgriffe, die zu der Séance oder wie man das, was die drei getrieben hatten, nennen wollte, notwendig gewesen waren.

»Gerade, als Frau Siebenhühner im Qualm etwas erkennen konnte, ein Gesicht, dazu eine Stimme hörte, kam uns das Martinshorn dazwischen.«

Meine Güte! Diese drei Traumtänzer hätten von sich aus vermutlich nicht einmal mitgekriegt, wenn das ganze Haus in Flammen gestanden hätte.

»Das bedeutet, dass die Siebenhühner die Tote nicht befragen konnte und immer noch nicht weiß, was geschehen ist. Deshalb war sie so außer sich. Und der Nappes, dieser Dappes ...«

»Oma. Du versicherst mir jetzt auf der Stelle, dass du eine solche Séance nicht erneut durchführen wirst! Schon gar nicht in meiner Wohnung!« Petra spürte eine gewisse Angst in sich aufkeimen. Würde ihr gemütliches Zuhause womöglich bald in

Flammen aufgehen? Brunhilde Siebenhühner von Petras Balkon aus auf den qualmenden Flügeln eines toten Raben ins Jenseits reisen?

»Bei dir? Vergiss es. Dieser Ort ist überhaupt nicht geeignet, die Geister der Zwischenwelt zu empfangen.« Mit diesen Worten richtete Hanna sich auf, hob die Nase ein kleines Stück an und betrachtete Petras Wohnzimmer, in dem eine wurstige Gemütlichkeit herrschte, als habe es sie aus einem Palast in eine Hütte verschlagen.

Okay, dachte Petra, damit kann ich leben.

»Ich muss noch einmal in die Redaktion«, informierte Petra nach dieser Aussprache ihre Großmutter. »Kann ich dich alleine lassen?« Hanna nickte, doch ihre gramzerfurchte Miene babbelte eine eigene Sprache.

Entgegen ihrer Ankündigung fuhr Petra nicht in die Redaktion, sondern schlug den Weg ins Mühltal ein. Trotz des Wetters – inzwischen war der Himmel wolkenverhangen und ein stetiger Wind blies und wirbelte das welke Laub vom Boden auf – suchten rund ein Dutzend Männer und Frauen in Outdoorkleidung und Gummistiefeln gewandet im fließenden Wasser des Sterzbachs nach Gold. Einige hatten bereits aufgegeben und packten Schaufeln, Siebe und Waschpfannen zusammen.

»Das war blinder Alarm«, hörte Petra einen der Männer sagen, die an ihr vorbei in Richtung Stadt liefen. Frederik sah sie erst, als sie zum Springenteich kam. Mit einer Handvoll anderer Goldgräber stand er dort. Vornübergebeugt starrte er in das kleine Gewässer. Das Haar hing ihm wie immer tief in die Stirn.

»Was gefunden?«

Er schrak zusammen, als er die Stimme seiner Kollegin hörte.

»Nö.« Er wirkte geknickt, fuhr sich mit der Hand übers Gesicht und zuckte mit den Schultern. »Ist wohl nicht mein Tag.«

Ein paar Meter weiter machten sich die nächsten glücklosen Sucher zum Aufbruch bereit. Die Euphorie war verpufft. Enttäuschung hatte sich breitgemacht. Dessen ungeachtet schien Frederik weiterhin Hoffnung zu haben, er winkte Petra kurz zu und vertiefte sich wieder in die Goldsuche. Sie sah ihm noch ein paar Minuten zu, bevor sie sich abwandte. Ein Mann und eine Frau in ihrer Nähe packten ihre Sachen zusammen. Petra ging auf die beiden zu.

»Entschuldigung, ich bin von der örtlichen Presse. Können Sie mir sagen, ob Sie etwas gefunden haben?«

»Keinen Krümel.« Trotz dieser enttäuschenden Aussage wirkte der Mann mit seinen roten Wangen und dem wachen Blick gut gelaunt.

Die Frau neben ihm grinste. »Wir haben uns jetzt den gesamten Bachlauf entlang gearbeitet – nichts. Wo auch immer dieses Nugget hergekommen ist, es scheint ein Einzelgänger zu sein.«

»Oder ein schlechter Scherz«, brummte ihr Begleiter und schulterte seinen Rucksack. Mit weit ausholenden Schritten gingen die beiden davon.

Petra sah ihnen nachdenklich hinterher. Sie konnte sich auf die ganze Sache keinen Reim machen. Jetzt ging sie zu Frederik zurück.

»Hör mal«, rief sie ihm zu. »Du schreibst was über diesen Goldrausch, ja?« Der Praktikant hob bestätigend die Hand, ohne sich aufzurichten.

»Kann sein, dass ich morgen früh etwas später komme.«

»Morgen? Ist Samstag.«

»Genau. Und laut Dienstplan halten wir beide am Vormittag die Stellung.«

Das war neu, denn im Kampf um Auflagen und Leserschaft wollte die Online-Ausgabe eben auch am Wochenende gefüttert werden. Frederik verdrehte die Augen, bevor er bestätigend nickte.

Sie wandte sich ab. Ein weiteres Gespräch wollte sie führen. Am besten im *Sterzbacher Hof*. Sie hatte nach den Geschehnissen in der Bachgasse etwas frische Luft und einen klaren Kopf gebraucht. Jetzt strampelte sie zurück ins Neurott und hoffte, es vor einem eventuellen Regenschauer bis dorthin zu schaffen.

13

Im Hotel *Sterzbacher Hof* herrschte auch an diesem Nachmittag rege Geschäftigkeit. Etliche der erst am Vortag angereisten Glücksritter beiderlei Geschlechts reisten offensichtlich bereits wieder ab. Rucksäcke und Reisetaschen wurden durch die Lobby getragen. Die *Tödlichen Ladys* hatten sich in die Seminarräume zurückgezogen. Die großen Hinweistafeln, die neben dem Empfang aufgestellt waren, wiesen allen den Weg, die sich zu Themen wie »Giftmorde«, »Eine Privatdetektivin ermittelt« oder »Operative Fallanalyse« schlaumachen wollten. Petra wartete, bis an der Rezeption etwas Ruhe eingekehrt war.

»Ist Aurora Grün auf ihrem Zimmer?«, fragte sie die Empfangsmitarbeiterin.

»Moment bitte«, meinte die freundlich und nahm einen Telefonhörer auf.

»Rezeption«, hörte Petra sie gleich darauf sagen. »Frau Grün, hier ist eine Dame, die Sie sprechen möchte.« Nach einem fragenden Blick auf ihre Besucherin hielt sie die Hand vor die Sprechmuschel. »Wie ist Ihr Name?«

»Koslowski, *Langener Morgenpost*.« Nur, um dann zu erfahren, Frau Grün habe keine Zeit.

»Sagen Sie ihr bitte, dass es wichtig sei. Im Sinne ihrer Freundin.«

Die Hotelangestellte zog zweifelnd die Brauen nach oben. Dann jedoch, sie hatte Aurora Grün über Petras Anliegen informiert und ihrer Erwiderung stumm gelauscht, nickte sie. »Gut, ich schicke Frau Koslowski zu Ihnen.«

Petra atmete auf und ließ sich die Zimmernummer geben. Fünf Minuten später stand sie der Frau gegenüber, mit der die ermordete Zita Kirsch am Abend vor ihrem Tod gestritten hatte.

Aurora Grüns Teint war blass wie ein Laken. Sie musterte Petra aus roten, verschwollenen Augen, bevor sie sie mit einer Handbewegung ins Zimmer bat. Petra konnte ihr Staunen kaum verbergen. Sie befand sich in einer Art Suite, einem lichtdurchfluteten Eckzimmer, dessen eine Seite zum nahen Wald zeigte. Die andere ging in Richtung des Parks, der das Hotel an drei Seiten umgab.

Verdammt, dachte sie, ich hätte mich mal erkundigen sollen, was diese Grün so schreibt. Womöglich hatte sie es mit einer veritablen Bestsellerautorin zu tun.

»Was ist so wichtig, dass es keine Zeit bis zu unserer Pressekonferenz am Mittwoch hat?«

Pressekonferenz am Mittwoch? Petra kramte in ihrem Gedächtnis. Offensichtlich so offensichtlich, dass sie von Aurora Grün ein mitleidiges Lächeln erntete.

»Jedes Jahr, nachdem die neuen Mitglieder aufgenommen wurden und am Ende unserer Tagung, lädt das Präsidium die Presse ein. Hätten Sie als Journalistin doch auch bekommen sollen.«

Womöglich lag diese Einladung auf dem Schreibtisch beziehungsweise PC von Sigurd Falck, dem Redaktionsleiter.

»Mein Besuch gilt nur Ihnen. Ich habe Informationen, dass Sie und die verstorbene Zita Kirsch sich am Vorabend ihres Todes – mein Beileid übrigens – heftig gestritten haben.«

Aus Auroras Gesicht wich der letzte Rest von Farbe. Sie schwankte und wäre gefallen, hätte Petra nicht sofort beherzt nach ihrem Arm gegriffen. Behutsam lotste sie die Autorin zu einem der beiden Sessel einer kleinen Sitzgarnitur neben einem dem Fenster.

»Wie ... was ...«, stammelte die Schriftstellerin.

»Das tut nichts zur Sache und unterliegt dem Quellenschutz. Also stimmt es.« Petra ließ sich in den zweiten Sessel fallen und betrachtete einen Stapel Papier, der auf dem Couchtisch zwischen ihr und Aurora lag. Es wirkte wie ein Manuskript. Der Text war in Blockform, die Ränder sehr breit, an einigen Stellen hatte jemand mit Bleistift etwas dazwischen geschrieben.

»Aber ...« Offenbar war Frau Grün nicht mehr zu ganzen Sätzen fähig. Kein Wunder. Wenn es das war, wonach es aussah, hatten sie und Zita Kirsch eine enge Beziehung gehabt, waren ein Paar gewesen. Petras Blick wanderte zu dem großen Doppelbett, das in einer Art Alkoven stand. Zu einer Vase mit fünfzehn roten Rosen.

Es gab wesentlich unromantischere Orte.

»Sie waren ein Paar«, mutmaßte Petra. »Hatte Ihr Streit etwas mit der Aufnahme von Zita bei den *Tödlichen Ladys* zu tun? Ich weiß, dass Sie dieses Jahr eine der Jurorinnen und damit mitverantwortlich für die Entscheidung des Gremiums sind.«

Aurora starrte ihren Gast einige Sekunden lang einfach nur an. Dann durchlief sie ein Ruck.

»So ist es nicht«, sagte sie lahm. »Wir sind ... wir waren befreundet. Natürlich dachte sie, dass sich dadurch ein Vorteil für sie ergibt.«

»Aber empfohlen haben Sie sie nicht? Als Bürgin, meine ich.«

»Das war gar nicht nötig. Zita hatte ohne Probleme zwei Empfehlungen von anderen Clubmitgliedern erhalten. Sie war als Autorin bekannt und ...« Sie musste abbrechen, fuhr sich mit der

72

Hand über die Stirn und wischte sich unter den Augen entlang. »Zita hätte sehr gut zu uns gepasst«, vollendete sie den Satz mit zittriger Stimme.

»Sie haben sich dieses Zimmer geteilt.«

Aurora Grün riss die Augen weit auf. »Nein! Sie war in einer anderen Unterkunft.«

»Sie war hier.« Petras Blick glitt zu der Vase mit den Rosen. »Zita wurde gesehen und Sie bewohnen ein Doppelzimmer.« Obwohl beides nichts heißen musste, wirkte Aurora, als habe man sie geschlagen. Ihr Kopf schnellte nach hinten, die Wangen nahmen eine unregelmäßige rote Farbe an.

»Das ist … Indiskretion. Ich werde das Hotel verklagen!«, stieß sie hervor und erhob sie so schnell, dass einige der Blätter auf dem Couchtisch durch den Luftzug in Bewegung gerieten.

»Das Hotel hat nichts damit zu tun.« Petra blieb ruhig sitzen. »Und Sie haben von mir nichts zu befürchten. Ich arbeite schließlich nicht für ein Krawallblatt, sondern eine seriöse Zeitung. Wir haben kein Interesse daran, Indiskretionen zu begehen.«

»Was wollen Sie dann hier?«

»Ich recherchiere nur«, entgegnete Petra.

Die beiden Frauen maßen sich mit Blicken.

Schließlich seufzte Aurora Grün tief und nahm wieder Platz. »Ja, es stimmt. Zita und ich waren ein Paar. Seit genau fünfzehn Monaten.«

Was die Anzahl der roten Rosen erklärte.

»Bei unserem Streit ging es aber nicht um die Aufnahme. Ich bin mir sicher, dass Zita selbst bei einer Enthaltung meinerseits in den Kreis der *Tödlichen Ladys* aufgenommen worden wäre. Sie hat dieses Frühjahr einen Bestseller herausgebracht und der nächste liegt bereits hier.« Sie deutete auf den Manuskriptstapel.

»Sie bat mich um meine Meinung. Ich habe einige Stellen angestrichen, ihr ein paar Tipps gegeben. Das, was man halt so macht als befreundete Autorin.« Aurora blickte auf das Manuskript und drückte ein Taschentuch gegen die Augen.

»Und deswegen der Streit?«

»Nein. Natürlich nicht. Aber Zita wollte unsere Verbindung öffentlich machen. Im Gegensatz zu mir, mir war es noch zu früh, ich konnte es mir nicht vorstellen.«

»Warum nicht?« Es war ja schließlich nichts Ungewöhnliches mehr an einer gleichgeschlechtlichen Liebe.

»Also mal ehrlich, Frau Koslowski. Was Recherchen betrifft, sind Sie nicht wirklich fit!« Sie schüttelte fassungslos den Kopf. »Sonst wüssten Sie, dass ich verheiratet bin!«

Oh weh! Petra spürte, wie sie errötete. »Da haben Sie recht. Ging aber auch alles so schnell.« Sie hätte noch hinzufügen können, dass sie so gut wie nie Krimis las und sich in dem Bereich nicht auskannte. »Okay, das verstehe ich«, murmelte sie stattdessen. »Ich nehme an, Ihr Gatte ist nicht eingeweiht?« Es gab ja die unterschiedlichsten Konstellationen heutzutage. Offene Ehe. Polyamour. Dreiecksbeziehungen.

Doch Aurora Grün schien nicht gewillt, weiter darüber zu sprechen. »Nichts von dem, was wir eben hier erörtert haben, erscheint in Ihrem Blatt. Sonst wird das Konsequenzen für Sie haben.« Erneut erhob sie sich, dieses Mal sichtlich energiegeladen. Sie streckte Petra auffordernd die Hand hin. »Adieu, Frau Koslowski.«

Das war nicht wirklich gut gelaufen. Während Petra auf den Lift wartete, überlegte sie, wie sie ihre Recherchen weiter voranbringen konnte. Nichts von dem, was Aurora Grün ihr gerade erzählt hatte, würde sie schreiben. Auch konnte sie mit ihrem Wissen über den Streit der beiden Frauen nichts anfangen. Alles Privatangelegenheiten. Lediglich vor dem Hintergrund des Mordes an Zita Kirsch bekam das Ganze eine Brisanz, die auch journalistisch von Bedeutung wäre. Wenn ... Nein, sie durfte nicht zu schnell handeln beziehungsweise schreiben.

In der Empfangshalle herrschte inzwischen wieder annähernd Normalzustand. Den Hinweistafeln konnte sie entnehmen, dass immer noch Seminare stattfanden. Daher war es nicht verwunderlich, dass sich nur wenige *Tödliche Ladys* in der Lobby aufhielten. Doch dann entdeckte Petra ein bekanntes Gesicht. Zielstrebig näherte sie sich der Frau, die sich in die Leseecke zurückgezogen hatte. Ihr kurzes schwarzes Haar hatte viel von seiner Standkraft eingebüßt und lag platt am Kopf an. Sie versank fast in einem Ledersessel mit hohem Rücken, hielt aber keines der Bücher in der Hand, die akkurat in einem Regal hinter der Sitzgarnitur standen. Vielmehr starrte sie vor sich hin.

»Hallo, wir kennen uns«, sprach Petra sie an. Die Frau hob in einer müden Geste den Kopf. Auf einem runden Button an ihrem schwarzen Blazer stand der Name des Clubs und darunter ihr eigener. Agnes Krüger.

»Frau Krüger, ich bin Petra Koslowski. Ich war gestern dabei, als Sie Ihren Vorstandsladys die traurige Nachricht überbrachten.«

Jetzt hatte sie die volle Aufmerksamkeit der Frau.

»Ach, Sie waren das.« Sie sprach so leise, dass sie kaum zu verstehen war.

»Darf ich?« Petra wartete die Antwort nicht ab und ließ sich gegenüber der anderen geschmeidig in einem Sessel nieder. »Wie haben Sie denn davon erfahren?«

75

»Von Zita?«

Petra nickte.

»Ich bin die Nummer vier.«

»Bitte?«

»Nach Marie-Theres, Mechthild und Viola bin ich die nächste in der Hierarchie des Clubs. Die drei waren ja im Gespräch mit Ihnen, daher nahm ich den Anruf entgegen.«

»Die Polizei wusste also bereits, wer die Tote war und dass sie mit Ihrem Club in Verbindung stand?«

Die Schwarzhaarige bewegte Schultern und Kopf auf eine Weise, die wohl signalisieren sollte, so genau sei es nicht gewesen.

»Aber wenn nicht, warum dann der Anruf bei Ihnen?«

»Es ist so, dass die Polizei von unserer Tagung Kenntnis hat. Wir fragen ja öfter mal an bei Recherchen. Haben Referentinnen aus der Gegend zu Workshops eingeladen. BKA, Kriminalpolizei. Sie wissen schon.«

Nö. Petra wusste nicht, was Krimiautorinnen so trieben, fand es aber sinnvoll.

»Aha. Da hat dann wohl jemand schnell geschaltet.«

»Zita hatte eine der Trillerpfeifen bei sich, die wir an unsere Mitglieder verteilen. Da steht natürlich unser Clubname drauf. Es war daher mehr so eine Anfrage. Ob jemand ... abgängig wäre.«

Agnes Krüger schniefte jetzt heftig.

»Aber Zita war ja noch gar kein Mitglied.«

»Nein. Das hat mich auch gewundert. Jemand muss ihr die Pfeife geschenkt haben.« Jemand, die wusste, dass Zita jeden Morgen sehr früh joggen ging. Jemand, die ihr nahestand. Petra konnte sich schon denken, wer.

»Wie sind Sie dann so schnell auf Zita gekommen? Wie konnten Sie das so blitzschnell eruieren?«

»Hören Sie mal. Warum stellen Sie mir eigentlich all diese Fragen?« Agnes zog die Stirn kraus und schaute nun eindeutig mehr empört als betrübt.

»Nur aus journalistischem Interesse heraus. Wir alle wollen doch die Kripo bei ihrer Arbeit unterstützen.«

Die Krüger schien nicht überzeugt. Sie zog die Unterlippe zwischen die Zähne und sah Petra aus zusammengekniffenen Augen heraus an.

»Fragen Sie Marie-Theres. Sie ist für die Öffentlichkeitsarbeit zuständig.«

»Okay. Das werde ich machen.« Petra schickte sich an, aufzustehen. Sie war enttäuscht. Offensichtlich war Agnes Krüger nicht bereit, mehr zu erzählen.

Doch die hatte sich anders entschieden. »Ist ja kein Geheimnis«, stellte sie nämlich klar. »Alle, Mitglieder und Aspirantinnen, sind in einer WhatsApp-Gruppe. In die habe ich dringlich geschrieben und um ein Lebenszeichen gebeten. Bis auf drei Frauen haben alle geantwortet. Zwei konnte ich hier im Hotel aus ihren Betten klingeln. Die dritte war Zita. Sie ging nicht ran. Die Polizei bat um eine Personenbeschreibung. Ich habe ihnen den Link zu Zitas Webseite gemailt. Dort sind ihre Autorinnenfotos eingestellt.« Agnes Krügers Augen füllten sich mit Tränen. Sie beugte sich nach vorn, als habe sie Schmerzen. »Und dann ... und dann ...« Und dann begann sie hemmungslos zu weinen.

Petra hatte ihnen beiden einen Tee besorgt. Melisse und Baldrian. Kräuter, die beruhigend wirken sollten. Bei Agnes Krüger jedoch war ein Damm gebrochen. Sie stammelte nur noch vor sich hin. Das sei alles ganz schrecklich und überhaupt ... Petras Versuche, die andere zu trösten, waren vergeblich. Je mitfühlender ihre Worte waren, desto mehr geriet Agnes Krüger in emotionale Wallungen. Erst, als Petra nichts weiter dazu sagte, einfach nur noch zuhörte, beruhigte sich die Krimiautorin langsam wieder. Bis dann plötzlich ein Satz fiel, der die Journalistin elektrisierte.

»Ich dachte ja sofort an diesen Stalker. Dass er sie sogar bis hierher verfolgt hat.«

»Zita hatte einen Stalker?« Das war ja ein Ding. Aufgeregt beugte Petra sich nach vorn. »Seit wann das denn?«

Agnes Krüger zuckte mit den Schultern. »Irgendwann hat sie es mir erzählt.«

»Sie kannten sich bereits?«

»Natürlich. Wir Krimiautorinnen tauschen uns in unterschiedlichen Gruppen und Vereinigungen aus. Zita und ich kommen beide aus Bielefeld. Nicht gerade die große weite Welt. Wir haben im letzten Jahr einige Lesungen zusammen absolviert.«

Sie hielt abrupt inne und Petra fragte sich, ob Agnes Krüger von Zitas Verhältnis mit Aurora Grün wusste. Petras Gegenüber wiegte den Kopf, als müsse sie eine Erinnerung zurechtrücken. »Wir waren im Anschluss an einer davon noch etwas trinken. Da hat sie es mir erzählt.« Petra hätte gern mehr gewusst, aber jetzt verzog sich das Gesicht der anderen erneut schmerzvoll. »Was, wenn er das war?

Niemand weiß, wer der Mistkerl ist.« Agnes Krüger hob den Kopf und ließ ihren Blick durch die Hotellobby wandern, in der sich zu diesem Zeitpunkt rund zwei Dutzend Menschen aufhielten. Die meisten davon Männer in Outdoor-Kleidung. »Verstehen Sie? Jeder hier könnte es sein.«

14

Im Anschluss an das Gespräch mit Agnes Krüger hatte Petra Frederik ein paar Arbeitsaufträge geschickt.

»Alles über Aurora Grün recherchieren.«

»Alles über Zita Kirsch recherchieren.«

»Gibt es neue Goldfunde?«

»Was macht das Interview mit dem Finder?«

Als Petra nach Hause kam, schwirrte ihr der Kopf. Es war spät geworden. Sie war müde und musste dringend ihre Gedanken ordnen. Noch vor dem Betreten ihrer Wohnung hörte sie jemanden niesen.

»Hatschi!«, tönte es bis in den Hausflur hinaus. Dem folgte ein weiteres »Hatschi!«, an das sich, kaum hatte sie die Tür geöffnet, eine ganze Salve reihte.

»Was ist denn hier los?«, rief sie, schleuderte ihre Tasche unter die Garderobe und schob sich die Schuhe von den Füßen.

»Allergie«, Maik kam aus dem Wohnzimmer. Die Augen, die sie immer so verdammt an den Schauspieler Ryan Gosling denken ließen, gerötet und verschwollen. Die Nase dick und rot.

»Was für eine Allergie? Es ist Herbst.« Petra wollte ihren Freund in die Arme nehmen, aber der winkte hektisch ab.

»Ich muss raus hier.« Mit diesen Worten stürmte er an ihr vorbei, zur Wohnungstür hinaus. Gleich darauf fiel gegenüber seine eigene lautstark ins Schloss.

»Miau!« Hannas Kater tänzelte in den Flur, als sei nichts gewesen. Unschuldig rieb er sich an Petras Bein. Der dämmerte, was los war. »Oma?«

»Ich bin hier.« Hanna hockte im Wohnzimmer auf dem Sofa, schlaff wie der sprichwörtliche Schluck Wasser.

Petra konnte schon auf die Entfernung die grauen Fellhaare auf dem Bezug erkennen. »Dein Kater haart.«

Hanna zuckte mit den Schultern.

»Und Maik leidet offensichtlich an einer Katzenhaarallergie.«

»Die Menschen heutzutage vertragen nichts mehr. Trinken keine Milch. Essen keine Weizenbrötchen. Haben diese und jene Unverträglichkeit. Zu meiner Zeit ...«

»Ja, Oma«, unterbrach Petra den Redefluss, der sich zudem merkwürdig geleiert anhörte. »Aber Maik ist kerngesund. Der hatte noch nie was. Nicht einmal einen Schnupfen.«

Und jetzt das! Wenn sie sich das ansah, hatte der Kater sein Fell bereits in ihrer ganzen Wohnung verteilt. Da würde sie mindestens mit einem Turbostaubsauger ranmüssen, den sie nicht hatte. Was bedeutete, dass ihr Freund auf absehbare Zeit nicht mehr zu ihr kommen konnte. Jedenfalls nicht, solange der Kater hier residierte und weiterhin großzügig seinen Pelz verstreute.

»Wie geht es dir denn?«, fügte sie besänftigend hinzu. Ein tiefer Seufzer war die Antwort. Ein waidwunder Blick auf den Karton, in dem die zerdepperte Kristallkugel lag, folgte.

»Weißt du was? Wir fahren morgen nach Frankfurt und schauen uns auf dem Flohmarkt um. Vielleicht ist ja was für dich dabei.«

»Nie im Leben. So etwas passiert kein zweites Mal. Plane du nur dein Wochenende wie gehabt.«

»Beim Aufräumen der Wohnung helfe ich dir auf jeden Fall.«

»Geh du mal zu deinem Maik rüber«, lautete Hannas einziger Kommentar. Petra ahnte, was ihre Großmutter dachte: Es hat einmal geklappt, ein zweites Mal wird mir ein solches Glück nicht beschieden sein. Vermutlich hatte sie recht. Wie oft wurden Kristallkugeln überhaupt angeboten. Die eine Vergangenheit hatten und funktionierten? Die jetzt zerdepperte Kristallkugel hatte sich als wirkungsvoll erwiesen, das war in der Stadt seit Jahren hinlänglich bekannt. Denn Hanna besaß reichlich Kundschaft. Darüber, was jetzt geschehen sollte, wollte sich Petra aber gerade nicht den Kopf zerbrechen.

Maiks Gesicht war bereits deutlich abgeschwollen, als Petra zu ihm rüberging.

»Solange dieser Kater bei dir wohnt, setze ich keinen Fuß mehr in deine Wohnung«, empfing er seine Freundin grummelig. »Was hat das überhaupt zu bedeuten? Hannas Behausung unbewohnbar? Weil die Feuerwehr alles zertrampelt hat?«

Petra brachte ihren Lover erst einmal auf den Stand der Dinge.

»Einen Raben angezündet?« Maik schüttelte voll Unverständnis den Kopf.

»Er war schon tot. Wenigstens hoffe ich das.«

»Wir in Island glauben ja auch an Elfen und Trolle. Aber das, was deine Oma da veranstaltet hat, ist ja der Hammer.«

So wie alles andere, das gerade in der Stadt abging. Natürlich hatte Maik von dem Goldrausch gehört, lachte aber nur trocken auf. »Was auch immer der Mann gefunden haben mag, der Sterzbach ist kein Schürfgebiet.«

»Komisch ist das schon. So ein Nugget kommt doch nicht einfach dahergeflogen.« Sie überlegten hin und her, aber weder Maik noch Petra hatten so ein Teil jemals in natura gesehen.

Sie holte ihr Handy heraus und schrieb Frederik: »Alles über echte Nuggets recherchieren.«

»Und was machen wir jetzt noch?«, wollte Petra wissen. Ausgehen war aufgrund von Maiks Aussehen keine Option.

Offenbar auch alles andere nicht. Maik winkte nämlich matt ab. »Ich lege mich aufs Ohr«, verkündete er.

»Jetzt schon?« Petra schaute verblüfft auf ihre Uhr. Es war noch lange nicht seine normale Schlafenszeit.

»Mir geht es nicht gut«, lautete die Antwort. »Diese Katzenhaarallergie ist sowas von heftig ...«

Petra hatte auf einen romantischen Abend zu zweit gehofft. Aber das konnte sie jetzt knicken.

Hanna schnarchte leise auf dem Sofa. Sie war über einer Tierdoku über die deutschen Feldhamster eingeschlafen. Petra deckte ihre Großmutter behutsam zu, schaltete den Fernseher aus, stellte dem Kater, der das Gewusel der kleinen Nager auf dem Bildschirm mit hellwachen Augen verfolgt hatte, ein Schüsselchen Milch hin, bevor sie sich in ihr Schlafzimmer verzog. Dort startete sie eine Netzsuche. Mit den Stichworten »Medium«, »Kristallkugel«, »Wahrsagen«. Erstaunlicherweise führten diese Eingaben zu einer ganzen Reihe von Treffern. Alle möglichen Kugeln wurden auf unterschiedlichen Handelsplätzen angeboten. Eine, die aus farblosem Kristallglas der zerbrochenen sehr ähnlich sah und zudem auf einem schönen Messingständer ruhte – die bisherige hatte sich mit einem einfachen Holzpodest zufriedengegeben – markierte sich Petra. Vielleicht sah Hannas Leben durch diese Entdeckung morgen bereits wieder ganz anders aus! Und weil sie immer noch wach und das weltweite Netz rund um die Uhr geöffnet war, gab sie die Namen derjenigen *Tödlichen Ladys* ein, die sie bereits kennengelernt hatte. Angefangen mit Marie-Theres Strobel, ihren beiden Stellvertreterinnen bis zu

Aurora Grün. Es war Mitternacht, als sie den Laptop endlich zuklappte und nachdenklich auf ihre Notizen schaute. Es gab da ein paar Erkenntnisse, über die sie unbedingt mit den Frontfrauen des Autorinnenclubs sprechen musste.

15

Karl Nappes schlich an diesem Samstag äußerst bedröppelt über den Wochenmarkt in der Altstadt. Es war vielleicht der letzte wirklich sonnige Tag des Jahres, wie üblich hatte sich eine größere Menge an Menschen um den Weinstand versammelt. Dazu kamen all diejenigen, die zwischen den Marktständen herumschlenderten, eine Bratwurst aßen oder einen Kaffee tranken. Nappes jedoch stand der Sinn nicht nach derlei. Seine Blicke wanderten suchend herum. In den vergangenen Wochen und Monaten hatten er und Brunhilde sich häufig auf dem Markt getroffen und mit einem Tellerchen Käse und zwei Schorlen in der Hand das Wochenende begrüßt.

Doch heute sah er seine Bekannte nirgendwo. Der Streit vom Vorabend steckte ihm noch in den Knochen. Schon ganz früh hatte er deswegen bei seiner Nachbarin Hanna Koslowski geklingelt, um ihr seine Hilfe anzubieten, das Chaos in ihrer Wohnung zu beseitigen. Ein Friedensangebot. Indirekt auch an Brunhilde. Aber Hanna war nicht da. Vermutlich hatte sie die Nacht bei ihrer Enkelin, dieser vorwitzigen Reporterin, verbracht. Nappes seufzte. Auf einmal machte ihm das alles keinen Spaß mehr. Wurst und Wein schmeckten ihm alleine nicht und er merkte, wie schmerzhaft er Brunhilde vermisste. Ein Blick auf Lumpi, der geduldig neben seinem Herrchen Platz genommen hatte, die Nase aber schnuppernd in die Luft hielt, zeigte ihm, dass auch sein Hund sich heute ein bisschen einsam fühlte.

Hätte ich nicht für möglich gehalten, dass ich diese dämliche Esmeralda mal vermisse, dachte Nappes.

Na ja, wohl eher das Frauchen. Sollte er in die August-Bebel-Straße hinuntergehen, bei Brunhilde klingeln und sich mit ihr aussprechen? Sie für den Abend ins *Taj Mahal* einladen? Sie aß ja so gern indisch. Etwas hielt ihn davon ab. Eine gewisse Art von Stolz. Denn Nappes war sich keiner Schuld bewusst. Hätte er zusehen sollen, wie die Koslowski das ganze Haus in Brand steckte? Er schüttelte sich im Rückblick an das, was man gestern aus deren Wohnung getragen hatte. Dieser Rabe! Anklagend hatte einer der Flügel des toten Tiers gen Himmel gezeigt, in den der Qualm aus dem Federkleid aufgestiegen war. Und dieser Gestank!

Nappes war über die Erinnerung an die Geschehnisse des Vortags der Appetit vergangen. Er warf die halb gegessene Wurst in einen der Mülleimer, trank den Rest seines Weins in einem Schluck aus und bedeutete Lumpi, dass es an der Zeit war zu gehen. Einen letzten sehnsüchtigen Blick warf er noch zur Kreuzung hinunter. Doch Brunhilde, aufgrund ihrer Größe und Statur stets schon von Weitem sichtbar, tauchte dort nicht auf. Seufzend ging Nappes davon.

Petra hatte nicht gut geschlafen. All die Ereignisse des Vortages und die Ergebnisse ihrer Recherchen hatten sie um den Schlaf gebracht. Dazu kam, dass Hanna im Wohnzimmer so laut schnarchte, dass buchstäblich die Wände wackelten. Aus diesem Grund war die Journalistin recht früh auf den Beinen. Sie schrieb ihrer Großmutter einen Zettel. »Bin in der Redaktion. Treffe mich mit Maik anschließend auf den Altstadt-Markt. Helfe dir dann beim Aufräumen.«

Bevor sie das Haus verließ, horchte sie an der Wohnungstür ihres Freundes. Innen rührte sich nichts. Sie nahm an, dass er noch schlief, schwang sich auf ihr Rad und steuerte als erste Station die Stadtbücherei in der Südlichen Ringstraße an. Dort deckte sie sich mit Krimis ein, bevor es weiter in Richtung Redaktion ging. Auf der Bahnstraße fluchte sie mehrfach über die rücksichtslose Parkerei – Warnblinker an, mitten auf dem Radweg – ein Ärgernis, das in den letzten Monaten immer häufiger zu beobachten war und bei Leuten, die ordnungsgemäß Rad oder Auto fuhren für Verärgerung sorgte.

Frederik saß bereits an seinem Schreibtisch, als Petra eintraf. Es roch nach frisch gekochtem Kaffee, was sie mit einem anerkennenden Nicken quittierte. Sie kramte das vegane Schokocroissant hervor, das sie sich im BioMarkt am Bahnhof gekauft hatte.

»Was schleppst du denn da mit dir rum?« Frederik deutete auf Petras große Tasche.

»Lesestoff. Ich will am Wochenende mal reinlesen in das, was diese *Tödlichen Ladys* so schreiben.«

»Da habe ich ein paar Neuigkeiten. Habe es dir schon auf den Rechner geschickt.«

Petra selbst hatte am Vorabend ebenfalls einiges entdeckt.

»Zita Kirsch hatte einen Stalker«, informierte sie den Praktikanten. »Darüber gab es vor längerer Zeit mal einen kleinen Artikel in einer Regionalzeitung. Sie hat darin der Polizei gegenüber Vorwürfe geäußert. So nach dem Motto: Es muss erst etwas passieren, damit sie eingreifen. Hast du dazu was?«

»Sie wurde gestalkt? Nö. Hat sie auf ihren eigenen Kanälen nicht öffentlich gemacht. Mir ist nur aufgefallen, dass sie vor einigen Monaten ihren Blog kommentarlos eingestellt hat.«

Den Blog, auf dem sie unter dem Hashtag »Autorinnenleben« ihren Tagesablauf beschrieben hatte. Älteren Beiträgen konnte man entnehmen, dass sie jeden Morgen um vier Uhr joggen ging, zusammen mit ihren beiden Hunden. Fotos zeigten sie mit einem schlanken hellbraunen Boxer und einem schwarzen Setter.

Anschließend Pilates und Meditation. Um punkt sechs Uhr saß sie mit einer Kanne starkem Schwarztee, einem Proteinriegel und einer Schale Obst am PC und schrieb. Bis genau 12 Uhr.

»Egal, an welcher Stelle in meinem Manuskript ich mich gerade befinde, um zwölf klingelt der Wecker und ich höre sofort auf, auch mitten im Kapitel.« Das, um drei Stunden zu schlafen und anschließend eine zweite Runde an der frischen Luft zu drehen, wieder mit den Hunden, dieses Mal aber häufig auf ihrem Rad.

»Den Rest des Tages verbringe ich mit Telefonaten, Mails, schreibe einen Blog, pflege meine Social-Media-Aktivitäten.« Auf neue Ideen kam sie, wie sie berichtete, beim Hausputz oder bei der Gartenarbeit.

Frederik hatte offensichtlich noch mehr über die Tote herausgefunden. »Sie lebte alleine, aber Haus an Haus mit ihren Eltern.« Er schickte Petra den Link einer regionalen Zeitung. Zita Kirschs Mutter war nach dem Erhalt der schlimmen Nachricht zusammengebrochen.

»Und was wissen wir über Aurora Grün?«

»Ausgesprochen wenig. Sie hat lediglich einen Autorinnenaccount bei ihrem Hausverlag. Keine Webseite, keinen Blog, keinerlei Social Media-Aktivität.«

»Echt? Das gibt es?«

»Der Verlag, in dem sie publiziert, gehört ihrem Mann. Eike Grün.«

»Die beiden sind also nicht nur privat, sondern darüber hinaus beruflich ein Paar«, konstatierte Petra etwas zerstreut. Sie hatte gerade den Polizeibericht auf dem Bildschirm.

»Wohnungsbrand in der Bachgasse«, lautete die Schlagzeile. Und das Team vom Onlineblatt *Egelsbacher Tagesecho* titelte bereits: »War Fahrlässigkeit der Grund?«

»Interessant fand ich, dass Zita Kirsch ebenfalls dort ihre Romane veröffentlicht.«

»Zita? Ne, die ist bei einem anderen Verlag.« Petra holte den aktuellen Krimi der Toten aus ihrer Tasche und hielt ihn hoch. »Hier.«

Frederik schob seinen Haarvorhang zur Seite und grinste spitzbübisch zu ihr herüber. »Sie schreibt neben den Krimis andere Sachen. Unter einem geschlossenen Pseudonym.«

»Ach was?« Petra zog die Brauen hoch. »Erzähl mal.«

»Als Julia Schönberg veröffentlicht sie Kinderbücher.«

»Und das weißt du woher?«

»Das war nicht schwer. Ich habe mir die Autorinnenfotos auf der Verlagswebseite von Eike Grün angesehen. Sind nicht so viele, weil die dort höchstens ein Dutzend Bücher pro Jahr veröffentlichen und hauptsächlich mit Stammautorinnen arbeiten. Da bin ich über die Ähnlichkeit gestolpert. Julia Schönberg ist, laut dem Text ihrer Seite beim Grün-Verlag, das Pseudonym einer erfolgreichen Krimiautorin.«

»Warum schreibt sie unter einem anderen Namen?«

»Wenn du mich fragst, aus zwei Gründen. Der erste: unterschiedliche Genres. Der zweite, und darum ein geschlossenes Pseudonym: Ihre Krimis sind Thriller und äußerst brutal. Das passt nicht zu einer Kinderbuchautorin, wo die heile Welt regiert.«

Petra ging etwas anderes durch den Kopf. Dass Aurora und Zita im selben Verlag, nämlich dem von Auroras Ehemann, veröffentlichten, war wohl ein guter Grund dafür, erst einmal für Ordnung im Privatleben zu sorgen, bevor man mit einer Frau an seiner Herzensseite in die Öffentlichkeit ging. Sie fragte sich dennoch, wie das funktionierte, fünfzehn Monate lang die Affäre mit einer Autorenkollegin vor dem Ehemann zu verheimlichen, wenn alle aus derselben Branche kamen.

»Aber es gibt noch etwas, das du wissen musst. Ich habe mir mal die Statuten des Clubs angesehen. Wer drei Jahre lang keinen neuen Krimi rausbringt, fliegt automatisch raus. Und jetzt rate mal, auf wen das gerade zutrifft?«

»Sag es mir.«

»Auf die *First Lady*. Marie-Theres Strobel.«

»Ne, Frederik. Da musst du dich irren. Ihr neuester Roman ist bei ihrem Verlag für diesen Herbst angekündigt. Genauer gesagt ...«, Petra hielt inne, um das Verlagsprogramm aufzurufen, das sie in dem mit Strobels Namen beschrifteten Ordner auf ihrem PC abgelegt hatte..., »jetzt, zur Buchmesse. Nächste Woche.«

Frederik schüttelte den Kopf. »Das ist nicht mehr aktuell. Der Erscheinungstermin wurde verschoben. Auf unbestimmte Zeit. Hier, sieh selbst.« Er deutete auf seinen Bildschirm. Petra erhob sich und ging zu ihrem Kollegen hinüber. Er hatte das Portal eines großen Online-Händlers aufgerufen. Dort stand nicht mehr der ursprünglich im Programm genannte Termin, 15. Oktober, sondern »demnächst«.

»Ich habe schon bei unseren beiden Langener Buchhandlungen angerufen. Die haben das bestätigt. Der neue Strobel ist nicht erhältlich, ein Veröffentlichungstermin zurzeit nicht bekannt.«

Nachdenklich starrte Petra auf den Bildschirm des Praktikanten. Wenn das stimmte, würde die *First Lady* ihren eigenen Club verlassen müssen.

»Wann war noch mal die Vorstandswahl?«, murmelte sie.

»Habe es dir schon geschickt.«

Sie ging zurück zu ihrem Platz und öffnete das Dokument.

»Frederik, woher hast du das? Das ist die interne Tagesordnung des Clubs.«

»Keine Bange, alles legal, da hat einfach jemand beim Teilen in den Sozialen Medien nicht aufgepasst.«

Dort stand fein säuberlich aufgelistet alles, was sich außerhalb des öffentlichen Programms auf dem Plan befand. Zwischen Donnerstag und Montag wurden nicht nur Fachtagungen, Seminare und Austausch zu relevanten Themen angeboten. Im internen Teil, ging es darüber hinaus um verschiedene Sitzungen zu Finanzen, PR-Artikeln, Werbemaßnahmen; eine geplante Kooperation mit einer großen Filialbuchhandlung und der Abstimmung über die Neuaufnahmen (hier hatte man bereits den Namen Zita Kirsch von der Bewerberinnen-Liste gestrichen, also war das Papier ganz aktuell). All das fand in kleineren und fachlich besetzten Zirkeln statt. Zur Auflockerung gab es eine Ebbelwoi-Verkostung plus Altstadtführung und den Besuch der Historischen Druckwerkstatt in der Wassergasse. Dazu Ausflüge auf die Mathildenhöhe in Darmstadt oder wahlweise in den Palmengarten nach Frankfurt. Als krönenden Abschluss des Ganzen, nämlich am Dienstagabend, kamen alle Ladys im großen Saal des *Sterzbacher Hofes* zusammen. Wer nicht anwesend sein konnte, wurde per Videokonferenz zugeschaltet. Denn dann wurde gewählt oder im Amt bestätigt. Nicht nur Marie-Theres Strobel musste sich der Abstimmung stellen. Auch Mechthild Schmauser und Viola Haberts Posten wurden entweder bestätigt oder neu besetzt. Gegenkandidatinnen gab es allerdings für keine der drei Positionen, was Petra verwunderte. War das Ganze einfach eine Formalie? Oder wusste noch niemand von der prekären

Situation der *First Lady*? Konnte das sein? Vielleicht ließen die Statuten des Clubs aber auch eine spontane Kampfabstimmung zu. In diesem Fall wäre es sehr interessant zu erfahren, wer sich da auf die Bühne schwingen würde. Für Strobel keine angenehme Situation, weil das Überraschungsmoment auf Seiten der Herausforderin lag.

Der Mittwoch stand dann, mit Ausnahme der Pressekonferenz des Vorstands, für den restlichen Teils des Clubs zur freien Verfügung. Was wohl dem Umstand geschuldet war, dass das Jahrestreffen dieses Mal in Langen stattfand und niemand aus dem Hotelzimmer ausziehen musste. Denn schon am Donnerstag ging es auf die Frankfurter Buchmesse, wo der Club nicht nur einen eigenen Stand hatte, sondern auch zu einer Diskussionsrunde mit dem Hessischen Rundfunk eingeladen war. Thema: Die Zukunft des Krimis - was machen Autorinnen anders?

Mitten in ihre Gedanken hinein hörte sie, wie sich hinter ihr die Bürotür öffnete.

»Hi«, rief jemand.

Frederik strahlte. »Hallo Maus«, antwortete er.

Petra drehte sich um.

Frederiks Freundin winkte ihr im Vorbeigehen freundlich zu, gab ihrem Schatz ungeniert einen Kuss auf den Mund und kruschtelte ein Glas aus ihrer Tasche. »Hier, deine Gemüsesticks. Hast du vergessen.«

Ihr langes Haar war genauso schwarz und glatt wie das ihres Freundes. Das war es dann aber auch schon mit den Ähnlichkeiten.

Petra grinste, als sie die Aufschrift auf dem dicken Shirt der anderen sah.

Lieber analog leben als digital faken.

»Kaffee?«, fragte sie die junge Frau.

Die winkte ab. »Muss noch zu einem Meeting.« Damit verschwand sie wieder.

»Arbeitet sie ebenfalls am Samstag?«, wollte Petra von Frederik wissen.

»Nö. Ist was Ehrenamtliches. Sie und ihre Gruppe wollen die Welt verändern.«

Analog, vermutlich. Petra grinste in sich hinein. Warum nicht? War ja egal, wie man sich engagierte.

»Wie heißt sie eigentlich?«

»Maus«, antwortete Frederik allen Ernstes.

»Ich meine, richtig.«

»Ist schon richtig. Maus ist ihr Familienname. Ich nenne sie so, weil ihre Eltern ihr den unmöglichen Vornamen Minna gegeben haben.«

Minna Maus, das klang wirklich unmöglich.

»Sind wohl große Walt Disney-Fans.«

Frederik zuckte die schmalen Achseln. »Ich kenne sie nicht.« Auf einmal wirkte er verlegen und druckste herum.

Ach na ja, dachte Petra. Als ich in dem Alter war, waren mir die Eltern meiner damaligen Freunde auch egal. Minna Maus konnte unmöglich älter als 18 sein. Allerdings waren Frederik und seine Maus seit Dezember vergangenen Jahres, also fast schon zehn Monate zusammen.

Um zwölf machten sie Schluss.

Frederik war mit seinem Artikel fertig. »Goldener Herbst im Sterzbach erweist sich als Schlag ins Wasser. War alles nur ein übler Scherz?« Kein einziges Stäubchen Gold war mehr aufgetaucht.

»Was denkst du, woher kam das Nugget?«

Petra stopfte Handy, Notizblock und Stift in ihre geräumige Umhängetasche. Ihr Text über den Todesfall im Mühltal war wesentlich kürzer als Frederiks Bericht über die Goldsucher. Im Fall von Zita Kirsch gab es keine Zeugen, keine Spuren. Der Tod der Krimiautorin blieb im Moment rätselhaft.

»Ist mir schleierhaft, woher das Gold kam.« Er räkelte und streckte sich.

»Was machst du mit dem angebrochenen Wochenende?«

»Jetzt erstmal Fußball spielen.«

Dass Frederik Sport trieb, war ihr neu.

»Und am Abend ein bisschen raven.« Frederik grinste. »Und du?«

Die wilden Zeiten sind vorbei, dachte Petra. Genauer die Zeiten, in denen sie in der Szenekneipe *Goldene Krone* in Darmstadt oder ähnlichen Lokalitäten ganze Nächte abgehottet hatte. Nicht selten im würzigen Duft berauschender Substanzen. Schon das einfache Einatmen konnte einen da manchmal in andere Sphären katapultieren. Sie lächelte ein bisschen wehmütig.

»Bei mir ist Krimitime angesagt.« Sie deutete auf die Tasche mit den Büchern. »Und heute Abend geht es in die Stadthalle. Ich habe Karten für den *Tödlichen Lesemarathon.*«

Zehn Ladys würden aus ihren Werken lesen oder dem Autorinnenleben plaudern. Moderiert wurde das Ganze von Scarlett Bohnenberger, einer örtlichen Berühmtheit. Die Schauspielerin aus der Sterzbachstadt hatte lange in einer Daily Soap mitgespielt, bis das überraschende Aus kam. Die anschließende Delle in ihrer Karriere wurde inzwischen durch einen Autorinnenfilm wettgemacht. Jetzt also die Moderation. Untermalt wurde das Ganze durch eine Darbietung der Langener Musikschule. Winfried Krekel, der aus der Stadt stammende weltberühmte Musiker, der nicht müde wurde zu erwähnen, dass seine musikalische Wiege in eben dieser Musikschule gestanden hatte, hatte eigens dafür ein Stück komponiert, welches »Der Tod in allen Dingen, nur nicht in Dur und Moll«, hieß.

Na ja. Was sich Künstler halt so ausdachten. Petra hoffte auf eine vergnügliche Veranstaltung und einen ruhigen Sonntag mit Maik. Gerne auf der Couch oder abends im Lichtburg-Kino.

»Na dann!« Der Praktikant wirkte wesentlich unternehmungslustiger. Er warf mit Schwung seinen Pony zurück und schulterte seinen Rucksack. »Bis Montag.«

»Pünktlich sein!«, rief Petra ihm nach. »Um acht ist Redaktionskonferenz.«

16

Maik stand mit einem Becher Kaffee in der Hand an den Rand des Vierröhrenbrunnes gelehnt und schaute dem samstäglichen Treiben auf dem Altstadtmarkt zu. Petra stellte ihr Rad ab und ging zu ihm.

»Hallo du«, schnurrte sie und küsste ihn auf den Mund. »Was macht die Allergie?«

»Na danke. Diese Erfahrung brauche ich auf jeden Fall kein zweites Mal.«

Ayshe Müller ging grüßend vorbei, in der einen Hand einen gut gefüllten Korb, an der anderen ihren Ehemann. Kuno von Otter prüfte am Gemüsewagen die Auslage. Petra winkte erst ihm und dann einem Paar zu, das in einem Grüppchen an einem der Stehtische stand und ihre Gläser grüßend in Petras Richtung erhoben.

»Wer ist das?«, wollte Maik wissen.

»Meine Yogalehrerin und ihr Mann.«

Eine Gruppe junger Männer prostete sich zu, indem sie klirrend ihre Bierflaschen aneinanderstießen. Petra erkannte in einem von ihnen den Neuling Schnappauf.

»Der hat ja schnell Freunde gefunden in der Stadt«, wunderte sich Petra. »Ist ein neuer Polizeianwärter, der war gestern dabei, als es bei meiner Großmutter gebrannt hat.«

Einer in der Gruppe musste was Lustiges gesagt haben, lautes Jungmänner-Lachen drang zu ihnen herüber.

»Apropos Brand – ich habe Hanna nach Hause gefahren.«

»Echt? Danke, dass du mir das abgenommen hast.«

»Mitsamt Stubentiger.«

»Und deine Allergie?« Petra musterte ihren Freund. Keine Anzeichen mehr von roten Augen und dicker Nase.

»Der Kater nebst Körbchen und Katzenklo musste natürlich in den Kofferraum«, erklärte er. Dann kramte er eine Schachtel aus der Jackentasche und schwenkte sie hin und her. »Allergietabletten. Habe mich in der Apotheke bei uns um die Ecke beraten lassen.«

Was immer es war, es schien zu wirken.

»Sieht schlimm aus in Hannas Wohnung, oder?«

Maik antwortete mit einem Schulterzucken. »Der Nachbar kam gleich rausgelaufen, als er uns hörte. War nicht davon abzubringen, Hanna zu helfen.«

»Der Nappes?«

»Schien, als wolle er etwas wiedergutmachen.«

Petra konnte sich schon denken, was. »Der will Hanna auf seine Seite ziehen, damit ihm seine Brunhilde verzeiht, dass er dem feurigen Treiben ein Ende bereitet hat.« Sie grinsten sich an. Bis Petra die zerbrochene Kristallkugel wieder einfiel. »Ich wäre mit ihr nach Frankfurt gefahren. Aber sie meint, so ein Glück hat man nur einmal im Leben.«

»Kauf ihr was im Internet«, schlug Maik vor.

Petra seufzte. »Habe ich auch schon dran gedacht. Aber Hanna ist der Meinung, dass diese ganzen Kugeln, die da angeboten werden, nichts taugen. Man brauche – Achtung, das hat sie wirklich gesagt – eine Kugel, die einen gewissen Geist in sich trage.«

»Geist?« Maik zog die Stirn kraus. »So was wie ein Dschinn?«

»Mehr so im spirituellen Sinn.«

»Wo kriegt man so etwas her?«

Petra zuckte mit den Schultern. »Vielleicht aus einer Haushaltsauflösung. War mit der ersten Kugel so. Die hat vorher ein Medium besessen.«

Sie schwiegen eine Weile und betrachteten das Treiben um sie herum.

»Und jetzt?« Maik legte seiner Freundin den Arm um die Schulter.

Die ersten Marktbeschicker packten bereits zusammen. Zeit, ihre Einkäufe zu machen. Ein paar Sorten Käse, eine Tasche voll Obst und Gemüse und einen Becher mit eingelegten Oliven später schlenderten sie zum *Feinkost-Mann* in der Fahrgasse.

»Ich habe einen Mordsappetit auf das Pastramisandwich«, erklärte Petra. »Das beste der Stadt!« Maik orderte sich ebenfalls eines und sie bahnten sich, mit zwei Gläsern Sauvignon Blanc in Händen, einen Weg in die kleine Stube hinter dem Verkaufsraum.

»Da seid ihr ja!«, rief Karina. Sie und Hanfstängel saßen Hand in Hand an einem Tisch neben dem Fenster. Vor sich zwei Flaschen Zitronenlimonade und einen Teller mit Brotkrümeln und Käseresten.

»Wir waren nur lose verabredet«, erinnerte Petra ihre Freundin. »Außerdem haben wir eben schnell bei Hanna vorbeigeschaut.«

Hanfstängel sah sie mit zusammengekniffenen Augen an. »Das war nicht ohne, was die drei da gestern fabriziert haben.«

»Ich weiß«. Petra und Maik ließen sich nieder. Die Sandwiches wurden gebracht. Petra fiel heißhungrig über ihres her. »Meine Großmutter ist immer noch davon überzeugt, dass sie irgendeine Geisterbeschwörung durchführen muss. Um Brunhilde Siebenhühners Seelenfrieden wiederherzustellen.«

»Geister gibt es hier doch genug«, krakeelte jemand dazwischen. Schnappauf war's. Der Polizeianwärter setzte sich ungefragt zu den vier Personen an den Tisch.

»Ich bin der Benno«, stellte er sich gut gelaunt vor.

»Du meinst sicherlich die Legende um die Sühnekreuze. Oder die um die *Weiße Frau*.« Hanfstängel trank von seiner Limo und schmunzelte zu seinem neuen Kollegen hinüber. »Das ist doch ein Schmarrn, wie ihr in Bayern sagen würdet.«

»Kein Schmarrn«, setzte Karina ihrem Freund entgegen.

»Hanna ist überzeugt, am Stumpfen Turm schon mehrfach jemanden gesehen zu haben«, assistierte Petra.

»Dann ist sie wohl ein Sonntagskind.« Hanfstängel spielte darauf an, dass angeblich ausschließlich Sonntagskinder die Spukgestalten sehen konnten.

»Und bei Vollmond vermutlich.« Benno Schnappauf lachte. »Womöglich wachsen euch allen in solchen Nächten Haare aus den Ohren und Nasen.«

»Ist ja bald wieder.« Das war Hanfstängel. »Das kannst du dann gerne überprüfen. Wenn du dich traust.« Er sah den Anwärter gespielt drohend an.

»Wir legen viel Wert darauf, dass die Zugezogenen unsere Hauslegenden ernst nehmen.« Karina giggelte.

Maik grinste in sich hinein. Schnappauf zog die Mundwinkel nach unten. Er sagte nichts mehr zu den alten Geschichten.

Vielmehr wurde die Unterhaltung am Tisch leiser und wandte sich dem Tod von Zita Kirsch zu. Karina, Maik und Petra rätselten in gedämpfter Lautstärke darüber. Hanfstängel, in der Vergangenheit aufgrund von alkoholbedingten Aussetzern versehentlich gerne mal gesprächiger, als es seine Position erlaubte, sagte demonstrativ nichts dazu. Auch der Polizeianwärter aus Bayern starrte lieber schweigend vor sich hin. Nachdem dann alle zur Genüge ihre Unwissenheit preisgegeben hatten, wandte man sich wieder allgemeineren Themen zu.

17

Das Erste, was Petra nach der Rückkehr in ihre Wohnung tat, war staubsaugen. Anschließend lüftete sie gründlich. Es war ihr unerklärlich, wie ein normal großer Kater derartig viel von seinem Fell hatte in den Zimmern verstreuen können. Maik hatte sich trotz Allergietabletten geweigert, zu ihr herüberzukommen, solange sich auch nur ein Katzenhaar dort befand.

»Man weiß ja nie«, lautete seine Meinung.

Als Petra fertig war, gönnte sie sich ein langes Schaumbad inklusive Feuchtigkeitsmaske, drehte sich die kurzen Haare mit einem Lockenstab fluffig und schmiss sich in schwarze enge Jeans, Bluse und Blazer. Maik pfiff anerkennend, als sie um sechs bei ihm klingelte.

»Toll siehst du aus«, meinte er. Sie hatten einen Tisch im Restaurant der Stadthalle reserviert und wollten gemütlich essen, bevor die Lesung der *Tödlichen Ladys* anfing. Maik war nur an einem der Beiträge interessiert. Eine der Frauen las aus ihrem Island-Krimi. Aurora Grün, das hatte die Autorinnen-Vereinigung über ihren Instagram-Kanal mitgeteilt, würde an diesem Abend ausfallen. Die Gründe dafür konnte Petra gut nachvollziehen. Für sie sprang Mechthild Schmauser ein. Petra war gespannt darauf, wie der Sauertopf wohl seinen heiteren Krimi präsentieren würde. Mit herabgezogenen Mundwinkeln? Strengem Blick? Sie konnte sich die Frau beim besten Willen nicht lachend vorstellen.

Dass man die Lesung nicht abgesagt hatte, beschäftigte sie allerdings schon. Gut, Zita Kirsch war noch kein Mitglied des edlen Clubs gewesen. Dennoch erschien es ihr fast pietätlos, dieses reale Verbrechen zu übergehen, um fiktive Todesfälle zu präsentieren. Maik hingegen schien all das nicht zu kümmern. Er pfiff leise vor sich. Immer ein Zeichen, dass er mit sich, seinem Leben und seiner Arbeit im Reinen war.

»Dein Artikel über das skandinavische Lokal ist fertig?«, fragte Petra ihn.

»Äh. Ja.« Warum sah er gerade so ertappt aus? Petra blickte ihn stirnrunzelnd an. »Oder macht dir was anderes gute Laune?«

Der Kerl wurde doch tatsächlich rot! Ein kleines bisschen zumindest.

»Läuft alles prima«, meinte er und grinste. Dann stupste er sie auf die Nase. Immer ein gutes Zeichen.

Sie hatten im Lokal einen Zweiertisch in einer schummerigen Ecke reserviert. Als die Bestellungen aufgegeben und die Getränke serviert worden waren, legte Petra die Arme auf den Tisch und beugte sich zu Maik.

»Findest du es nicht auch seltsam, dass dieser Autorinnenclub sein Programm durchzieht, als wäre nichts gewesen?«

Maik zuckte die Schultern. »Was sollen sie tun? Alles absagen, worauf sie ein Jahr lang hingearbeitet haben? Immerhin war die Tote kein Mitglied.«

Dennoch mit einigen anderen Autorinnen gut bekannt.

»Wer konnte wissen, dass sie morgens um vier joggen geht?«, überlegte Petra.

»Ihr engstes Umfeld. Familie. Freund ...«

»Freundin. Sie war mit einer anderen Autorin liiert.«

»Okay, dann die Freundin. Vielleicht jemand, mit dem sie sonst unterwegs war?«

»Ihre Hunde«, konstatierte Petra trocken.

»Hm«. Maik legte die Stirn in Falten.

»Sie hatte einen Stalker«, informierte Petra ihren Freund.

»Du meinst, er ist ihr bis hierher gefolgt?«

Petra blickte stirnrunzelnd in ihr Glas. »Was, wenn ja? Er weiß, dass sie morgens sehr früh laufen geht. Lauert ihr auf ...«

»Würde bedeuten, dass der die Laufstrecke kannte, was ich für unwahrscheinlich halte.«

»Stimmt. Sie kam erst am Mittwoch an«, setzte Petra diesen Gedanken fort.

»War denn bekannt, wo sie abgestiegen war?«

»Hm. Lass uns mal überlegen. Alle fünf Aspirantinnen waren, im Gegensatz zu den Mitgliedern des Clubs nicht im *Sterzbacher Hof,* sondern in einem Hotel in der Frankfurter Straße einquartiert.«

»Ein Außenstehender musste aber wohl anhand des öffentlichen Programms annehmen, dass Zita Kirsch ebenfalls im *Sterzbacher Hof* logierte, oder?«

»Eigentlich schon.« Petra biss sich auf die Unterlippe. »Aber ...«, sie beugte sich näher zu Maik. »Zita war am Vorabend ihres Todes genau dort. Sie hat die Frau besucht, mit der sie seit langer Zeit eine Affäre hat. Die beiden hatten ein Jubiläum, fünfzehn Monate. Sie haben es aber nicht mit Champagner und einer gemeinsamen Nacht gefeiert, sondern gestritten. Danach ist Zita in ihr eigenes Hotel zurückgekehrt.«

Maik nickte nachdenklich. »Falls sie also jemand bei den anderen im *Sterzbacher Hof* vermutete, sich dorthin begeben und sie am Mittwochabend gesehen hat, ihr vom Hotel aus gefolgt ist, wusste diejenige Person danach, wo Zita wohnt. Wenn ihr darüber hinaus die Gewohnheiten der Toten bekannt waren, musste sie sie am frühen Morgen nur abpassen. Ihr folgen. Einen günstigen Ort und Moment abwarten.« Maik verstummte, weil der Kellner mit dem Essen kam.

»Genau«, vervollständigte Petra mit einem Nicken. Genau so könnte es gewesen sein.

Die Stadthalle war bis auf den letzten Platz besetzt. Auf den vorderen Rängen saßen diejenigen, die die gratis verteilten VIP-Karten bekommen hatten. So wie auch Petra, die aus der dritten Reihe heraus sämtliche vor ihr sitzenden Leute erkennen konnte: wichtige Leute aus Politik, Wirtschaft und dem Vereinsleben, den Landrat, Kiki Lauterbach und Winfried Krekel. Dahinter das zahlende Publikum. Und das strömte nur so herbei. Ob es an Scarlett Bohnenberger lag? Sie war viel beschäftigt, Berlin, und man munkelte sogar, Hollywood habe angerufen. Man sah sie inzwischen nicht mehr so häufig in der Stadt, obwohl sie ihre Wohnung am Steinberg nicht aufgegeben hatte. Sie wusste, was man an diesem Abend von ihr verlangte, und legte einen richtigen Wow-Auftritt hin. Das lange feuerrote Haar war zu einer komplizierten Hochsteckfrisur getürmt, ihr schwarzes Samt-und-Seide-Kleid saß oben eng, ab der Taille locker, der weiche Stoff umspielte bis zu einer Stelle ungefähr eine Handbreit über den Knien bei jeder Bewegung ihre durchtrainierten Beine. Schon bei der Eröffnungsrede musste Petra anerkennen, dass die Schauspielerin ihre Sache nicht schlecht machte. Sie hatte sich gut vorbereitet, sprach souverän ein paar einleitende Worte, mit denen sie auch die Honoratioren der Stadt begrüßte und leitete dann zum ersten Beitrag über. Eine spritzig-komische Geschichte über mehrere Mordversuche, die fehlschlugen, weil das Hörgerät des betagten Auftragsmörders stets im unpassenden Moment laute piepsende Geräusche von sich gab. Es ging mit dem Auszug aus einem blutigen Thriller weiter, dann folgte ein Musikstück, und bis zur Pause waren vier kurze Stücke vorgetragen worden und eine Autorin hatte aus ihrem Alltag geplaudert. Petra fühlte sich gut unterhalten, während Maik neben ihr eingeschlafen war.

»Hey!« Sie weckte ihn mit einem Rippenstoß. »Wollen wir was trinken gehen?«

»Ist es vorbei?«, murmelte er.

»Die erste Hälfte.«

Maik verdrehte die Augen. »Wann kommt der Island-Krimi?«

Niemand wusste es. Die Zuhörerinnen und Zuhörer sollten von der Reihenfolge der Beiträge überrascht werden. Sie erhoben sich und während Maik auffällig eilig den Getränkestand ansteuerte, begab sich Petra zur Damentoilette. Dort herrschte dichtes Gedränge. Es wurde gelacht und gebabbelt. Mitten im Getümmel tauchte die Moderatorin des Abends auf.

»Fräulein Bohnenberger, sehen wir Sie bald in Hollywood?«, fragte jemand.

»Können Sie nicht mal für eine Neuverfilmung der *Familie Hesselbach* sorgen?«, jemand anderes.

»Ich bin im Förderverein der Dreieich-Schule. Da könnten Sie doch mal eine Theateraufführung leiten«, meinte eine resolute Mittvierzigerin.

Scarlett lächelte, antwortete freundlich, ohne sich festzulegen, und schrieb gleichzeitig geduldig das eine oder andere Autogramm auf Eintrittskarten und Servietten, die ihr hingehalten wurden.

»Es geht weiter! Der Landrat steht schon auf der Bühne und will seine Ansprache halten!« Als dieser Ruf durch die Damentoilette hallte, wurde es auf einen Schlag leer.

»Hi Scarlett«, begrüßte Petra ihre ehemalige Schulkameradin.

Sie hatten nach dem Abi viele Jahre nichts miteinander zu tun gehabt, sich dann aber wieder angenähert. »Toller Abend, du führst gut durch das Programm. Du scheinst den Autorinnenclub ja richtig gut zu kennen.«

Scarlett grinste. Während sie sich die Hände wusch, bekam ihr Blick etwas Verschwörerisches. »War gar nicht so einfach mit den Ladys«, murmelte sie.

Petra beugte sich zu ihr hin. »Was meinst du?«

Sie blickten sich im Spiegel an.

»Die sind total zerstritten. Als ich ankam, um die Moderation vorzubereiten, haben die sich gezankt, dass die Fetzen flogen.«

»Echt?« Petra vergewisserte sich, dass keine der Kabinen mehr besetzt war, bevor sie fragte. »Weißt du, worum es ging?«

Scarlett schüttelte die letzten Wassertropfen von ihren Händen und zog sich ein Papierhandtuch von dem ausgelegten Stapel. »Sie konnten sich nicht einigen, wer heute Abend liest. Eine der Frauen fiel ja aus. Dann, das fand ich am schlimmsten, nahm das Ganze eine Wendung hin zum Allgemeinen.« Sie verdrehte die Augen. »Es ging um eine mögliche Abwahl. Wenn du mich fragst, steht da eine Palastrevolution an.«

»Das haben die alles vor deinen Augen und Ohren aufgeführt?«

»Die haben gar nicht gemerkt, dass ich den Raum bereits betreten hatte. Ich stand hinter einem Flipchart und wusste nicht, was ich tun sollte. Bin dann wieder raus, bis die Gemüter sich beruhigt hatten. Als zwei von denen den Besprechungsraum verlassen haben und an mir vorbeigerauscht sind, bin ich wieder rein.«

»Wer waren die beiden?« Petra war elektrisiert bis zu den Zehenspitzen.

»So eine mit gegeltem Haar, so groß«, Scarlett hob die Hand einen halben Kopf über ihren eigenen. »Und eine, die könnte problemlos als Model arbeiten. Porzellanteint und Haare bis zum Po ...«

Mechthild und Viola!

»Und wer war noch im Raum?«

Scarletts Blick wurde kritisch. »Warum fragst du das? Willst du etwa darüber schreiben?«

»Nein«, beruhigte Petra sie. »Ich will diesen Club nur ein bisschen besser verstehen.«

»Das kann vermutlich niemand«, brummte Scarlett und warf das Papierhandtuch mit Schwung in den Abfalleimer. »Aber eines kann ich dir sagen – ich bin froh, dass ich dort kein Mitglied bin.« Sie beugte sich zum Spiegel, überprüfte ihr Make-up, wischte sich ein Krümelchen Mascara von der Wange und wandte sich Petra zu. »Die haben einen dermaßen Standesdünkel ...« Sie schüttelte tadelnd den Kopf.

»Und wer waren die anderen im Raum?«, insistierte Petra.

»Diese Frau, die als übernächste liest. Irgendwas mit einem Hund, der ermittelt. Und die mit dem Islandkrimi.«

18

Petra wartete an der Tür, bis der Landrat sein Grußwort gesprochen hatte – man freue sich auch im Landkreis sehr über die Veranstaltung, besonders weil auch die eine oder andere Autorin der Region vertreten sei und sei insgesamt kulturell interessiert und gut aufgestellt – bevor sie sich zu ihrem Platz durchkämpfte. Maiks Lider hingen bereits wieder auf Halbmast. Zu wenig Schlaf und vielleicht machten auch die Allergietabletten müde. Petra verzieh ihm, weil er ihr vom Getränkestand eine kleine Flasche Wasser mitgebracht hatte.

»Jetzt kommt gleich der Islandkrimi«, flüsterte sie ihm zu. Er blinzelte, versuchte ein Grinsen und dann stand Scarlett bereits wieder auf der Bühne. Sie und der Landrat schüttelten sich so heftig die Hände, dass ihr Kleid in Bewegung geriet. Dann ging es weiter mit Text und Musik.

Petra achtete jetzt auf die beiden Frauen. Die mit dem ermittelnden Hund entpuppte sich als diejenige, die Petra am ersten Tag vor dem Hotel gesehen hatte. Die andere kannte Petra nicht. Sie war jung, wirkte sehr taff und leider auch sehr selbstverliebt.

»Schlechte Recherche«, brummte Maik irgendwann zwischendurch. »Isländische Streifenpolizisten tragen keine Schusswaffen am Mann.« Nach diesem Einspruch schlief er wieder ein.

Sie ließen den Abend im *KunstGenuss* am Bahnhof ausklingen. Für Petra gab es einen Grauburgunder, Maik trank Espresso.

»Jetzt willst du wieder munter werden?«, fragte sie ihn skeptisch.

»Ich muss es noch nach Hause schaffen«, lautete seine trockene Antwort.

Petra war enttäuscht. »Hat es dir denn gar nicht gefallen?«

»Mal so, mal so.« Er zuckte mit den Schultern. »Eine der Frauen hat genuschelt. Ein Stück fand ich langweilig. Und der Island-Krimi ...« Seine Handbewegung sagte alles. Hatte ihn nicht angesprochen.

»Ich fand die Geschichte spannend«, gab Petra zu Protokoll, bevor sie herzhaft gähnte. Und sich mit einem Ruck aufrichtete.

»Schau mal, wer da kommt.«

Maik wandte den Kopf zur Tür, die sich gerade öffnete. Drei Frauen spazierten herein. Die mit dem Island-Krimi. Die andere, die von dem verhinderten Auftragsmörder gelesen hatte. Und die mit dem ermittelnden Hund, die Petra am Donnerstag vor dem Hotel getroffen hatte. Deren Blick streifte Petra, man merkte, dass sie sie nicht erkannte.

»Sie hat gemeint, die *Tödlichen Ladys* würden ihrem Namen alle Ehre machen«, flüsterte sie Maik zu. Die drei waren am Eingang stehengeblieben und warteten, bis ein Tisch, an dem eben bezahlt wurde, frei geworden war. Es war genau der neben Petra und Maik.

»Was für ein Abend!«

Das war die Island-Frau. Sie hievte sich bei diesen Worten auf einen der hohen Hocker. Weil alles sehr eng beieinanderstand, konnte man problemlos mithören.

Maik bestellte einen weiteren Espresso. Petra dankte ihm mit einem Blick.

»Das kann man wohl sagen.« Die Auftragsmörder-Autorin. »Unsere *First Lady* war ganz schön durch den Wind.«

»Noch-*First Lady*«, mischte sich die Hundeermittlerin ein. »Sie wird bald die Quittung bekommen.«

Wofür?, fragte sich Petra am Nebentisch stumm.

»Ich weiß nicht.« Die Island-Frau wirkte unsicher. »Sie hat ja nur das Beste für den Club gewollt.«

»Das Beste?«, die anderen beiden, unisono.

»Meint ihr nicht, wir sollten uns langsam den Selfpublisherinnen gegenüber öffnen?«

Ach, daher wehte der Wind. Der edle Club nahm nämlich nicht jede Autorin auf. Nur solche, die in einem Verlag veröffentlichten.

»Pah!«, machte da auch gleich die mit dem Auftragsmörder. »Das verwässert unseren Anspruch. Denk doch mal nach! Unsere Vereinigung ist ein Gütesiegel. Wenn wir da jede aufnehmen würden! Es gibt genügend andere Netzwerke.«

Petra verstand, was Scarlett mit Standesdünkel gemeint hatte.

»Etliche Selfpublisherinnen sind inzwischen Bestseller-Autorinnen.« verteidigte Miss Island tapfer.

»Wahrscheinlich kaufen sie alle ihre Bücher selbst«, kicherte die mit dem Hund, bevor sie todernst wurde. »Nicht zu vergessen, dass Marie-Theres in anderer Hinsicht eher konservativ denkt.«

»Du meinst, was Frauen betrifft?« Miss Island.

»Genau. Heutzutage ist das doch so was von out.«

»Finde ich nicht. Überleg doch mal, was das bedeuten würde, wenn wir hier allen, die sich als Frau *definieren,* aber nun mal keine sind ...«

»Moment!«, mischte sich die mit dem Auftragsmörder unwirsch in das Gespräch ihrer beiden Kolleginnen ein. »Du willst doch jetzt nicht behaupten, dass das gefühlte Geschlecht immer dem angeborenen entsprechen muss?«

Maik hob interessiert die Brauen. Er war eindeutig wacher als während der Lesungen.

»Doch. Doch, genau das denke ich. Jedenfalls was die Aufnahmekriterien unseres Clubs betrifft. Falls nicht, müssten wir auch noch etwas anderes überdenken.« Die Brauen von Miss Island hüpften auf und ab.

»Du meinst Männer, die unter weiblichen Pseudonymen schreiben?« Die mit dem Auftragsmörder wirkte auf einmal nachdenklich.

»Besser, wir bleiben bei unseren Regeln.«

Einen Moment lang schwiegen alle drei.

»Zita hätte auf jeden Fall gut zu uns gepasst. Ich mochte sie.« Die mit dem Hund.

Die anderen beiden nickten betreten.

»Lasst uns über schönere Dinge reden«, schlug die Autorin mit dem verhinderten Auftragsmörder vor. Worauf sich eine Diskussion über Sinn und Unsinn von Triggerwarnungen in Krimis entspann.

19

Karl Nappes fand keinen Schlaf. Obwohl er sich redlich bemüht hatte, mittels des einen oder anderen Bembels die nötige Bettschwere zu erlangen, lag er seit Stunden wach. Den ganzen Samstag über hatte er versucht, Brunhilde zu erreichen. Vergeblich. Sie ging nicht an ihr Telefon. Was zeigte, dass sie ihm nicht verziehen hatte. Und das, obwohl er seiner Nachbarin Hanna kräftig zur Hand gegangen war. Die wollte seine Hilfe zunächst nicht. Meinte, sie müsse das Chaos alleine beseitigen. Nicht einmal ihre Enkelin und deren Freund, dieser Maik, hatten ihre Unterstützung anbieten dürfen. Nappes hatte sich nicht beirren lassen, war stur geblieben wie ein Esel. Irgendwann hatten sie in stummem Einvernehmen nebeneinander geräumt und geputzt, bis Hannas Wohnung wieder blinkte und blitzte. Der Brandgeruch jedoch hing noch immer in den Wänden und Möbeln. Hanna hatte einfach nach der Aktion eines ihrer Duftstäbchen angesteckt.

»Weihrauch«, erklärte sie dem perplexen Nappes. »Hilft gegen dunkle Geister.«

Er schüttelte nur mit dem Kopf bei derlei Aussagen und behielt seine Meinung über diesen Unsinn für sich, denn Hanna sollte ein gutes Wort bei Brunhilde für ihn einlegen.

Empört hatte sie sein Anliegen zurückgewiesen. »Das muss von alleine kommen. Du hast Frau Siebenhühner verletzt. Ihre Seelenpein wünsche ich keinem.«

So ein blödes Geschwätz!

Er drehte sich im Bett um, zum gefühlt hundertsten Mal in dieser Nacht. Vielleicht war der Mond zu hell? Fast voll stand er am Himmel. Irgendwo klirrte etwas. Nappes hob den Kopf, doch jetzt hörte er nichts mehr. Im Sommer hatte es mehrfach Party

gegeben. Dumpfe Bässe waren durch die Altstadt gerollt, ange-
trunkene Zecher weit nach Mitternacht krakeelend nach Hause
getorkelt. Heute Nacht war es erfreulich ruhig, bis auf ... Lumpis
leises Schnorcheln und ... ein erneutes Klirren. Ein hoher spitzer
Schrei folgte. Danach herrschte wieder Stille. Jetzt aber war er
vollends wach. Der Wecker zeigte 02:07 Uhr an. Da sollten selbst
die letzten Nachtschwärmer endlich zu Hause sein. Er schob die
Beine aus dem Bett, angelte im Dunkeln nach seinen Pantoffeln
und trat zum Fenster. Auf der Straße war nichts zu sehen. Dennoch. Eine Nervosität lag in der Luft, die er bis in seine Kammer
hinein spürte.

Fünf Minuten später stand er auf der Gasse. Der Mond hatte
sich hinter einer schweren Wolke versteckt. Leichter Wind kräu-
selte das Wasser des Sterzbachs in seinem betonierten Bett. In
einem der Gärten raschelte etwas. Ein Igel vielleicht auf seiner
nächtlichen Jagd. Majestätisch ragte die Stadtkirche in den Himmel. Nappes strich sich über das wirr vom Kopf abstehende Haar.
Atmete tief die kühle und klare Nachtluft ein, in der die Würze
des Herbstes lag. Er hoffte, jetzt gleich so müde zu werden, dass
er einschlafen konnte, sobald er wieder im Bett lag.

Doch dann wurde die Stille erneut durchbrochen. Nappes
hörte eine klagende Stimme. Jemand rief halblaut etwas, das er
nicht verstehen konnte. Seine Nackenhaare stellten sich auf –
war das ein Hilfeschrei? So schnell die Beine ihn trugen, ging er
die Bachgasse hoch. Nur, um sofort mit einem Ruck stehenzubleiben. Dort, wo *die Bach* nach links abbog, gleich hinter den
Sühnekreuzen, bewegte sich etwas. Ein fast durchscheinendes,
grün fluoreszierendes Objekt schwebte über dem Wasser. Ebenfalls von dort kamen Geräusche. Ein Murmeln, ein leises Raunen,

ein unheimliches Kichern. Dann schrie ein Käuzchen und Nappes fuhr es kalt den Rücken hinunter.

»Jessas!«, murmelte er schockiert. Er war kein ängstlicher Mensch, an Dinge zwischen Himmel und Erde glaubte er nicht. Schon aus dem Grund war ihm die Koslowski mit ihrer Wahrsagerei suspekt. Aber jetzt hätte er sie am liebsten aus ihrem Bett gezerrt, um sich das, was er mit eigenen Augen sah, erklären zu lassen. Ein mehrstimmiges Kichern untermalte die Szenerie. Es kam aus der Richtung des abgedeckten kleinen Wasserfalls, den der Bach noch ein Stück hinunterfloss, bevor er in Kanalrohren unter der Borngasse verschwand. Jetzt war von dort eine ängstlich zitternde Stimme zu vernehmen. Nappes setzte sich erneut in Bewegung.

»Was ist da los?«, rief er gegen das nächtliche Unbehagen an. Das Grün schien in der Luft zu erschauern, schwankte auf einmal hin und her – und schwebte davon. Schwarze Wolkenfetzen schoben sich vor den bleichen Mond und tauchten die ganze Szene in ein gespenstisch zerrissenes Licht. Füßetrappeln war zu hören, es verlor sich in Richtung der Borngasse. Nappes war bei den Sühnekreuzen angelangt. Er hörte und sah nichts mehr. War der Spuk vorbei? Er wollte bereits abdrehen, als eine angsterfüllte Stimme an sein Ohr drang.

»Hallo? Ist da wer? Mir ist kalt.« Diesen Worten folgte unüberhörbar das Klappern von Zähnen.

Nappes sah sich um. Wo kam das her? Weder auf der Gasse noch in dem gemauerten Unterstand ein paar Meter weiter entdeckte er jemand. Sein Blick fiel nach unten. Da hockte eine Gestalt im Sterzbach, direkt unter ihm. Ein Mensch, was aber aufgrund des Umstands, dass er eine Art weißer Kapuze über dem Kopf trug, bei der lediglich zwei Öffnungen für die Augen ausgeschnitten waren, erst auf den zweiten Blick erkennbar war. Das helle weite Hemd bauschte sich im schnell dahinfließenden Wasser. Einen seiner Arme hatte man mit Handschellen an einer der Metallstangen des Schutzgitters festgemacht.

Nappes trat vorsichtig näher. Man konnte ja nicht wissen, wer einem mitten in der Nacht hier auflauerte!

»Kruzifix«, fluchte Nappes, als er die Bescherung sah.

»Ist da wer?«, kam es bibbernd unter der Kapuze hervor.

»Ich bin aus der Nachbarschaft«, erwiderte Nappes.

Die Zähne des Gefesselten klapperten immer lauter. Ein leichter Wind kam auf wirbelte den Stoff im Nass herum. Nappes sah sich um. Etwas blinkte am Boden, zwischen den beiden verwitterten Steinkreuzen. Der Schlüssel für die Handschellen, den er nun unverzüglich zum Einsatz brachte.

Kaum waren die Hände frei, zog sich der Unglückswurm die Kapuze vom Kopf. Nappes musste nähertreten und sich vorbeugen. Jetzt konnte er erkennen, wer dort bibbernd im eiskalten Wasser hockte. Polizeianwärter Schnappauf war's, der sich ächzend und stöhnend erhob. Letztendlich musste Nappes dem Unterkühlten über die kleine Schräge, an der in früheren Zeiten die Pferde zur Tränke geführt worden waren, aus dem Bach helfen. Da stand der nun, der oigeplackte Bayer, zitternd am ganzen Leib. Die Hose roch verdächtig.

»Du hast dich bepinkelt«, konstatierte der Ältere. Woraufhin der junge Polizist in Tränen ausbrach.

»So schlimm ist das auch wieder nicht. Wo wohnst du?«

Im Neubaugebiet, stellte sich heraus. Es hätte ja nicht schlimmer kommen können.

Die Kirchturmuhr schlug zwei Mal. Es war halb drei in der Nacht.

»Unmöglich, das schaffst du in deinem Zustand nicht mehr«, brummte Nappes, inzwischen wacher als wach. »Du kommst mit zu mir.« Damit griff er den durchnässten, zitternden jungen Mann am Ellbogen und zog ihn mit sich.

Eine Mutprobe, hatte es geheißen. »Alle, die neu in die Stadt kommen, müssen im Sterzbach getauft werden.« Das hatten ihm seine neuen Kumpels am Nachmittag nach dem Fußballspiel erzählt. Alles waschechte Langener. Oder *Oigeplackte,* die angeblich selbst mit Sterzbachwasser getauft worden waren. »Wenn du dazu gehören willst, musst du es schaffen, die Geister zu vertreiben. Falls dir das nicht gelingt, wirst du ewig ein *ungedaafter Oigeplackter* sein«, hatten sie behauptet.

Nappes, der nur die eine *Daaf* kannte, bei der sich alljährlich beim Ebbelwoi-Fest verdiente Zugezogene mit dem Stöffsche übergießen lassen mussten, jedenfalls mit dem Rest dessen, was sie nicht aus dem großen Bembel hatten trinken können, schüttelte verständnislos den grauen Kopf. Was sich die Jugend doch so ausdachte! Und der Schnappauf wollte halt dazu gehören. Verständlich. Sein bayerischer Akzent war ja schon schlimm genug! Also gesagt, getan. Vermutlich in leicht bis mittelschwer betrunkenem Zustand hatte der Unglückliche sich bereit erklärt, dieses Ritual über sich ergehen zu lassen.

»Ich fand das lustig. Konnte ja nicht wissen, dass es da wirklich spukt.« Schnappaufs Zähne klapperten immer noch.

Nappes war nicht überzeugt vom Spuk. »Die haben dir einen Streich gespielt.« Vermutlich mittels eines Heliumballons und eines daran befestigten Tuches. »Das haben sie mit fluoreszierender Farbe bepinselt.« Das Entschwinden in den Nachthimmel sprach jedenfalls dafür. Dazu die akustische Untermalung, zu der man heutzutage nicht viel benötigte.

»Mein Gott, war ich dämlich«, fasste Schnappauf zusammen, was auch Nappes dachte.

Das Gespräch der beiden fand in Nappes' Küche statt. Nachdem der Bayer sich seiner nassen Kleidung entledigt hatte und in eine dicke Kolter gewickelt dasaß.

»Deine Sachen kommen in die Waschmaschine«, brummte der Hausherr. Dann warf er seinem unerwarteten Gast eine alte Jogginghose und ein Leintuch zu und deutete auf die Couch im Wohnzimmer. »Du kannst hier schlafen. Ausnahmsweise.«

Schnappauf schniefte und nieste, vermutlich hatte er sich eine Erkältung zugezogen. Die Nächte waren schon kalt und Nappes war, in einem Anflug von Fürsorge, versucht zu fragen, ob der Jüngere eine Wärmflasche brauche. Aber dann dachte er, dass es genug sein musste. Junge Männer mussten selbst lernen, dass nicht jeder Blödsinn folgenlos blieb. Sowieso fiel der Polizeianwärter wie ein Stein auf das Sofa. Nappes spürte, dass er ebenfalls endlich Ruhe finden würde, schlurfte in sein Schlafzimmer und war kurz darauf im Reich der Träume.

20

»Ist Esmeralda bei dir?«

Nappes stand, einen unausgesprochenen Fluch auf den Lippen, ungewaschen, zerzaust und am Gürtel seines ziemlich fadenscheinigen Bademantels wurstelnd, an der Wohnungstür.

»Brunhilde, du?« Genau sie war es, die ihn mittels Klingeln und Klopfen aus dem Schlaf gerissen hatte. Für seine Verhältnisse war es spät, nämlich bereits sieben Uhr. Aber nach dem Nachtspuk war er so tief eingeschlafen, dass er noch immer nicht ganz wach war.

»Ist sie bei euch?« Brunhilde, das Haar heute nicht zu einem Zopf geflochten, sondern unordentlich als Pferdeschwanz gebunden, stemmte die Fäuste in die Hüften.

»Dein Hund? Nein.« Nappes drehte sich um, schlurfte in die Diele hinein und schaute in Lumpis Körbchen, das neben dem Schuhschränkchen stand. Es war leer. Elektrisiert fuhr er herum. »Lumpi ist nicht da!«

Wie konnte das sein? Sein Hund war doch kein Streuner. Blitzartig erinnerte sich Nappes an die Ereignisse der Nacht. Lumpi musste entwischt sein, als er das Haus verlassen hatte. Aber warum? Und wohin?

»So ein Mist!« Brunhildes Stimme war sowieso schon laut. Und jetzt schrie sie fast. Nappes fühlte sich ungut an die Situation vom Vortag erinnert. Würden gleich wieder Dampfwolken aufsteigen?

»Wie kann es denn sein, dass Esmeralda weg ist?«

»Sie muss rausgelaufen sein, als ich gestern Abend den Müll wegbrachte«, jammerte sie.

»Also, ich hab sie nicht gesehen.« Aber er konnte sich schon denken, mit wem sie zusammen war.

»Warum bist du eigentlich noch nicht unterwegs?«, fragte Brunhilde plötzlich, die Augen misstrauisch zusammengezogen. »Bist doch sonst um fünf Uhr früh am Gassigehen.«

»Ist spät geworden gestern«, murmelte er.

In diesem Moment schwang die Wohnzimmertür auf.

»Himmel, was für eine Nacht.« Die Stimme des Bayern.

Brunhildes Augen weiteten sich ins schier Unendliche. Nappes drehte sich um und bekam fast einen Herzinfarkt. Schnappauf stand da an der Tür. Bis auf die Socken splitterfasernackt. Was es nicht besser machte, war die Tatsache, dass er sich ungeniert räkelte, streckte und am Bauch kratzte. Nappes fiel die Kinnlade herunter. Er brachte kein Wort mehr heraus.

»Ach so«, sagte Brunhilde. Plötzlich ganz ruhig. »Jetzt verstehe ich.«

»Aber ... was ... du denkst hoffentlich nicht ...« Nappes wusste nicht, wie ihm geschah.

»Ich wundere mich schon seit Monaten, dass das mit uns über Küsschen links und rechts und Händchenhalten nicht hinausgeht. Hättest du mir doch sagen können, dass du auf Männer stehst.« Jetzt kicherte sie zu allem Überfluss. Wobei Nappes sicher war, ein nicht nur leises Bedauern in ihren Augen lesen zu können.

Immer noch stand er da wie vom Donner gerührt.

Schnappauf war's, der die Situation auflöste, indem er herzlich lachte.

»Keine Angst, schöne Frau. Dieser Herr hier«, er deutete auf den Älteren, »hat sich mir nicht genähert. Vielmehr hat er mich gestern Abend aus einer verdammt unangenehmen Lage befreit.«

»Genau«, japste Nappes, dem auf einmal bewusstwurde, wie die ganze Situation auf die Frau, für die er mehr als zarte Gefühle hegte, wirken musste.

»Nur leider waren mir seine Jogginghosen zu weit«, erklärte Schnappauf seinen Nackedei-Auftritt. Wenigstens verschwand er nach diesen Worten wieder im Wohnzimmer.

»Hübscher Hintern. Und immer noch leicht sommerbraun. Der Kerl ist eindeutig FKK-Fan.« Brunhildes Blick war amüsiert.

»Keine Ahnung. Ich kenne ihn kaum«, brummte Nappes, dem Brunhildes Blick gar nicht gefiel.

»Und jetzt?«

»Die Hunde«, erinnerte er sie.

»Sakra, ich muss jetzt zum Dienst«, rief Schnappauf gleich darauf aus. »Was dagegen, wenn ich euch beide zum Dank dieser Tage auf einen Wein einlade?« Der Bayer steckte den Kopf durch die Zimmertür.

»Nein. Aber jetzt – zuerst die Hunde!« Sie hatten unisono gesprochen. Ein Hinweis darauf, dass es doch noch nicht zu spät dafür war, die alte Harmonie wiederherzustellen?

Sie waren die ganzen Strecken abgelaufen. Hinter den Stumpfen Turm. Hoch zum Schwimmbad. Die Borngasse entlang. Ihr lautes Rufen hatte den einen oder anderen Bekannten dazu veranlasst, die Suche in den sozialen Medien publik zu machen.

»Hast du ein Foto von Lumpi?«, hatte sich daraufhin Kuno von Otter bei Nappes gemeldet. Wo dachte der denn hin? So gern Nappes seinen Hund auch hatte – auf die Idee, ihn abzulichten, wäre er nie gekommen. Brunhilde war da anders. Flugs hatte sie auf ihrem Smartphone ein Bild gefunden, über das ihr Freund Karl nur staunen konnte. Saß da doch Esmeralda, schön, lockig und groß, brav neben dem kleinen, struppigen Lumpi.

»Das sind die beiden. Wir vermuten, sie sind zusammen unterwegs.« Kuno versprach, das Foto sofort in die Facebook-Gruppe »Unser Langen in Hessen« einzustellen.

Nappes gab nicht viel darauf. Darum war er mehr als verblüfft, als bereits eine Stunde später Brunhildes Handy klingelte.

»Die Hunde wurden gesehen. Am Markwaldbrunnen.«

»Wie kommen die denn dorthin? Das ist ja am anderen Ende der Stadt.« Nappes kratzte sich am Kopf.

»Egal. Wir holen sie. Ich fahre«, erklärte Brunhilde kategorisch.

Nappes, der sich nach einer mehr als katastrophalen Fahrt – für Brunhilde waren Verkehrsregeln nur üble Schikanen, die sie nicht weiter beachtenswert fand – bereits vor längerer Zeit geschworen hatte, sich nie mehr, unter keinen Umständen, selbst unter Androhung schwerster Strafe, zu seiner Freundin in den Wagen zu setzen, kämpfte kurz mit sich. Aber die Vorstellung, dass ihr Streit weitergehen könnte, würde er sich jetzt weigern, war schlimmer als die Folter, die ihm als Beifahrer drohte.

So rasten sie buchstäblich quer durch die Stadt, über die Überführung der Bahnlinie, von der aus man zur Rechten einen Teil der Skyline von Frankfurt sah, zur Linken etwas, das Darmstadt sein konnte, auf den Kreisel mit den bunt beleuchteten Stelen zu, wo Brunhilde so abrupt abbremsen musste, dass Nappes etwas gegen den Kopf flog, das sich als der umhäkelte Klorollen-Hut entpuppte, den seine Freundin seit einiger Zeit auf der Hutablage spazieren fuhr, bis zu dem kleinen Parkplatz an der

Aschaffenburger Straße, auf dem im Frühling Spargel und in der Adventszeit Weihnachtsbäume verkauft wurden.

Der Wagen rollte noch, als Brunhilde bereits heraussprang. Nappes zog in höchster Verzweiflung die Handbremse, bevor auch er aus dem Auto stieg, wesentlich langsamer, nicht nur wegen der alten Knochen, auch wegen des Umstands, dass sein Magen sich erst einmal beruhigen musste. Dann folgte er Brunhilde, die über einen Trampelpfad durch das Unterholz stapfte. Vorbei an den Hünengräbern und entlang einer *Rue de Kack,* wie man angesichts der vielen Hundehaufen links, rechts und mitten auf dem Weg ohne Übertreibung sagen konnte.

Schnaufend kam er irgendwann am Markwaldbrunnen an, der an diesem neuen Standort im Jahr 2023 zur Erinnerung an die in früheren Zeiten übliche alte Waldweide-Wirtschaft im gemeinsamen Markwald von Egelsbach und Langen errichtet worden war.

Brunhilde stand dort, die Fäuste in die Hüften gestemmt. »Esmeralda, hierher!«, verlangte sie so lautstark, dass schlagartig sämtliche Vögel in den Bäumen aufhörten zu zwitschern. Ja, diese Frau und ihr Organ hatten Durchschlagskraft.

Nappes hatte unterdessen abseits des Wegs bereits etwas erspäht, was ihn an die Lägerchen erinnerte, die er als Halbwüchsiger mit seinen Schulfreunden gebaut hatten. Etliche Äste waren wie zu einem Wigwam zusammengestellt. Ohne weiter auf Brunhilde zu achten, hielt er darauf zu. Um dann abrupt gerührt stehenzubleiben.

Da lagen sie. Esmeralda und Lumpi, die Köpfchen aneinander- und die Pfötchen übereinandergelegt. Beide sahen aus wie der sprichwörtliche Hund – voller Laub und Erde. Dazu völlig erschöpft. Esmeraldas Nase zuckte und Lumpi schnaufte. Sie hoben nur müde die Köpfe. Brunhilde tauchte neben ihm auf. Auf einmal ganz still.

»Wie süß«, flüsterte sie nach einigen ergriffenen Sekunden.

So standen sie da nebeneinander, blickten auf ihre Hunde. Und dann, ganz zaghaft, suchte Brunhildes Hand die von Nappes.

21

»Was für eine Nacht!«

Petra wand sich schlaftrunken aus den Armen ihres Freundes. Maik gab ein paar undefinierbare Laute von sich, schlief aber weiter. Es war früh am Tag, kurz vor acht. Ein Streifen blasser Herbstsonne fiel durch den Vorhangspalt ins Zimmer.

Am Vorabend hatten sie nach ihrer Rückkehr ins Haus lange keine Ruhe gefunden. Von irgendwo, Petra tippte auf den Waldsee, hatte das Wummern lauter Musik durch die Nacht geklungen. Um Mitternacht war es abrupt verstummt, vermutlich hatte ein Polizeieinsatz dem Treiben ein Ende bereitet.

Maik lag friedlich da, einen Arm über die Augen gelegt. Petra setzte die Beine auf den Boden, gähnte ausgiebig, streckte und räkelte sich. Maik drehte sich auf die Seite und schlummerte weiter.

Eine halbe Stunde später, Petra hatte geduscht, eine Tasse Kaffee und einen Toast zu sich genommen und ihrem Freund einen Zettel geschrieben, stieg sie auf ihr Rad. Der Wind hatte etwas aufgefrischt. Für den Nachmittag war Regen angesagt. Sie wollte die Gunst der Stunde nutzen, sich an der frischen Luft zu bewegen. Aus einem Impuls heraus schlug sie den Weg zum Mühltal ein.

Aurora Grün hatte die Kapuze ihres dunkelgrauen Hoodies tief ins Gesicht gezogen. Dennoch erkannte Petra die Autorin sofort. Sie stand auf dem Weg und starrte ins Unterholz, einen kleinen Strauß mit Vergissmeinnicht, Veilchen und weißen Freesien in Händen. Der Wind spielte mit einem Rest vom Flatterband, das sich in einem Ast verfangen hatte, und einer von Auroras vorwitzigen hellblonden Locken, die sie ungeduldig zurückstrich.

Petra stieg ab, legte ihr Rad ins Gras und trat neben sie.

»Guten Morgen.«

Aurora wandte sich ihr nur kurz zu. »Hier ist es also passiert«, sagte sie leise.

Einen Moment lang schwiegen beide, in unterschiedlichen Erinnerungen gefangen.

»Sie liebte ihre frühmorgendliche Runde. Meinte immer, dass sie ihre Gedanken besser hören konnte, solange die Welt um sie herum noch still war.«

»Sind Sie nie mitgelaufen?«

Aurora schüttelte den Kopf. »Zita und ich, wir waren total verschieden. Sie brauchte ihren bis ins Kleinste geregelten Alltag, war schon immer Frühaufsteherin, taktete ihre Tage genau durch. Ich finde selten vor Mitternacht ins Bett, stehe entsprechend spät auf, habe keine große To-Do-Liste, sondern mache lieber das, was der Tag bringt. Außerdem war sie tierlieb und lebte vegan, ich mochte noch nie etwas im Haus, das ein Fell trägt und lasse mir gerne mal ein dickes Steak schmecken.« Sie trat einige Schritte ins Gebüsch, legte den Strauß ab und kehrte zum Weg zurück.

»Trotzdem standen Sie sich nahe.«

»Wir liebten uns. Zusammenleben hätten wir aber nie gekonnt. Ich wusste das, Zita wollte es nicht wahrhaben.« Auroras Stimme brach bei diesem Satz. Sie schien in sich zusammenzufallen. Es dauerte einen Moment, bis sie sich wieder gefasst hatte.

»Gehen wir ein Stück? Es deprimiert mich, auf die Stelle zu starren, an der Zita gestorben ist.«

Petra nahm ihr Rad auf. Schweigend gingen sie in Richtung *Merzenmühle*, vorbei an den drei großen Sitzsteinen. Aurora mit gesenktem Kopf, die Hände tief in den Taschen ihres Hoodies verborgen. Bis Petra einfiel, was heute für ein Tag war. »Müssten Sie nicht beim Treffen Ihres Clubs sein?« Das Programm für den heutigen Sonntag wies etliche Tagesordnungspunkte auf. Unter anderem fiel die Entscheidung darüber, welche der Bewerberinnen aufgenommen würden.

»Das interessiert mich gerade nicht. Mein Stimmrecht für die Aufnahme der Neuen habe ich weitergegeben. Unvorstellbar, dass ich das heute ausübe.«

Petra rang mit sich. Einerseits war Aurora Grün gerade sehr verletzlich. Andererseits ... wann würde sie der Frau jemals wieder so nahekommen? Sie war eine zentrale Figur im Geschehen und bisher hatte sie sich eher abweisend gezeigt. Verständlich. Wollte sie doch nicht, dass ihr Privatleben an das Licht der Öffentlichkeit gezerrt würde. Aber das war ja auch nicht Petras Ziel. Sie gab sich einen Ruck.

»Zita hatte einen Stalker. Wussten Sie das?«

»Ja. Sie hat es mir erzählt. Sie war kein ängstlicher Mensch, aber das, was dieser Kerl veranstaltet hat, war gruselig.«

»Sind Sie sicher, dass es ein Mann war?«

»Ja!« Die Antwort kam wie aus der Pistole geschossen. Dann drehte Aurora sich zu Petra und sah sie prüfend an. »Sie schreiben das doch nicht? Das erlaube ich nicht!«

»Natürlich nicht. Unserer Unterhaltung ist privater Natur. Dennoch würde es mich interessieren, warum Sie beide so sicher sind, was das Geschlecht des Stalkers betrifft? Wenn sie doch seine Identität nicht kennen.«

»Eine Frau tut so etwas nicht«, lautete die verblüffende Antwort. »Außerdem, dieser Mensch hat Zita auf eine Weise belästigt, Fantasien dargelegt, das war eindeutig.«

»Hat er sie mit dem Tod bedroht?«

Aurora Grün blieb mit einem Ruck stehen. »Was?«, murmelte sie und fuhr sich mit dem Handrücken über die Stirn.

Konnte es wirklich sein, dass sie sich überhaupt keine Gedanken darüber gemacht hatte, der Kerl könne Zita bis nach Langen verfolgt haben? Ihre auf einmal weit aufgerissenen Augen sagten genau das.

»Denken Sie ... also ... das wäre ja ...« Sie konnte den Satz nicht zu Ende führen.

»Halten Sie es für abwegig?«

Aurora Grüns Kopf pendelte hin und her. »Jetzt, wo Sie das sagen, nicht. Aber soweit ich weiß, hatte er die letzten Wochen Ruhe gegeben. Zita hatte sich aus den sozialen Medien zurückgezogen, nichts mehr gepostet.«

Sie begegneten auf ihrem Weg nicht vielen Menschen. Einige Jogger, Spaziergänger oder Hundebesitzer waren bereits unterwegs. Vom Goldrausch der letzten Tage jedoch war nichts mehr zu spüren. Weil genügend Zeit war, schlug Petra den Weg am Teich entlang vor. Enten balancierten auf im Wasser liegenden Baumstämmen. Eine Schildkröte genoss dort die letzten schwachen Sonnenstrahlen des Herbstes. Lange würden die sich nicht mehr halten, der Wind hatte bereits aufgefrischt und raschelte durch das dunkle Laub am Boden. Es roch nach feuchter Erde. Aurora blieb am Mühlrad kurz stehen. Das spröde Holz war bemoost und teilweise von Grün überwuchert.

»Wie idyllisch«, murmelte sie, bevor die beiden auf dem schmalen Pfad weitergingen.

Bis Aurora irgendwann sagte: »Haben die da drüben schon geöffnet?«

Petra folgte Auroras Blick. »Ich glaube nicht.« Das Lokal war dunkel, machte einen geschlossenen Eindruck.

»Ich bin mit einem Taxi hergekommen.« Aurora drehte sich unschlüssig um sich selbst.

»Es gibt hier den Hopper, der fährt innerhalb der Stadt. Ein Stück weiter befindet sich ein Parkplatz. Dorthin lasse ich einen Wagen kommen. Wir können zusammen bis zum Hotel ins Neurott fahren.«

»Wohnen Sie dort in der Nähe?«

»Im angrenzenden Stadtteil. Oberlinden. Vom Hotel aus sind es nur ein paar Minuten mit dem Rad.«

»Okay«, meinte Aurora gedehnt.

Petra rief die App des Shuttleservices auf und erfuhr, dass sie eine Viertelstunde auf den Wagen warten mussten. Kein Problem. Jetzt, wo sie so nett am Plaudern waren.

»Was geschieht eigentlich, wenn eine der Vorstandsfrauen heute nicht mehr kandidiert? Oder den Club verlassen muss?«, wollte Petra wissen.

Auroras Miene nahm einen leicht spöttischen Ausdruck an. »Sie fragen das, weil Sie Marie-Theres' Situation kennen, oder?«

Verblüfft blieb Petra stehen. Aurora lachte leise auf. »Viele von uns schauen sich auf den Internet-Plattformen um. Wir sind neugierig auf die Neuerscheinungen der anderen Club-Mitglieder. Da bleibt so eine Verschiebung nicht unbemerkt.«

»Und? Was bedeutet das?«

Aurora schob die Unterlippe vor und blickte in den Himmel. Die ersten Regenwolken zogen auf. Lange würde es nicht mehr trocken bleiben.

Petra schloss den Reißverschluss ihrer Jacke.

»Zunächst einmal nichts. Marie-Theres wird heute wohl eine Gnadenfrist eingeräumt. Wenn ihr neues Buch in den nächsten fünf Wochen erscheint, liegt sie noch innerhalb des Drei-Jahres-Rhythmus.«

»Und? Wird man ihr die Frist gewähren?«

Aurora blickte Petra forschend an. »Dafür gibt es Regeln. Club-Interna, die ich nicht nach außen trage. Was mich viel mehr interessiert – warum fragen Sie das? Was hat das mit Zitas Tod zu tun?«

»Ganz einfach. Wenn Marie-Theres den Club verlassen muss, sind vier Plätze frei. Und nach Zitas Tod gibt es nur noch vier Bewerberinnen.«

Oder, um es auf den Punkt zu bringen: Jede dieser vier Frauen würde nun Einzug in den elitären Club der *Tödlichen Ladys* halten können.

Aurora war sichtlich geschockt. Petra verstand sie. Nach dem Tod ihrer Kollegin, Freundin und Liebhaberin hatte sie sich in ihrem Kummer vergraben, hatte nicht klar denken können. Jetzt jedoch wirkte sie wie unter Strom.

»Sie meinen, eine der anderen vier Bewerberinnen sorgt dafür, sicher in den Club aufgenommen zu werden? Indem sie eine Mitbewerberin umbringt und dafür sorgt, dass eine Lady ausgeschlossen wird?« Mit einer theatralischen Geste griff sie sich an die Stirn.

»Wäre doch möglich«, murmelte Petra. Immer vorausgesetzt, dass der Platz von Marie-Theres nachbesetzt werden würde. Und immer vorausgesetzt, dass die beiden Dinge zusammenhingen. Falls nicht, sähe die Sache anders aus.

»Mal angenommen, es gibt keinen Zusammenhang zwischen Zitas Tod und den Querelen innerhalb des Clubs. Es hat auch alles nichts mit der Aufnahme neuer Clubmitglieder zu tun. Und mal angenommen, Marie-Theres erhält eine Gnadenfrist, müsste dennoch demnächst das Feld räumen, weil es mit der Veröffentlichung doch nicht mehr rechtzeitig klappt. Welche Person profitiert dann vom späteren Ausschluss Ihrer derzeitigen *First Lady*?«, setzte Petra das Gespräch fort.

Den Blick hielt sie dabei auf die Einfahrt zum Parkplatz gerichtet. Gleich würde ihr Wagen kommen. Fraglich, ob Aurora diese Unterhaltung vor den Ohren eines Fremden fortsetzen würde.

»Diejenige, die nachrückt«, erklärte Aurora dumpf.

»Wer wäre das?«

»Nun ja. Wenn die Nummer Eins innerhalb eines Jahres ausfällt, rückt automatisch die Nummer zwei nach. Bis zum nächsten Jahrestreffen.«

»Diejenige hätte entsprechend lange Zeit, sich auf dieser Position zu profilieren. Sich dann regulär zur Wahl zu stellen, richtig?«

»So eine Situation hatten wir bisher nie«, murmelte Aurora. »Und ich bin von Anfang an im Club. War eine der ersten. Wir legen Wert auf kollegiale Zusammenarbeit, Kooperation statt Konkurrenz. Daher ist es so wichtig, nicht jede Bewerberin aufzunehmen. Wir wollen uns gegenseitig unterstützen, nicht fertigmachen.« Zwischen ihren Brauen hatte sich eine steile Falte eingegraben. Sie starrte vor sich hin. In ihr arbeitete es.

»Mechthild Schmauser würde nachrücken«, stellte Petra fest.

»Das würde mich wundern«, erklärte Aurora zu Petras Erstaunen.

Vorne bog der Hopper von der Straße ab und kam auf sie zu. Petra hob den Arm.

»Warum?«, fragte sie schnell. »Mechthild ist doch die Stellvertreterin von Marie-Theres.«

»Ach.« Aurora winkte hektisch ab, als sei ihr gerade etwas eingefallen, das ungeheuer wichtig war. »Ich fürchte, in diesem Fall wird etwas ganz anderes geschehen.«

Der Hopper bremste, die Tür flog auf. »*Sterzbacher Hof*?«, fragte der Fahrer.

»Möglichst schnell«, antwortete Aurora.

Mist! Jetzt, wo es wirklich interessant wurde, war das Gespräch beendet.

Aurora war bereits ins Innere des Wagens geklettert und gestikulierte wild mit dem Fahrer. Die Tür wurde geschlossen.

»Sorry!«, rief sie Petra durch das halboffene Wagenfenster zu. »Ich habe keine Zeit zu warten, bis Sie Ihr Rad verstaut haben. Es eilt!«

»Aber ...«, Petra stand mit buchstäblich offenem Mund da, als der Hopper auch schon wendete. Der Fahrer warf ihr einen mitleidigen Blick zu, dann raste er davon, als würde man ihn jagen.

Im selben Moment fing es an zu regnen.

22

Als Petra zu Hause ankam, war sie bis auf die Knochen durchnässt. Kaum in ihrer Wohnung angelangt, stand Maik bei ihr vor der Tür. Ausgeschlafen, gutaussehend, tipptopp gekleidet. Verwundert musterten sie sich gegenseitig.

»Wir wollten brunchen gehen«, erinnerte er sie. »Im Hotel *Sterzbacher Hof*«, konkretisierte er als Antwort auf ihren fragenden Blick.

»Ach herrjeh, das hätte ich fast vergessen. Gib mir fünf Minuten.«

»Auch zehn.« Maik deutete auf Petras nasses Haar. »Und wir nehmen natürlich meinen Wagen.«

Eine halbe Stunde später liefen sie im Hotel ein. Im Frühstückssaal war ein kalt-warmes Büffet aufgebaut. Wie jeden Sonntag erfreute sich der Brunch großer Beliebtheit. Ohne Reservierung ging hier gar nichts. Inzwischen knurrte Petras Magen vernehmlich. Erst, als zwei Teller vor ihr standen, einer mit Käse, Avocado und Brötchen, der andere mit Croissants, Erdbeeren und Marmelade, dazu ein dampfender Milchkaffee, lächelte sie zufrieden. Während sie eine Brötchenhälfte butterte, erzählte sie Maik von ihrem Erlebnis mit Aurora Grün im Mühltal.

»Sie hat dich einfach stehenlassen?«

»Hatte es auf einmal so eilig, als sei der Teufel hinter ihr her.« Sie kaute genüsslich, schluckte und trank von ihrem Kaffee, bevor sie fortfuhr. »Irgendetwas stimmt da nicht. Kaum hatte ich die Frage nach der Nachrückerin gestellt, brach sie völlig überstürzt auf. Möchte zu gern wissen, was da in diesem Club intern vor sich geht.« Ihr Blick wanderte durch den Raum zur Tür und gedanklich dort hinaus und hinüber zum Großen Saal, in dem die Autorinnen zurzeit tagten.

»Die Statuten müssten doch darüber Auskunft geben.« Maik häufte etwas Rührei auf seine Gabel.

»Die sind nicht öffentlich«, knurrte Petra. Sie legte ihr Messer ab und knibbelte an ihrem Daumennagel. Was ihr einen strafenden Blick ihres Freundes eintrug. Er mochte es nicht, ihr half es jedoch beim Denken. Die Idee, die sich gleich darauf in ihrem Kopf manifestierte, gab ihr recht. »Aber ich kenne jemanden, der mir Zugang verschaffen könnte.«

Maik hob fragend die Brauen.

»Frederik. Er hat eine große Begabung, an Informationen aller Art zu gelangen.« Ihr Praktikant, der Mitglied in der Hackergruppe *Beasty Young Nerds* war, hatte ein Händchen für die Suche nach diesem und jenem in der virtuellen Welt. Aber dass er das gelegentlich mit nicht rechtskonformen Mitteln schaffte, verschwieg sie.

Maik schüttelte mit leichtem Tadel den Kopf, als Petra ihr Handy aus der Tasche fischte. »Bin gleich wieder da«, flüsterte sie ihm zu.

Er verdrehte die Augen. »Iss doch wenigstens vorher auf. So viel Zeit wird doch sein.«

»Geht ganz schnell«, tröstete sie ihn, küsste ihm ein Flöckchen Butter aus dem Mundwinkel und eilte hinaus.

Kaum unter dem überdachten Außenbereich der Hotellobby angekommen, drückte sie die Kurzwahltaste. Es klingelte. Drei Mal, vier Mal, fünf Mal. Petra blickte ungeduldig auf die Uhr. Es war kurz nach zehn. Frederik war ein Nachtschwärmer. Womöglich schlief er noch. Sie wollte bereits aufgeben, als sich am anderen Ende jemand meldete.

»Schnappauf!«

Hä? Petra schaute irritiert auf das Display ihres Handys. Sie hatte eindeutig Frederiks Nummer gewählt.

»Koslowski hier«, antwortete sie nach einer Schrecksekunde. »Ich wollte Frederik sprechen.«

»Der Besitzer dieses Mobiltelefons befindet sich in polizeilichem Gewahrsam. Bitte identifizieren Sie sich«, lautete die überraschende Antwort.

»Was?«

»Schnappauf, quatsch kein Blech, wir sind hier weder im Fernsehkrimi noch geht es um ein Kapitalverbrechen. Gib mir das Handy.«

Auch diese Stimme war Petra bekannt. Aber auch sie gehörte nicht Frederik.

»Hanfstängel hier. Wer da?«, ertönte es gleich. Benno Schnappauf quengelte im Hintergrund.

»Hallo Michi. Ich bin's, Petra. Warum gehst du an Frederiks Telefon?«

»Frau Koslowski«, lautete die Antwort. Also war man amtlich miteinander. »Der junge Mann sitzt hier in der Polizeistation in der Gewahrsamszelle ...«

Weiter kam Hanfstängel nicht. Im Hintergrund entstand Aufruhr.

»Schnappauf, Hanfstängel, Einsatz! *Sterzbacher Hof.* Massenschlägerei.«

»Hallo?«, fragte Petra und wollte lachend ansetzen zu sagen, sie sei ja gerade dort und alles friedlich um sie herum. Niemand hörte sie mehr. Die Verbindung war unterbrochen.

Stirnrunzelnd begab sie sich zurück ins Innere des Hauses. In der Lobby, die eben noch so friedlich gewirkt hatte, rannten zwei Mitarbeiter des Hotels in Richtung des Flurs, der zu den Sitzungsräumen führte. Ohne nachzudenken folgte Petra den Männern. Sie war noch nicht an der Ecke, da hörte sie es bereits. Wütende Stimmen, Geschrei, lautes Jammern. Eine der hohen Flügeltüren zum Großen Saal stand offen. Als Petra dort ankam, glaubte sie, ihren Augen nicht trauen zu können. Dahinter spielten sich Szenen ab, die man eher unter verfeindeten Fußballfanclubs vermuten würde.

Zwei Frauen balgten sich auf dem Podium um das Mikrofon. Weil beide dabei sehr laut waren und es hin und her ging, schwirrten Halbsätze wie » ... kann man so nicht machen!«, » ... die Mehrheit entscheidet«, » ... völlig durchgeknallt« und »kriminell!« durch die Luft. Petra kannte keine der beiden. Unter den Tischen des Podiums hatten Viola und eine Frau mit blauen Haaren Zuflucht gesucht. Mechthild Schmauser hingegen zeigte sich nicht zimperlich und streckte gerade eine Widersacherin mit einem Kinnhaken nieder. Egal, was hier geschehen war, keine der anwesenden Ladys hatte es auf ihren Sitzen gehalten. Stühle waren zu Boden geschleudert worden. Alle schrien aufeinander ein. Ein halbes Dutzend der Clubmitglieder waren in ein Handgemenge verwickelt. Zwei der Autorinnen versuchten, zwei andere, die aufeinander losgegangen waren, auseinanderzuzerren. Eine Handvoll Frauen hatte sich in einen Fenstererker geflüchtet, wo sie sich ängstlich aneinanderklammerten, eine weinte laut und hemmungslos und starrte auf das handgreifliche Gemenge um sie herum.

Petra stand wie versteinert, hin- und hergerissen zwischen dem Wunsch, sofort zu flüchten und dem Drang, mehr über diesen Aufruhr zu erfahren. Die Hotelmitarbeiter, offensichtlich Security, hatten ihre liebe Mühe und Not, einige der Kontrahentinnen, die im Saal aufeinander einschrien und -prügelten, auseinanderzubringen. Was sich als überraschend schwierig erwies.

Marie-Theres Strobel versuchte, auf ihre Weise dem Ganzen zu entkommen. Sie robbte auf allen vieren in Richtung Ausgang, das Gesicht bleich und panisch. Petra lief auf sie zu, half ihr auf und zog sie aus dem Getümmel hinaus in den Flur.

»Was ist denn hier los?«

Die *First Lady* zitterte. »Die sind verrückt geworden«, stieß sie aus.

Im selben Moment kamen Hanfstängel, Schnappauf, Ayshe Müller und zwei weitere Polizeibeamte im Eilschritt den Flur heruntergerannt.

»Aufhören! Polizei!«, schrie Hanfstängel, kaum hatte er den Raum betreten. Niemand hörte auf ihn, nicht einmal die fünf Frauen, die direkt vor seiner Nase in ein Handgemenge verwickelt waren, sich an den Haaren zogen und aufeinander einschlugen.

Ayshe Müller hielt sich nicht lange auf. Sie griff nach einem umgefallenen Stuhl, stellte ihn auf, stieg darauf und holte ihre Waffe aus dem Holster. »Ruhe jetzt!«, schrie sie. Ihr rundes, sonst so freundliches Gesicht, wirkte entschlossen.

Doch erst als sie einen Warnschuss in Richtung Decke abgab, wurde es auf einmal mucksmäuschenstill. Knapp einhundert Frauen in unterschiedlichen Stadien der Zerzaustheit blickten teils erschrocken, teils empört zu der kleinen Polizistin, die sie, auf dem Stuhl stehend, alle überragte.

»So. Und jetzt beruhigen wir uns erst einmal. Wir nehmen jetzt Ihre Personalien auf. Wer kann etwas zum Hergang sagen?« Streng stemmte sie die Fäuste in die Hüften.

Betretenes Schweigen war die Antwort, dem aufgeregtes Flüstern, nervöses Hüsteln, leises Weinen folgte.

»Okay, Ladys. Wir teilen Sie jetzt auf!« Ayshes Hand zog eine imaginäre Linie von der Tür bis hinter das Podium. Dort krochen gerade Viola und die Blauhaarige unter den Tischen hervor. »Halten Sie Ihre Ausweise bereit. Die linke Seite wird von den Herren Schnappauf und Hanfstängel kontrolliert.« Sie nickte den beiden majestätisch zu. »Die rechte Seite von den anderen Kollegen.«

Die Ladys murrten, beugten sich aber angesichts der bedrohlich wirkenden Polizistin den Anweisungen.

Ayshe Müller stieg erst vom Stuhl, als die Situation unter Kontrolle schien.

Petra wandte sich Marie-Theres zu, die mit ungläubigem Gesichtsausdruck auf das Schauspiel im Saal starrte.

»Die wollten mich stürzen«, erklärte sie auf Petras fragenden Blick hin. »Einfach die Tagesordnung und unsere Statuten über den Haufen werfen. Eine Palastrevolution!«

Ja, und offensichtlich eine gut und schon seit längerer Zeit vorbereitete. Wer auch immer Marie-Theres Strobel an den Karren fahren wollte, hatte sich nicht darauf verlassen, dass ihr neues Buch nicht rechtzeitig veröffentlicht wurde.

»Warum wurde Ihr Krimi vom Verlag zurückgezogen?«

Die Autorin stierte finster vor sich hin. Ihr Kiefer mahlte. »Schreiben Sie das?«

Petra schüttelte den Kopf. »Über diesen Vorfall hier schon.«

Sie zeigte mit dem Kinn in den Besprechungsraum hinein. Dort nahmen die Polizisten die Personalien auf. Ayshe Müller stand wie ein Zerberus an der Tür. Petra war sich sicher, dass keine der Frauen entkommen würde.

»Dass sie sich geprügelt haben, kann man vermutlich jetzt schon in den sogenannten sozialen Medien nachlesen. Mit viel Pech gibt es Handyfotos.« Sie dachte an all die Leute, die heute zum Brunch gekommen waren. Die Geschichte würde sich wie ein Lauffeuer verbreiten. »Da müssen auch wir als örtliche Presse etwas dazu bringen. Aber was Sie persönlich angeht – nein. Nicht, wenn Sie nicht wollen. Dennoch, um eine authentische Geschichte schreiben zu können, muss ich den Hintergrund verstehen.«

Die Strobel wirkte völlig aufgelöst. »Natürlich will ich nicht, dass über mich geschrieben wird. In meiner jetzigen Situation könnte das das Aus als Autorin sein. Aber glauben Sie mir – die sind jetzt schon so weit gegangen, die stechen ihre Version der Dinge skrupellos in den Medien durch, da ist es mir andersherum lieber. Dass ich meine Sicht der Dinge darlegen kann.«

»Dann wird es Zeit für eine Unterhaltung«, sagte Petra leise. In diesem Moment drehte Ayshe Müller den Kopf und sah sie beide draußen stehen.

»Sie da!« Sie drehte sich um und deutete auf die *First Lady*, Die deutlich als Mitglied der Autorinnengruppe an dem rot gesprenkelten weißen Button zu erkennen war.

»Ihre Personalien brauchen wir ebenfalls.«

Seufzend ging Marie-Theres Strobel auf die Polizistin zu.

»Kommen Sie anschließend in den Frühstücksraum«, raunte Petra ihr noch zu, bevor Ayshe Müller mit einer resoluten Geste und einem strengen Blick die Tür zum Großen Saal schloss.

Als Petra in den Speisesaal zurückkam, hatte Maik sein Frühstück beendet. Ihr Kaffee war kalt geworden, aber das scherte sie nicht.

»Du glaubst nicht, was hier gerade geschehen ist«, flüsterte sie ihm zu.

Er hob sein Handy, drehte es so, dass sie auf das Display schauen konnte, und sagte leise: »Doch, glaube ich. Jemand hat alles gefilmt.«

Beschimpfungen, Schreie, Handgreiflichkeiten.

»Die machen ihrem Namen wirklich alle Ehre«, murmelte Petra und trank ihren Orangensaft in einem Zug aus. »Leider konnte ich nicht herausfinden, was der Auslöser für diesen Riesenstreit war.«

Maik schaute sie schweigend an. So lange, bis sie nervös wurde. »Ist was?«

»Du hängst ziemlich an deinem Job.« Es war keine Frage, sondern eine Feststellung.

»Na klar«, sagte sie leichthin. Sie und Maik stritten selten. Wenn, dann hatte es meistens etwas damit zu tun, dass sie beide engagiert waren. Zu wenig Zeit füreinander hatten. Sein Beruf führte ihn immer wieder ein paar Tage nach Stockholm. Sie konnte Beruf und Privates selten trennen. Wie auch, wenn man Tag und Nacht unterwegs war am Ort des Geschehens. So wie heute.

Maik beugte sich nach vorn, legte seine Hand auf ihre. »Schon mal drüber nachgedacht, mehr im Innendienst zu arbeiten?«

»Was?« Petra schüttelte verwundert den Kopf. Beiträge anderer zu redigieren, Fakten zu checken oder Archive zu verwalten kam für sie nicht infrage. Sie brauchte das, was sie die freie

Wildbahn nannte. Immer die Nase im Wind, Gespräche führen, direkt dabei sein.

»Na ja, das könnte doch mit einem Aufstieg verbunden sein.«

»Wenn du meinst, dass ich Besprechungen leiten und Konzepte ausarbeiten soll ... das ist nichts für mich«, erklärte sie knapp.

»Ich meinte damit unter anderem eine besser planbare Arbeitszeit«, erwiderte er leicht verschnupft und zog seine Hand zurück.

»Hast du doch auch nicht.« Sie biss in ihr Croissant, den Blick schon wieder zur Tür gerichtet. Ob Marie-Theres Strobel noch kam?

Maik seufzte auf. »Ich hole mir einen Kaffee. Soll ich dir einen mitbringen?«

Petra nickte und dachte an das Telefonat, das sie eigentlich hatte führen wollen. Was machte Frederik auf der Polizeiwache?

Wie auf Kommando tauchte Hanfstängel im Eingang auf. Petra warf ihr halb gegessenes Croissant auf den Teller und sprintete zu dem Polizisten hinüber. Hoffend, dass er sich daran erinnerte, dass sie und seine Liebesgefährtin Karina beste Freundinnen waren.

»Ach, da bist du ja«, murmelte er und zog sie mit sich hinaus auf den Flur, aber nicht bis in die Lobby.

»Dein Praktikant hat gestern Nacht am Waldsee eine Art Freiluft-Party organisiert. Laute Musik. Tanz bis zur Ohnmacht. Etliche Teilnehmer und Teilnehmerinnen hatten reichlich getankt. Außerdem ...«, er zögerte kurz, vermutlich weil er nicht ganz sicher war, ob er weitersprechen wollte, » ... hatten einige der Leute berauschende Substanzen im Blut.«

Petra hob erschrocken eine Hand an den Mund. Ihr war klar, was Hanfstängel, jetzt gerade wieder Michi, ihr sagen wollte.

»Er könnte schon längst wieder daheim sein. Aber unser Polizeianwärter, der Schnappauf, ist ein bisschen übereifrig. Weil Frederik sich nicht ausweisen konnte, hat er ihn festgesetzt.«

»Aber …«

Hanfstängel schnitt ihr mit einer Handbewegung das Wort ab. »Die beiden haben wohl einen Beef miteinander, wie man so schön sagt. Hat etwas mit einer Mutprobe zu tun, zu der dein Kollege und einige seiner Kumpels meinen neuen Kollegen nach einem Fußballspiel gestern Nachmittag angestachelt hat.«

»Aber …«

Wieder die schnelle Handbewegung. »Frag nicht mich, frag ihn. Obwohl – der Schnappauf ist merkwürdig mundfaul, was die Mutprobe angeht. Egal, was das jetzt zu bedeuten hat: Dein Praktikant, dieser Frederik, der sagt, der Perso liegt zu Hause bei seiner Freundin. Und die ging nicht ans Telefon.« Seine Brauen ruckelten auf eine Weise, die Petra signalisierte: Die haben auch einen Beef.

»Aber …«

»Genau. Du könntest die junge Frau, von der ich annehme, dass du sie kennst, aufsuchen, dir den Perso aushändigen lassen und dann ist unser Feiermonster gleich wieder draußen. Was natürlich nicht heißt, dass er ungestraft davonkommt. Du müsstest mal den Müllberg sehen, den die dort hinterlassen haben.« Er verdrehte die Augen.

»Hanfstängel! Wir müssen!« Ayshe Müller tauchte am Ende des Flurs auf. Sie tippte ungeduldig auf ihr Handgelenk.

»Du weißt Bescheid.« Damit ging Hanfstängel in Richtung seiner Kollegin davon.

139

»Danke«, murmelte Petra. Das war ja fast wie in alten Zeiten. Da hatte der Polizist eigentlich auch immer alles ausgeplaudert. Weil er meist ein wenig vom Alkohol umnebelt war. Tempi passati. Heute tat er es mit klarem Kopf und Verstand. Was wohl hieß, dass er ihr vertraute.

Petra hatte ihr Frühstück bereits beendet, als Marie-Theres Strobel im Speisesaal auftauchte. Sie steuerte direkt auf Petra zu. Maik erhob sich, um der Autorin seinen Platz zu überlassen. »Ich gehe mal kurz an die frische Luft«, erklärte er.

Strobel fuhr sich mit gespreizten Fingern durch ihr wildes Haar, blies die Wangen auf und beugte sich zu Petra herüber.

»Ich sage Ihnen jetzt, was geschehen ist. Eine anonyme Anzeige ging beim Verlag ein. Man beschuldigte mich des Plagiats. Ein Teil meines neuesten Krimis, so hieß es, sei dreist abgeschrieben. Als Beweis wurde ein Link zum Buch einer Selfpublisherin angeführt. Einem E-Book.«

Eine Hotelangestellte kam, um das benutzte Geschirr abzuräumen. Sie warteten, bis die außer Hörweite war, bevor sie das Gespräch fortsetzten.

»Ich habe mir das umgehend angesehen. Tatsächlich gab es an einigen Stellen überraschende Ähnlichkeiten mit meinem Text. Mir kam das gleich komisch vor, denn ich wusste ja, dass ich von diesem Buch noch nie etwas gehört, geschweige denn es gelesen habe. Auch der Name der Autorin war mir unbekannt. Es war, halten Sie sich fest, ihre erste Veröffentlichung. Ich wurde misstrauisch. Ganz besonders, als sich herausstellte, dass die Frau keinerlei öffentliches Profil angelegt hatte. Keine Webseite, kein Social EblbMedia, nichts.«

»Haben Sie es über das Impressum versucht? Das ist ja Pflicht.«

»Klar. Da ist eine Adresse in Hongkong angegeben.« Strobel schniefte, rieb sich das Kinn und schaute um sich.

»Haben Sie irgendeine Erklärung für das Ganze?«, fragte Petra ratlos.

»Ja. Habe ich.« Strobels Rücken straffte sich, sie wirkte jetzt hochenergisch. »Den Text kannten nur wenige Personen. Ich. Meine Testleserin, mit der ich schon seit Jahren vertrauensvoll zusammenarbeite. Und die Frauen aus einer Schreibgruppe, mit der ich im Frühjahr unterwegs war. Dort hatte ich das Manuskript dabei.«

»Alles Frauen aus Ihrem Club?«

Petras Gegenüber schüttelte den Kopf. »Das war ein offener Schreib-Retreat.«

»Aber Sie kennen die Namen derjenigen, die dabei waren?«

»Schon, aber ...« Die Strobel zögerte. »Wissen Sie, ich traue keiner der Frauen zu, dass sie mich gelinkt hat. Ich meine, diejenige müsste sich ja Zugang zu meinen Unterlagen verschafft haben. Wir legen bei solchen Veranstaltungen niemals alle Informationen oder Texte offen. Nur das, was besprochen wird.« Sie schüttelte den Kopf. »Leider hat die Anschuldigung ausgereicht, die Buchveröffentlichung zu verschieben.«

»Was Sie jetzt in Schwierigkeiten bringt, denn ohne diese Veröffentlichung erfüllen Sie die Voraussetzungen für den Verbleib in Ihrem eigenen Club nicht mehr«, ergänzte Petra.

»Und weil sich das so plötzlich herumgesprochen hat, wollte mir eine ganze Gruppe von Frauen das Misstrauen aussprechen.«

»Das geht?« Petra zog die Brauen hoch.

»Und ob das geht! In diesem Fall hätte ich sofort meinen Platz räumen und mich nicht mehr zur Wiederwahl stellen dürfen.«

»Und dann?«

»Dann hat eine andere Gruppe unter Leitung von Aurora Grün sich auf meine Seite gestellt. Sie war zuerst gar nicht da, kam irgendwann wie der Blitz in den Saal, sprang auf die Bühne und hat klar gemacht, dass man erst einmal die Hintergründe der ganzen Sache checken muss.«

Was bekanntermaßen völlig außer Kontrolle geraten war.

»Was geschieht jetzt?«

»Nach diesem Tumult?« Strobel zuckte mit den Schultern. »Das Verfahren wird ausgesetzt. Ich bleibe im Amt, bis der Plagiatsvorwurf aus der Welt ist. Ich kann aber alleine nicht mehr entscheiden. Brauche für alles Mechthild und Viola.«

Was erklärte, warum die beiden, die nicht ganz ahnungslos gewesen sein konnten, sich beim ersten Pressegespräch zwischen Marie-Theres Strobel und Petra demonstrativ dazu gesellt hatten.

»Machen Sie das?« Petra stellte sich so eine Konstellation schwierig vor. Wenn nur eine der beiden Stellvertreterinnen sich quer stellte, konnte keine Entscheidung mehr getroffen werden. Sei sie auch noch so sinnvoll.

»Mir bleibt gar nichts anderes übrig. Wenn ich das Handtuch werfe, wirkt es wie ein Schuldeingeständnis. Und das wäre falsch. Ich habe nicht abgeschrieben!«

Maik war zurückgekommen und schlenderte auf sie zu.

»Ihr Kollege. Kann ich mich darauf verlassen, dass auch er nichts über diese Sache schreibt, was nicht abgesprochen ist?«

»Maik schreibt nicht für die Lokalpresse. Er ist mein Freund.«

Die Augen der Strobel weiteten sich leicht. »Ach so? Ich dachte ... Na ja, vielleicht eine Verwechslung.« Mit diesen Worten erhob sie sich geschmeidig. »Ich muss jetzt mal meinen Club wieder einsammeln«, murmelte sie dabei.

Petra sah ihr hinterher. Als sie und Maik aneinander vorbeigingen, wandte die Strobel leicht den Kopf und Petra war es so, als kneife sie die Augen zusammen. Um besser sehen zu können?

Ich weiß, er sieht ein bisschen wie Ryan Gosling aus, wollte sie ihr noch scherzhaft hinterherrufen, ließ es dann aber.

Maik grinste sie an. »Und jetzt? Gemütlich zu Hause die Füße hochlegen? Ich hätte da so einige Ideen für einen entspannten Nachmittag.«

»Noch nicht«, antwortete Petra. »Ich muss erst meinen Praktikanten aus der Gewahrsamszelle befreien.«

23

Frederik und seine Freundin wohnten im obersten Geschoss eines Mehrfamilienhauses in der Neckarstraße. Die Haustür stand offen, Petra stieg die Treppen hoch. An einer der Türen war ein Metallschild angeschraubt, in das Frederiks und Minnas Namen eingestanzt waren. Auf Petras Klingeln tat sich drinnen nichts. Nach dem dritten Versuch blieb sie unschlüssig stehen. Was nun? Die Tür der gegenüberliegenden Wohnung öffnete sich, ein junger Schlacks trat heraus, ein älteres schwarzes Shirt mit der Aufschrift *Rock am Sterzbach* am Leib.

»Ich suche Minna. Weißt du, wo sie sein könnte?«

Der Teenager schaute Petra skeptisch an. »Die haben sich gestern gezofft. Ich glaube, die ist zu ihren Eltern gefahren.«

Aha. Erfreulicherweise wusste der Junge auch, wo das war. Jedenfalls ungefähr. »Muss ein bisschen abseits sein, zwischen Egelsbach und Langen. Außerhalb. Vorbei an der Freiwilligen Feuerwehr und dem geplanten Bernd-Hölzenbein-Kreisel.« Seine weitere Beschreibung war vage, aber Petra hatte zumindest einen Eindruck.

Maik chauffierte schweigend. Überhaupt hatte er seit dem Verlassen des Hotels nicht mehr viel gesprochen.

Das Haus der Familie Maus war nur zu finden, wenn man danach suchte. Beim ersten Mal landeten sie bei einem Ponyhof, doch beim zweiten Anlauf, sie folgten einer schmalen Straße und hofften, dass ihnen niemand entgegenkam, waren sie richtig. Die Eltern von Minna lebten in einem flachen, eingeschossigen Natursteinbau. Angeschlossen waren ein großer Wintergarten, ein Gewächshaus und nur wenige Meter entfernt befand sich ein dunkelgrün gestrichener Containerbau, vermutlich eine Scheune. Als Maiks Wagen im Schritttempo auf das Haus zurumpelte, trat ein großer, kräftiger Mann im Blaumann und kariertem Hemd aus der Tür und schaute ihnen stirnrunzelnd entgegen.

»Ich bleibe sitzen«, brummte Maik. Petra konnte sich des Gefühls nicht erwehren, dass irgendetwas nicht stimmte, verschob aber die entsprechende Frage auf später.

»Hallo!«, rief sie dem Mann zu, als sie aus dem Wagen stieg. Gleich darauf zog sie mit einem leisen Fluch den Fuß aus einem weichen Untergrund. War das etwa ...?

»Keine Angst. Ist nur Matsch. Unsere Kühe stehen da hinten.« Der Mann war nähergekommen. Ein leichtes Lächeln war in seinen Mundwinkeln zu erahnen.

»Ach, gut«, murmelte Petra. Ihre schönen, dunkelblauen Sneakers sahen trotzdem aus wie Sau.

»Sind Sie Herr Maus?«

Der Mann nickte, schob die Hände in die Hosentaschen und sah sie abwartend an.

»Gernolf, was ist?«

In der Haustür tauchte eine schlanke, nicht allzu große Frau auf. Das schmale Gesicht mit den braunen Augen und das dunkle glatte Haar verrieten die Verwandtschaft mit Minna.

»Ich suche Ihre Tochter.« Petra bewegte sich vorsichtig durch die vom Regen aufgeweichte Erde auf den Teil des Geländes vor dem Haus zu, der gepflastert war.

Der Mann sagte nichts, blickte sich nach seiner Frau um. Die war in der Tür stehengeblieben.

»Minna!«, rief sie ins Haus hinein. »Da ist jemand für dich.«

Petra blieb unschlüssig stehen. Herr Maus schien der Meinung zu sein, der Worte seien genug gewechselt. Er drehte sich um und ging zum Schuppen.

»Kommen Sie rein«, bat seine Frau. »Und der Mann im Wagen?«

»Ist mein Freund.«

»Hi Petra.« Minna war neben ihre Mutter getreten. »Was für eine Überraschung.« Sie wirkte unentschlossen, wie sie da so stand, die Hände ineinander verkrampft, mit unsicherem Blick auf ihre Mutter.

»Es geht um Frederik«, setzte Petra an. Frau Maus hob die Brauen. Minnas Miene verfinsterte sich. »Er ... also, er braucht seinen Personalausweis.«

Petra konnte unmöglich im Beisein der Mutter über Frederiks aktuelle Situation sprechen.

»Was?« Minnas Gesicht zeigte Verwirrung.

»Ja, also, vielleicht können wir uns ...«, kurz alleine unterhalten, hatte sie sagen wollen, wurde aber durch das Geschrei von zwei Kindern, der Junge mochte fünf, das Mädchen zwei, drei Jahre älter sein, unterbrochen. Sie fegten aus dem Inneren des Hauses heraus direkt auf Petra zu.

»Wer bist du?«, krakeelte der Junge. Das Mädchen stand daneben, einen – leider sehr schmutzigen – Finger im Mund. Sie grinste und schaute Petra neugierig an.

»Das ist eine Bekannte«, antwortete Minna, bevor Petra es tun konnte.

»Bekannte, Bekannte, das ist die alte Tante«, schrie ein drittes Kind, das Geschlecht war nicht eindeutig zu erkennen. Wie seine zwei jüngeren Geschwister auch, trug der neu hinzugekommene Teenager ziemlich abgenutzte Kleidung. Überhaupt, fiel Petra jetzt auf, wirkte alles hier ein bisschen anders. Die Haare selbst geschnitten, die Schuhe klobig und abgetragen. Frau Maus trug weder Make-up noch Schmuck. Vor dem Haus standen lediglich Fahrräder, kein Wagen weit und breit. Gut, der konnte im Schuppen stehen. Sie fühlte sich auf einmal an eine ältere Fernsehserie über eine Familie erinnert. Die Waltons? Genau, so hießen die. Und zu allem Überfluss fing es gerade jetzt wieder an zu nieseln.

»Kommen Sie rein«, bat Frau Maus mit einer einladenden Handbewegung. Petra drehte sich unsicher zu Maik um. Ihm winkte die Hausherrin jetzt mit einer eindeutigen Geste zu, er solle ebenfalls eintreten. Wenig später saßen sie in einer riesigen gemütlichen Küche, in der es nach Eintopf, Hefekuchen und Holzfeuer roch. Die Kinder, es war noch ein viertes dazugekommen, ein Mädchen, das sich artig als Daniela vorstellte und erklärte, sie sei zehn und reite gerne, hatten sich auf einer Eckbank zusammengekuschelt. Minna, die Älteste der Maus-Kinder, stand mit verschränkten Armen gegen eine altmodische Küchenkredenz gelehnt und schaute finster vor sich hin.

Eigentlich hätte es schnell gehen können. Minna bitten, mitzukommen, um Frederiks Perso zu holen. Maik hätte sie wieder zurückgefahren, während Petra ihren Kollegen aus dem Polizeigewahrsam befreite. Aber irgendetwas an dieser leicht aus der modernen Welt gefallenen Familie interessierte Petra. Und Maik, wie sich gleich herausstellen sollte, ebenfalls. Musste Frederik halt noch ein bisschen warten. Er hatte ja neulich merkwürdig auf die Frage nach Minnas Familie reagiert. So, wie es aussah, konnte Petra sich gerade vorstellen, warum.

»Tee?«, fragte Frau Maus nun. Sie hob ein Schraubglas nach oben. »Ananassalbei aus eigener Ernte.«

147

Petra, die noch nie von einem Kraut dieses Namens gehört hatte, nickte einfach. Maik hingegen fragte der Frau gleich ein paar Löcher in den Bauch. Was sie sonst noch so an Tee anbaue. Ob sie eigene Mischungen herstelle. Welches Kräuterwissen sie hatte. Frau Maus antwortete gut gelaunt und gelassen. Währenddessen stellte Petra mit Minna Augenkontakt her. Eine leichte Kopfbewegung später erhob sie sich und verließ mit Frederiks Freundin die Küche.

»Tut mir leid. Ich wollte dich hier nicht überfallen. Aber Frederik sitzt auf der Polizeiwache. Sie brauchen seinen Personalausweis.«

Minna verdrehte die Augen. »Ich habe ihm gesagt, dass ich das nicht gut finde. Diese Rave-Party am Waldsee.«

Sie hatte den Bezug gleich hergestellt.

»Ihr habt euch gestritten deswegen.«

»Und wie. Ich habe ihm gesagt, dass ich es endgültig leid bin mit diesen ganzen Sachen, mit denen ich nichts anfangen kann. Nächtelang am Computer zocken. Mit den Kumpels solche bescheuerten Spiele spielen. Wo es doch immer nur um Geballere und Gewalt geht.« Sie schnaufte und schaute finster vor sich hin.

»Tja«, sagte Petra hilflos. »Ihr seid schon sehr verschieden.« Sie dachte an Minnas Engagement für mehr Analoges. In einer Welt, die sich mehr und mehr dem Virtuellen verschrieben hatte, ein fast aussichtsloses Unterfangen.

»Merkt ihr denn nicht, was für Gefahren das birgt? Wie angreifbar wir alle sind?«

»Doch«, entgegnete Petra lahm. Sie hatte erst kürzlich über einen Cyberangriff auf eine andere Stadt im Landkreis berichtet. Die gesamte Stadtverwaltung Rodgau war, angeblich durch russische Hacker, lahmgelegt gewesen, nichts ging mehr. Frederik war ebenfalls Teil einer Hacker-Gruppe. Die *Beasty Young Nerds* hatten es sich allerdings auf die Fahne geschrieben, Institutionen vor Schwachstellen in ihrer IT-Infrastruktur zu warnen. Nichtsdestotrotz war auch er bereits mindestens zwei Mal widerrechtlich in fremde Gefilde vorgedrungen.

»Soll er ruhig schmoren.« Minna wandte sich ab. Nicht schnell genug, Petra hatte bereits gesehen, dass sie sich eine Träne aus dem Augenwinkel wischte. Liebe war komisch. Sie fiel, wohin sie wollte und man konnte es sich nicht immer aussuchen. Genau das war dann manchmal mit Schmerzen verbunden. Egal, was man tat, es tat weh.

»Frederik und deine Eltern, das ist wohl auch nicht einfach«, meinte Petra mitfühlend.

»Ich habe ihn noch nie mit hergebracht«, verkündete Minna. »Du siehst ja, hier ticken die Uhren anders. So ein Technik-Freak wie er, das passt überhaupt nicht.«

»Tee ist fertig!«, rief Minnas Mutter aus der Küche.

»Kommst du trotzdem mit in eure Wohnung und gibst mir seinen Ausweis?«

Minna nickte knapp. Sie kehrten in die Küche zurück, in der Maik und Frau Maus immer noch in ein angeregtes Gespräch über den umweltschonenden Anbau von Gemüse und die Tatsache, dass man hier weitgehend autark lebte, vertieft war.

»Spannend«. Maik wirkte wie ausgewechselt. War er vorher noch muffelig und mundfaul gewesen, redete er jetzt wie ein Wasserfall. »Kein Fernseher. Kein Internet. Kein Handy. Nichts dergleichen! Die Kinder sind immer an der frischen Luft. Haben ihre Tiere, für die sie verantwortlich sind. Ziehen ihre Kräuter.

Überhaupt – alles, was dort auf den Tisch kommt, ist ganz oder überwiegend aus eigenem Anbau.«

Getreide und Käse bezog die Familie von kleinen regionalen Bauernhöfen. Gebacken wurde natürlich selbst. Und dass in dieser Familie stets frisch gekocht wurde, bezweifelte wohl niemand.

»Erinnert mich alles sehr an meine alte Heimat.«

In Island legte man ebenfalls viel Wert darauf, Obst und Gemüse im Einklang mit der Natur anzubauen. Die heißen Quellen wurden für das Beheizen der Gewächshäuser genutzt. Von einer virtuellen Abstinenz jedoch war dort nicht die Rede. Die Isländer, das wusste Petra inzwischen auch durch ihre Urlaube mit Maik, liebten technisches Spielzeug. Vermutlich gab es kaum eine Nation, in der jeder Einzelne so viele Geräte besaß und sie so ausdauernd nutzte.

Sie saßen im Wagen vor dem Haus in der Neckarstraße und warteten auf Minna. Als sie kam, drückte sie Petra schweigend den Ausweis ihres Freundes in die Hand. Mit in die Polizeistation kam sie nicht, bat Maik stattdessen, sie gleich wieder nach Hause zu ihren Eltern zu fahren.

Petra schaute den beiden hinterher, nachdem sie in der Südlichen Ringstraße abgesetzt worden war. Dann betrat sie die Polizeiwache. Weder Schnappauf noch Hanfstängel waren zu sehen. Die Beamtin, mit der sie es zu tun hatte, kannte sie nicht, schätzte aber ihren pragmatischen und freundlichen Umgang mit der Angelegenheit. Frederik hingegen wirkte ziemlich ramponiert, wie der da herausgewankt kam.

»Bist du sicher, dass du wieder nüchtern bist?«, flüsterte Petra ihrem jungen Kollegen zu.

Der winkte nur ab. »Lass mich bloß in Ruhe«, brummte er. »Dieser Schnappauf, wenn ich den noch mal erwische ...«

»Hat er dich in der Nacht festgenommen?«

»Nö. Der war gar nicht dabei. Hatte anderes zu tun.« Frederiks Grinsen glich einem Zähnefletschen. »Aber er hatte heute Frühdienst. Alle konnten gehen. Nur ich nicht. Dem Kerl zeige ich es noch!« Dann blinzelte er. »Wo ist eigentlich meine Maus?« Petra sagte es ihm. Was bei Frederik zu einem Wechsel der Gesichtsfarbe führte. »Bei ihren Eltern?«

»Manchmal braucht man eben Abstand.«

Petra zog ihn seufzend mit auf die Straße. »Du hast es nicht weit. Kann ich dich alleine lassen?«

Frederik schob seine dunkle Nerd-Brille zurecht, wischte sich den Haarvorhang aus der Stirn und sah Petra an, als habe er sie noch nie gesehen.

»Du hast was gut bei mir«, sagte er schließlich. Ehe sie es verhindern konnte, hatte er die Arme um sie geschlungen und drückte sie an sich. »Beste Kollegin von allen.« Und als wäre dieser für Frederiks Verhältnisse völlig ungewohnte Gefühlsausbruch noch nicht genug, drückte er ihr auch noch schmatzend einen Kuss auf den Scheitel.

»Ach so«, meinte er dann. »Warum wolltest du mich eigentlich sprechen? Du hattest ja auf meinem Handy angerufen.«

»Nicht so wichtig.« Ihr wäre es jetzt peinlich gewesen, ihn, der gerade aus Polizeigewahrsam kam, um etwas zu bitten, das ihn vielleicht erneut in Schwierigkeiten bringen würde. Sie konnte es ja nicht einschätzen, ob er auf legalem Weg an die Informationen kommen würde, die sie benötigte.

»Gehabe dich wohl. Ich muss mich jetzt um meine Maus kümmern.«

151

Viel Glück dabei, dachte Petra und machte sich zu Fuß auf den Weg in den Forstring.

Maiks Interesse an der Familie Maus und der Art und Weise, wie sie lebte, war auch am Abend noch Thema. Während er und Petra das Abendessen, geschmorte Rinderlende und Wurzelgemüse vom Markt, vorbereiteten, erzählte er die ganze Zeit, wie faszinierend er das fand.

»Die Mutter kennt noch alle Tricks zum Einkochen und Haltbarmachen«, erklärte er.

»Willst du darüber einen Artikel schreiben?« Petras Frage war eher ironisch gemeint. Denn bei dem skandinavischem Hochglanzblatt, für das er arbeitete, interessierte sich sicherlich niemand für eine leicht verschrobene Familie in Deutschland. Dementsprechend verwundert war Petra, als Maik mit einem entschiedenen »Allerdings!« antwortete.

Später lümmelten sie satt und zufrieden, eine Flasche Rosé vor sich, auf der Couch und schauten einen deutschen Krimi, der in Island spielte und bei dem Maik ständig Sachen sagte wie: »So stellen sich die Deutschen also Island vor!«, oder »Das ist Folklore, aber keine Realität«, bis Petra genug davon hatte und den Fernseher ausschaltete und Maik Petra dann an den Füßen kitzelte, bis sie lachend vom Sofa fiel und es dann noch ein schöner, langer, romantischer Abend wurde.

24

Als Sigurd Falck am Montag die Redaktionskonferenz eröffnete, lag bereits etwas in der Luft. So, als würde ein Gewitter aufziehen. Doch der Oktoberhimmel war an diesem Tag klar und wolkenlos.

»Also, was haben wir?«, fragte der Chefredakteur. Ungewohnt, dass er dabei vor sich hinstarrte, statt seine Redakteurinnen und Redakteure aufmunternd und interessiert anzusehen. Überhaupt waren sie an diesem Tag nicht vollzählig. Neben Sigurd und seiner Assistentin Natalie waren nur Petra, Frederik und der Kollege, der sich um Politik und Sport kümmerte, anwesend. Ein Festangestellter und sämtlichen Freien fehlten.

»Ein Senior ist am Sonntagabend stundenlang um den Lutherkreisel gefahren, weil er vergessen hatte, wo er hinwollte«, eröffnete Natalie die Sitzung.

»Im Stadtteil *Im Linden* klagen die Anwohner über eine Marderplage. Ein Hund wies Vergiftungserscheinungen auf, nachdem er an der *Winkelswiese* etwas Undefinierbares gefressen hatte. Es gab eine Razzia in einem Betrieb, der der Geldwäsche verdächtigt wird. Im *Sterzbacher Hof* kam es bei der Veranstaltung einer Autorinnengruppe zu einer Schlägerei.« Natalie ließ das Blatt sinken.

»Hm, hm«, machte Sigurd und malte Galgenmännchen auf seinen Block.

»Und dann war da noch ein Brand in der Altstadt«, Natalies Blick ruhte kurz und mitfühlend auf Petra, »und eine laute und ungenehmigte Party am Waldsee, nach der die Anlage vermüllt zurückgelassen wurde.« Sie sah zu Frederik, nicht ganz so kurz und definitiv nicht mitfühlend.

»Hm, hm«, lautete Sigurds Kommentar, bevor er sich auf seine Position besann. »Was ist mit dem Typen, der das Goldnugget aus dem Sterzbach gefischt hat?«

Frederik nahm seinen durchgekauten Bleistift aus dem Mund. »Der ist wie vom Erdboden verschluckt.«

»Was heißt das?«

»Ich kann ihn nicht erreichen. Unter der Mobilnummer meldet sich nur die Standardansage mit dem Text, der Teilnehmer sei nicht erreichbar. Unter dem Allerweltsnamen Peter Müller zu suchen macht keinen Sinn. Eine Adresse oder ein E-Mail-Kontakt ist nicht bekannt.«

»Der Kerl kommt von werweißwo nach Langen, löst einen Goldrausch aus und verschwindet wieder?«

Frederik zuckte entschuldigend die Schultern. »Könnte sein, dass er genug hatte von all den Leuten, die ihn danach kontaktiert haben. Dem sein Handy stand bestimmt keine Sekunde still.«

»Bleib trotzdem dran«, bat Sigurd. »Wer schreibt über die anderen Themen?«

Der Kollege von Politik und Sport schaute in die Luft, bis ihm Sigurd die vermeintliche Geldwaschanlage aufs Auge drückte.

»Ähm. Also, die Schlägerei kann ich übernehmen. Ich war gestern früh vor Ort.« Petra ruckelte sich in ihrem Stuhl zurecht.

»Gut, mach das. Ich selbst schreibe was zu den Giftködern. Der Rest sind kurze Mitteilungen. Frederik, kümmere du dich darum.«

Damit war die Konferenz überraschend schnell beendet, noch nicht einmal der Kaffee war ausgetrunken. Alle erhoben sich. Sigurd verschwand in seinem Büro, Natalie in ihrem. Der Kollege von Politik und Sport fing schon im Laufen an, zu telefonieren.

Frederik ließ sich auf seinen Schreibtischstuhl fallen und schaute unglücklich auf den leeren Bildschirm.

»Alles okay?«, fragte Petra vorsichtig.

»Nö. Nichts ist okay. Meine Maus ist ausgezogen. Sie sagt, sie will nicht mehr zusammen sein mit jemandem, der von diesem ganzen virtuellen Kram abhängig ist und dabei nicht merkt, dass unsere Welt vor lauter Gier und Egoismus zugrunde geht.«

»Ach herrje.« Petra hatte keine Ahnung, wie sie den jungen Kollegen trösten sollte. »Beziehungen sind ein stetes Auf und Ab«, versuchte sie es.

Frederiks Gesichtsausdruck nach zu urteilen war es nicht ganz das, worauf er gehofft hatte.

»Soll ich mal mit ihr reden?«

»Bloß nicht«, wehrte er fast schon erschrocken ab.

»Maik scheint einen guten Draht zu Minnas Mutter gefunden zu haben«, sinnierte Petra laut vor sich hin.

»Ihr kennt ihre Eltern?«

»Frederik, was habe ich dir denn gestern erzählt? Wir mussten doch zur Familie fahren, weil Minna dort war.«

»Habe ich wohl verdrängt.« Er sah genervt in die Luft. »Mich hat sie dorthin ja nie mitnehmen wollen.«

»Aus gutem Grund. Der Lebensentwurf dieser Familie steht deinem diametral gegenüber.«

Petra musste an die Mottoshirts von Minna Maus denken. *Postest du noch oder lebst du schon?*, war so eines. Oder: *Ich gehe (dir) nicht ins virtuelle Netz.*

»Ja, ja. Die denken, dass die Computer die Weltherrschaft übernehmen. Mindestens. Dass KI den Untergang der Welt besiegelt und wir an allen Ecken und Enden angreifbar sind.«

»Du weißt, dass solche Befürchtungen nicht grundlos sind, oder? Immerhin kannst auch du mit deinen Gefährten von den *Beasty Young Nerds* ja ohne weiteres in gesicherte Bereiche vordringen. Und Cyberangriffe feindlicher Staaten sind inzwischen ja leider an der Tagesordnung.«

Frederik winkte müde ab. »Wir jedenfalls spionieren nicht, wir tun es nicht für Geld, vielmehr für geheime Ehre und – es ist ein guter Zweck. Außerdem keineswegs nur für große Firmen, sondern auch für kleine Akteure. Stell dir doch mal vor, was los wäre, wenn jemand sich die persönlichen Daten eines unserer Vereine schnappt. Oder deren Konten plündern würde?« Er ruckelte vielsagend mit den Brauen. »Was ich damit sagen will – man braucht ein gutes Sicherheitskonzept. Und dabei sind wir behilflich. Wir hacken sozusagen genau dafür, finden Lücken, bevor es andere tun.«

Petra, deren Glaube an ein allumfassendes Konzept an dieser Stelle nicht so gefestigt war wie der ihres Praktikanten, schlug ein anderes Thema an. »Warum ist Sigurd wohl so muffelig?«

Frederik sah zur geschlossenen Tür des Chefredakteurs.

»Kann ich dir sagen.« Er sprach so leise, dass sie ihn kaum verstehen konnte. »Ist aber streng geheim.«

»Und woher weißt du dann davon?«

Frederik kniff die Augen zusammen. »Nicht was du denkst. Ich habe neulich bei Natalie ein paar Dokumente liegen sehen.«

»Worum ging es?«

»Von mir hast du es nicht, okay?«

»Ich schweige wie ein Grab.«

Jetzt atmete er laut hörbar aus. »Wir fusionieren.«

»Waaas?« Petra hob es fast aus ihrem Stuhl. »Warum das denn?«

156

»Die üblichen Argumente. Größere Reichweite mit dem vorhandenen Personal. Ausbau des Online-Bereichs.«

»Na ja, ich weiß nicht.« Petra war skeptisch.

»Hast du mal bei der Konkurrenz vom *Egelsbacher Tagesecho* reingeschaut?«

Diesem Online-Magazin aus der Nachbargemeinde? Hatte sie nur heimlich.

»Die bedienen alle Kanäle und holen von dort ihre Leserschaft auf ihre Webseite. Interviews auf YouTube, knackige Teaser auf Instagram. *Klammerschnitzer Leserpost* heißt der wöchentliche Newsletter. Angeblich haben die schon mehr als zwanzigtausend Abonnements.«

»Und auf TickTack tanzen sie ihre Meldungen?« Spott, dein Name ist Petra.

»TikTok machen sie nicht. Aus den bekannten Gründen.«

Na wenigstens etwas.

»Aber das kann doch nicht sein. Unsere *Langener Morgenpost* soll mit diesem Blättchen fusionieren?« Die Vorstellung das etwas – irgendetwas – aus Egelsbach irgendwann einmal etwas aus Langen dominieren könnte, war zumindest ungewohnt.

»Nicht nur damit. Die Egelsbacher haben Nachahmer gefunden. Erzhausen und Dreieich.«

»Sind das überhaupt alles ausgebildete Journalisten? Halbwahrheiten und Fake News haben wir doch schon genug in den sozialen Medien.«

»Das ist ja gerade der Knaller. Nein. Aber jetzt soll es eine Chefredaktion geben, die das alles in die richtigen Bahnen lenkt. Die unter einem Dach versammelt ist und den Jungs und Mädels ein bisschen war über Faktencheck und verantwortungsvollen Journalismus beibringt.«

157

»Ohje. Das wird Sigurd nicht behagen.«

Frederiks Miene fror ein.

»Möglich«, sagte er zögerlich. »Aber soweit ich weiß, bleibt er Chefredakteur hier, sein Posten steht nicht zur Disposition.«

Es dauerte einen Moment, bis bei Petra der Groschen gefallen war. »Das heißt, er bekommt jemanden vor die Nase gesetzt?«

Frederiks Hand bewegte sich in einer Geste, die hieß: So ganz klar ist das nicht.

Aber wie sonst sollte das gehen?

»Ob sich das alles lohnt?«, sinnierte Petra.

»Wenn man vorher alles wüsste, was man hinterher weiß, sähe diese Welt ganz anders aus«, sprach Frederik. Und weil in genau diesem Moment sowohl sein Telefon als auch das von Petra klingelte, philosophierten sie erst einmal nicht weiter.

25

Petras Artikel über den Aufruhr bei den *Tödlichen Ladys* war gleich am Vormittag fertig geworden. Sie telefonierte danach mit der Pressestelle der Polizei und erfuhr, dass es noch keine Neuigkeiten im Fall der getöteten Krimiautorin gab. Danach funkte sie Marie-Theres Strobel an. Ja, antwortete die, der Autorinnenclub befinde sich weiterhin im Tagungsmodus, wenngleich eine geringe Anzahl von Frauen abgereist war. Was sie bedauerlich fand. Sie hatte eine Mediatorin eingeladen, die noch am selben Nachmittag den weiteren Prozess moderieren werde. Man müsse die Animositäten ausräumen und nun wieder zur Tagesordnung übergehen.

Petra war sicher – es ging um Machtansprüche. Ob eine Mediation da helfen konnte? Immerhin wollte man ja schon alleine aus dem Grund bleiben, weil danach die Frankfurter Buchmesse startete. Viele der anwesenden Autorinnen hatten Verabredungen oder neue Bücher am Start, die mussten natürlich für die Social-Media-Kanäle entsprechend abgelichtet und beworben werden. In dieser Situation ein neues Hotelzimmer in Frankfurt und Umgebung zu finden, war schlicht unmöglich.

Mitten in die Überlegungen hinein, wie sie ihre Nachforschungen diskret weiterführen konnte, platzte eine Nachricht, die so unglaublich war, dass Petra im ersten Moment dachte, sie sei in einer Zeitschleife gelandet.

»Schon wieder ein Goldfund im Sterzbach«, lautete die Information. Dieses Mal war es eine Facebook-Seite.

»Das gibt es doch nicht!« Frederik kaute heftig auf seiner Unterlippe herum.

»Wer ist es dieses Mal?«

»Wieder jemand Fremdes. Eine Frau. Sie sei, berichtet sie, im Mühltal unterwegs gewesen, als sie das Glitzern bemerkte.«

Er winkte Petra zu sich herüber. Tatsächlich! Da hielt eine Frau, sie mochte in den Zwanzigern sein, einen Goldklumpen in die Höhe. Sie hatte mit sämtlichen verfügbaren Hashtags wie #Langen, #Sterzbachstadt #63225 #LangeninHessen, sowie #Paddelteich #Springenteich, #Sterzbach und so weiter auf sich aufmerksam gemacht.

»Der ist ja noch größer als der erste«, murmelte Petra. »Und diese Frau hat mehrere Tausend sogenannte Freunde.«

»Leider kann man nicht sehen, wer sie sind. Sie hat sie verborgen.«

»Woher ist diese Frau?«

»Keine Ahnung. Aber schau dir mal die Schuhe an.«

Frederik zog das Foto groß.

»Hm. Sehen komisch aus.«

»Barfußschuhe sind das. Aber das meine ich nicht.«

Petra kniff die Augen zusammen. Dann schnackelte es. »Die sind ja ganz trocken!«

»Genau. Kannst du mir mal verraten, wie man ein zufällig entdecktes Nugget aus dem Wasser fischt, ohne sich die Füße nass zu machen?«

Nein, das konnte Petra nicht.

»Wenn das jetzt wieder losgeht, die ganze Stadt überschwemmt wird mit Leuten, die nach Gold suchen ...«, murmelte sie.

»Glaube ich nicht. Schau dir mal die Kommentare an.«

Die waren meist kurz.

Blödsinn, stand da zu lesen, garniert mit einem Augenverdreh-Emoji. Oder: *Da will uns jemand verarschen* oder *Fake, Fake, Fake*. Etliche Wut-Emojis folgten. So ging das weiter.

»Petra, wenn du mich fragst – da kommt niemand mehr. Die Leute haben genug von der erfolglosen Suche und glauben nicht, dass da was dran ist.«

»Sag mal, gibt es da nicht so eine Software, mit der man Fotos durchs Internet jagen kann?«

»Du meinst, um ihre Identität festzustellen?«

»Genau.«

Doch daraus wurde erst einmal nichts. Denn gerade in diesem Moment flog Sigurds Tür auf.

»Frederik«, bellte er. »Ich brauche deine Hilfe. Mein PC ist abgestürzt.«

Petra nutzte ihre Mittagspause, um zu ihrer Oma zu fahren. Hanna Koslowski machte nach wie vor einen schrecklich deprimierten Eindruck.

»Fast allen meinen Kundinnen habe ich heute absagen müssen«, jammerte sie. Den Vorschlag, sich doch mit Petra gemeinsam eine Kristallkugel aus dem Internet zu bestellen, lehnte sie nach wie vor kategorisch ab. Dabei hätte Petra genau an diesem Tag unbedingt gern einen Blick in die Zukunft werfen wollen.

»Ich kann dir die Karten legen«, schlug Hanna vor. Warum nicht? Von Kindesbeinen an war Petra gewohnt, dass ihre Großmutter sämtlichen Familienangehörigen die Zukunft, sie nannte es allerdings Tendenzen, die das Universum bereithält, vorhersagte. Als Petras Eltern noch lebten, gab es regelrechte Familiensessions. Warum Hanna den schrecklichen Unfall, der alles ändern sollte, nicht vorhersehen konnte? Sie erklärte es so, dass das

Schicksal einen Blick für diejenigen, die praktisch mitbetroffen waren, häufig verweigerte. »Meinen eigenen Tod beispielsweise könnte ich auch nicht sehen«, hatte sie erklärt.

»Es geht um etwas Berufliches«, konkretisierte Petra daher.

»Setz dich. Ich hole das Tarot.«

Noch immer roch es im Raum leicht angekokelt. Den Kater schien es nicht zu stören. Er kam hereingeschlichen, strich um Petras Beine und verschwand erst wieder, nachdem sie ihn ausgiebig zwischen den Ohren gekrault hatte.

»Was ist eigentlich mit Brunhilde Siebenhühners Reise ins Jenseits?«

»Die hat ihr der Herr Nachbar ausgeredet.« Hanna verdrehte die Augen.

»Der Nappes? Die haben sich doch gefetzt an dem Tag.«

»Tja.« Jetzt grinste Hanna schelmisch. »Sich aber dann wieder versöhnt.« Sie beugte sich zu ihrer Enkelin hinüber, schaute nach links und rechts, gerade so, als fürchte sie, jemand könne sie hören. »Etwas zu lautstark für meinen Geschmack.« Das Grinsen erreichte jetzt fast ihre Ohrläppchen.

»Nein!« Petra schlug sich die Hand vor den Mund. »Du meinst, die beiden sind jetzt ein Paar?«

»Na ja, die Hunde haben jedenfalls diesen nächtlichen Tumult nicht veranstaltet.«

Petra kicherte in sich hinein. Wie sich die Dinge doch manchmal schlagartig änderten.

»So, jetzt aber – Konzentration.« Hanna hatte einen Stapel abgegriffener Tarotkarten auf den Tisch gelegt. »Mischen«, befahl sie.

Petra tat, wie ihr geheißen.

»Abheben.«

162

Ein kleiner Stapel Karten wanderte nach rechts. Der Rest blieb liegen. Hanna klopfte mit den Fingerspitzen drei Mal darauf, dann nahm sie eine nach der anderen Karte auf. Legte drei Dreiherreihen und beugte sich mit gerunzelter Stirn darüber.

»Hm«, machte sie, erneut »Hm«, und Petra fühlte sich an die Redaktionssitzung und Sigurd erinnert.

Hanna kratzte sich am Kopf.

»Das ist merkwürdig«, brummte sie. »Hier«, sie tippte auf eine der Karten, »liegt ein Störfeld. Es wird unruhig bei dir. Aber merkwürdigerweise nicht nur beruflich, sondern auch privat.«

»Das kann nicht sein«, verkündete Petra voller Überzeugung. »Maik und ich verstehen uns zurzeit wahnsinnig gut.«

»Möglich. Aber du solltest die Augen offenhalten. Etwas bewegt sich auf euch als Paar zu. Etwas, das ich als Turbulenz erkenne.« Damit schob sie die Karten mit einer geschmeidigen Handbewegung zusammen und legte sie zur Seite.

»Wie? Das war es schon?«, rief Petra überrascht aus.

»Na ja, alles was du wissen wolltest.«

Wich ihr Hannas Blick bei diesen Worten aus?

»Es könnte sein, dass wir mit einem anderen Blatt fusionieren und ich weiß nicht, wie das dann alles weitergeht in der Redaktion. Aber bitte behalte das für dich.«

»Ich sehe keine berufliche Veränderung bei dir. Nur eine ... Herausforderung. Und dass ich verschwiegen bin, solltest du wissen.« Der letzte Satz klang ein wenig beleidigt.

»Aha.« Petra war enttäuscht von der kurzen Sitzung und dem kargen Ergebnis. »Ich hatte auf ein bisschen mehr Hilfe zu meiner Situation gehofft.«

Hanna zuckte mit den Schultern und wechselte das Thema.

163

»Sag mal, hast du mitbekommen, was am Samstag hier draußen los war?«

»Haben wieder ein paar zu wild gefeiert und danach in den Sterzbach gereihert?«

Hanna lachte lauthals. »Das nicht. Aber der junge Bayer, dieser ...« Sie kam nicht auf den Namen und schnippte mit den Fingern.

»Schnappauf«, meldete Petra.

»Genau der. Den haben ein paar seiner Fußballfreunde gehörig verebblert. Damit, dass man nur dann ein echter Langener werden kann, wenn man im Sterzbach getauft wurde.«

»Im Ernst?« Petra rückte aufgeregt näher.

»Dazu haben sie ihm ein Gespenst gebastelt, einen Luftballon mit fluoreszierendem Grün. Der Junge hat geschlottert im Wasser.«

»Vor Angst?«

»Womöglich auch vor Kälte.«

Sie lachten beide über diesen Scherz. Petra war nun klar, was es mit Frederiks ausgedehntem Aufenthalt in Polizeigewahrsam auf sich hatte. Da hatte sich der Polizeianwärter wohl gerächt an einem seiner sogenannten Kumpels.

Der wiederum hockte bei Petras Rückkehr in die Redaktion immer noch in Sigurds Büro und fluchte leise vor sich hin. »Hoffentlich kein Hackerangriff«, murmelte Petra. Sie hatte in unguter Erinnerung, wie das letzte Mal jemand die Computer gekapert hatte. Ausgerechnet über ihren Rechner!

Auf dem liefen jetzt die ersten Reaktionen auf die zunächst online veröffentlichten kurzen Berichte ein. Der zweite Nugget-

Fund holte keinen Goldgräber mehr hinter seiner Waschpfanne hervor.

»Unfug!«, schrieb einer. »Das kann nicht echt sein«, ein anderer. Eine Userin mit dem Nicknamen Calamity Jane äußerte gar die Vermutung, das Ganze sei ein abgekartetes Spiel der ortsansässigen Hotel- und Gastroszene. »Kennt ja sonst niemand, diese Stadt.«

»Unverschämtheit«, konterte Petra, allerdings nur mündlich. Lesermeinungen blieben unkommentiert. Unpassendes wurde gelöscht, das war es dann aber auch schon. Zu dem Handgemenge bei den *Tödlichen Ladys* gab es ebenfalls Meinungen. Die betrafen allesamt den allgemeinen Verfall der Sitten und Werte.

Petra überflog einige weitere Zuschriften, bevor ihre Gedanken wieder zu Marie-Theres Strobel und den Plagiatsvorwürfen gegen sie zurückkehrten. Wenn jemand die erste Vorsitzende aus dem Spiel nahm, dazu eine Anwärterin ausschaltete, dann ... die *First Lady* selbst traute keiner der Anwärterinnen so etwas zu. Aber wusste man es denn? Wie hieß es so schön? Man kann den Menschen nur bis zur Stirn gucken, nicht dahinter. Petra überlegte. Wer konnte ihr die Frage beantworten, die ihr auf der Zunge lag? Zu Mechthild Schmauser hatte sie so gar keinen Draht. Viola hatte einen offeneren Eindruck auf sie gemacht. Und da war sie schon, lächelte Petra von der aufgerufenen Webseite her geheimnisvoll an. Passend zu ihrem Angebot, denn sie versprach *Mysteriöse Mordfälle*, die meisten davon spielten in England oder Schottland. Eine Handynummer war angegeben, und tatsächlich nahm die Nummer 3 des Clubs den eingehenden Anruf sofort an.

»Frau Koslowski«, sagte sie gedehnt, als Petra sich gemeldet hatte. »Worum geht es?« Deutlich reserviert. Sie hörte schweigend bis zum Ende von Petras Ausführungen zu.

»Ich weiß nicht, ob ich solche Interna mit einer Journalistin teilen möchte«, erklärte sie anschließend kühl. »Aber ich glaube – nicht!« Die Verbindung war unterbrochen. Das Gespräch beendet.

26

Karl Nappes fühlte sich an diesem Montag wie sprichwörtlich neu geboren. Es fing schon damit an, dass er sich beim Rasieren selbst im Spiegel anlächelte. »Oho!«, dachte er dabei. »Du bist ja wirklich noch auf Zack!«

Genauso hatte es Brunhilde am Vorabend formuliert. Sie hatten – das konnte man ohne Übertreibung sagen – ihre Versöhnung ausgiebig gefeiert. Ihre Beziehung auf ein neues Level gehoben. Auch das war O-Ton Brunhilde. Die er jetzt Bruni nennen durfte. Vor lauter Lebensfreude pfiff er auf dem Weg in die Küche eine fröhliche Melodie. Erst fiel es ihm gar nicht auf, dann jedoch musste er schmunzeln, als er erkannte, um welches Lied es sich da handelte. Es war *In der Nacht ist der Mensch nicht gern alleine* und schien ihm ungemein passend.

Lumpi lag in seinem Körbchen und beobachtete sein Herrchen aus einem geöffneten Auge heraus. Im Gegensatz zu Karl wirkte er erschöpft. Wodurch auch immer.

»Gleich gehen wir frühstücken«, verkündete Nappes. Er hatte sich etwas von seinem neuen Rasierwasser aufgetragen und besonders sorgfältig angekleidet. Zwei ausgeleierte Cordhosen, bisher gerne und häufig getragen, steckten in einem Plastiksack. Zusammen mit einem Paar ausgetretener Schuhe und einem halben Dutzend Hemden mit abgeschabten Manschetten und Kragen. So wollte er ab heute nicht mehr herumlaufen. Er strich über die bequeme Baumwollhose, das farblich passende Hemd und zog eine gefütterte Weste darüber. Jetzt noch den Herbstmantel, bisher den Sonn- und Feiertagen vorbehalten, und es konnte losgehen. Zunächst zum Bäcker, dann zu Brunhilde.

Auf die Minute genau um sieben Uhr dreißig klingelte er an deren Wohnung in der August-Bebel-Straße. Gleich darauf summte der Türöffner. Mann und Hund stiegen, gleichermaßen gut gelaunt, die Treppen nach oben.

Dort stand Brunhilde in der halb geöffneten Wohnungstür. Doch statt eines einladenden Lächelns zeigte ihre Mimik tiefe Betroffenheit.

»Was ist los?«, wollte Nappes wissen. Er ließ Lumpi von der Leine und der Hund huschte eilig an Brunis Beinen vorbei ins Innere der Wohnung.

»Das glaubst du nicht«, flüsterte sie, verdrehte die Augen und bat ihn mit einer Handbewegung herein. Aus dem Wohnzimmer drangen Stimmen. Karl hob die Brauen. Wer konnte um diese frühe Uhrzeit zu Gast bei seiner Freundin sein?

»Meine Schwester«, wisperte die nun und griff sich mit der Hand an die Stirn. »Kam gerade aus Indien angeflogen. Ohne ein Wort der Ankündigung stand sie vor der Tür.« Offensichtlich nicht alleine. Denn jetzt erschien ein Mann im Flur. Er war wohl in den Fünfzigern, groß, muskulös, trug einen indischen Turban und vielfarbige Pluderhosen. Dazwischen zeigte ein hochgerutschtes T-Shirt beneidenswert durchtrainierte Muskeln, sodass Nappes automatisch den Bauch einzog.

»Hello my friend«, begrüßte der Fremde Karl, schüttelte dem dabei so kräftig die Hand, dass es wirkte, als wolle er sie ihm abreißen, und musterte ihn dann von Kopf bis Fuß.

»Wir kennen uns doch gar nicht«, murmelte der dergestalt willkommen Geheißene.

»Das ist sein Standard«, brummte Brunhilde, nahm Nappes die Brötchentüte ab und zeigte zum Wohnzimmer. Der Inder grinste breit, als Karl an ihm vorbei den Raum betrat.

Er hatte sich nie darüber Gedanken gemacht, wie Brunis Schwester aussah. Falls er aber eine gewisse Ähnlichkeit vermutet hatte, sah er sich jetzt getäuscht. Sie war sicher zehn Jahre jünger als Brunhilde, mittelgroß, eher zierlich, mit mausbraunem, glattem Haar, das ihr bis zum Kinn reichte. Große braune Augen blickten offen und neugierig in die Welt. Auch sie trug ein indisches Gewand, einen Sari. Lange Ohrringe baumelten bis auf die Schultern. Um Hals und Handgelenke wand sich Silberschmuck. In einem Nasenflügel steckte ein Ring und auf der Stirn prangte ein dunkelroter Punkt.

»Wir haben nicht denselben Vater«, erklärte Bruni das unterschiedliche Aussehen.

Die Schwester, bisher namenlos, legte lächelnd die Handinnenflächen aneinander und beugte kurz den Kopf. »Namaste. Ich bin Sheeva.«

»Eigentlich heißt sie Sieglinde«, brummte Bruni.

Der Inder ließ sich neben die Schwester auf das Sofa plumpsen. Karl hätte schwören können, dass die federleichte Sieglinde-Sheeva dabei ein wenig nach oben durch die Luft hüpfte.

»Ja, also«, Brunhilde, sonst nicht auf den Mund gefallen, schien nicht so recht zu wissen, was jetzt zu sagen oder zu tun war. Sie blickte Karl ratlos an, der zuckte mit den Achseln.

»Ich habe leider nur fünf Brötchen dabei«, sagte er. Drei für Bruni, zwei für sich.

»Macht eines für jeden von uns, den Rest teilen wir«, erklärte die Schwester in mildem Tonfall.

»Oder ich gehe nochmal ...«

»Nicht nötig«, unterbrach ihn Brunhilde. »Dann wird das halt ein kleines Frühstück. Wir haben danach sowieso einiges zu besprechen.«

Auf einmal wirkte sie total nervös. Knetete ihre Finger, der Blick huschte durch den Raum.

»Osvald und ich teilen uns das Bett«, erklärte die Schwester. »Du kannst auf der Couch schlafen.«

Karl schnappte unwillkürlich nach Luft. Natürlich. Sieglinde gehörte die Wohnung, Brunhilde war lediglich zu Gast hier. Deren Gesichtsfarbe wechselte, sie wurde weiß wie ein Laken. »Du hättest mir wenigstens Bescheid sagen können!«, blaffte sie ihre Schwester an. »Ich sitze hier total unvorbereitet.«

»Ich bin gekommen, weil du mich brauchst.« Die zusammengelegten Hände ruhten nun im Schoß, der Blick war immer noch sanft.

Karl verstand nur Bahnhof. Brunhilde schüttelte unwirsch den Kopf.

»Deine Situation, nachdem du Zeugin eines Mordes wurdest. Deshalb habe ich dir Schaman Osvald mitgebracht. Er wird das Trauma lösen.«

Ein Schamane sollte das sein? Das konnte ja heiter werden.

»Ich wurde nicht Zeugin eines Mordes. Ich habe eine Tote gefunden.« Brunis Blick huschte zu Karl hinüber. »Und bin der Meinung, dass ich mit ihrer Seele in Verbindung treten muss, damit sie hilft, das Verbrechen aufzuklären.«

»Oder so«, meinte die Schwester leichthin, hob die Hände und lächelte mild. »Osvald wird dir helfen. Er stammt aus einer Familie von Hellsichtigen. Er hat den Dialog mit dem Jenseits bereits als Kind erlernt.«

Der auf diese Weise Gelobte schmunzelte auf Sheevas Scheitel hinunter, faltete die Hände vor dem Bauch und ruckelte sich auf dem Sofa zurecht.

170

»Wir können schon heute Abend damit beginnen«, erklärte er sodann. Zu Karls Überraschung in lupenreinem Deutsch. Na ja, fast. Wenn man den schwäbischen Einschlag überhörte ...

»Was hat sie sich bloß dabei gedacht! Hätte ich ihr bloß nicht geschrieben!«

Brunhilde war auf hundertachtzig.

»Natürlich ist es ihre Wohnung. Sie hat sie mir regelrecht aufgedrängt. War froh, dass sie unbeschwert in die Welt hinausziehen konnte. Sich auf Sinnsuche begeben. Dass jemand da war, den sie kannte, der die Miete bezahlte, auf den Hund aufpasste.«

Esmeralda hatte sich als treulose Tomate herausgestellt. Kaum war ihr eigentliches Frauchen wieder im Land, hatte der Königspudel nur noch sie angeschmachtet, war ihr nicht von der Seite gewichen. Lumpi hingegen schien völlig vergessen worden zu sein. Bemerkenswerterweise störte ihn das nicht. Er lag zusammengerollt in Esmeraldas Körbchen und schnorchelte vor sich hin. Womöglich reichte ihm der Duft seiner Angebeteten. Oder das fröhliche Beisammensein neulich nachts hatte sich als zu anstrengend erwiesen und er brauchte Erholung.

»Mit diesem merkwürdigen Kauz jedenfalls verbringe ich keine Nacht unter einem Dach.«

»Wo willst du denn hin?«, fragte Karl. Ihm war bang. Was, wenn Bruni aus Langen wegzog? Für ihn war das undenkbar. Noch undenkbarer war es jedoch für ihn, alleine zurückzubleiben. Nach allem, was war. Und noch werden konnte.

»Ich nehme mir ein Zimmer im Hotel«, schnaubte Brunhilde.

»Im *Sterzbacher Hof*?« Das war schlichtweg auf Dauer unbezahlbar.

»Ich gehe in die Frankfurter Straße.«

171

»Die Buchmesse steht vor der Tür. Da geht weit und breit nichts mehr.«

Karl fuhr sich über sein schütteres Haupthaar. In seinem Kopf glomm eine Idee auf. Aber ... war das nicht noch viel zu früh? Nicht nur für Brunhilde, auch für ihn?

»Ich hätte da eine Idee«, brachte er zaghaft hervor.

»Ja, daran habe ich auch schon gedacht. Bloß, der Kuno und ich, wir haben zwar beide WG-Erfahrung. Doch so etwas im Alter noch einmal zu wiederholen, bringt meistens kein Glück.«

An den Tierheilpraktiker Kuno von Otter hatte Karl nun überhaupt nicht gedacht!

»Außerdem habe ich mir geschworen, nie, niemals, unter gar keinen Umständen, mit einem Mann zusammenzuziehen.« Das kam so energisch, dass Karl vorsichtshalber einen Schritt zurücktrat. Seinen Vorschlag konnte er jetzt knicken. Mutlos hockte er sich auf einen von Brunhildes Küchenstühlen. Sieglinde und Osvald hielten derweil im Wohnzimmer eine Meditationssitzung ab, die es ihren Seelen ermöglichen sollte, es den Körpern gleichzutun und in Langen anzukommen. Indische Sitarklänge drangen leise durch die Tür.

»Sie hat es ja gut gemeint«, versuchte Karl, die Schwester zu verteidigen.

»Möglich. Aber dieser Osvald ist ja gar kein Inder.« Sie sahen sich an und prusteten gleichzeitig los. »Wer sagt denn, dass es nicht auch schwäbische Schamanen gibt?«, giggelte Bruni. Karl musste an sich halten, um nicht laut loszulachen. Dann wurden beide auf einen Schlag todernst.

»Aber was nun?«

Karl hatte darauf keine Antwort.

Hanna Koslowski staunte nicht schlecht, als ihr Nachbar Karl Nappes ihr am späten Vormittag einen Vorschlag unterbreitete.

»Frau Siebenhühner soll bei mir einziehen? Ja, warum denn bloß?«

Nappes erklärte die prekäre Situation seiner Freundin. »Die Wohnungssituation und die bevorstehende Buchmesse lassen nur zwei Möglichkeiten zu: Sie findet kurzfristig übergangsweise etwas hier in Langen. Oder sie muss wegziehen. Weit weg.« Denn im Rhein-Main-Gebiet schnell oder überhaupt eine bezahlbare Wohnung zu finden war schier unmöglich.

Hanna sah sich um. Im Gegensatz zu ihrem Nachbarn hatte sie ein Zimmer mehr zur Verfügung. Dort hatte Petra als Teenager gelebt, nachdem das mit ihren Eltern passiert war.

»Ich muss mal schauen«, meinte sie unschlüssig. Ein Blick in den Raum zeigte, dass hier erst einmal gewaltige Aufräumarbeiten vonnöten waren. Das Bügelbrett konnte sie in ihrem Schlafzimmer unterbringen. Die Gartenstühle brauchte sie nicht mehr. Aber sonst – was war bloß in all den Kisten, die da herumstanden?

»Da muss ich erst einmal Petra fragen«, meinte sie. »Immerhin war es ihr Zimmer.«

Dass diese es sicher nie mehr brauchen würde, das musste Karl seiner Nachbarin nicht sagen. Die Journalistin hatte eine Wohnung, die sie sich mit ihrem Gehalt leisten konnte. Dazu einen Freund. Wer wusste denn, ob die beiden nicht bald zusammenziehen würden? Womöglich schon Nachwuchs planten. Ein leises Lächeln stahl sich auf Karls Gesicht. Das Hanna direkt fehlinterpretierte.

»Freu dich nicht zu früh, Nappes. Noch ist nichts entschieden.«

173

»Natürlich nicht«, beeilte er sich, ihr zu versichern.

»Und kein Wort vorab zu Frau Siebenhühner. Nicht, dass sie sich darauf einrichtet und ich sie dann doch fortschicken muss. Das würde mir nicht behagen.«

Trotz der ganzen Wenns und Abers verließ Nappes die Wohnung der Koslowski frohen Mutes. Es wäre doch schön, wenn Brunhilde näher bei ihm sein würde. Und wer wusste schon, ob sie dann ihre Meinung nicht noch änderte. Denn auf einmal konnte er, der ewige Junggeselle, es sich angenehm vorstellen, mit Bruni zusammenzuwohnen. Jeden Morgen gemeinsam zu frühstücken. Die Spaziergänge, Arm in Arm. Abends einen Wein trinken. Und die Nächte ...

27

Petra fragte sich, was Nappes von ihrer Großmutter gewollt hatte, als sie ihn, mit hochroten Ohren und einem verschmitzten Lächeln, aus deren Wohnung kommen sah. Er glühte ja geradezu!

Nach dem unerfreulichen und unergiebigen Telefonat mit Viola Habert hatte sie eine Weile vor sich hingebrütet. Bis Maik ihre eine Mail schickte. Er war bei der Suche im Netz über eine Kleinanzeige gestolpert, die jemand im *Egelsbacher Tagesecho* aufgegeben hatte. Es ging um die Versteigerung von Gegenständen aus einer Haushaltsauflösung. Als Petra las, um wen es sich da handelte, wurden ihre Augen groß.

»Das wäre ja der Hammer«, sagte sie leise vor sich hin. Der Verstorbene war Sammler gewesen. Hatte eine Bibliothek an phantastischer Literatur hinterlassen. Dazu DVDs und Objekte aus der ganzen Welt. Voodoo-Sachen, afrikanische Masken, zwei Wachsfiguren, Zauberutensilien, Ouija-Bretter. Und eine Kristallkugel.

»Man kann die Sachen leider nicht reservieren oder vorab kaufen«, schrieb Maik. »Aber wenn du magst, bringe ich Hanna am Mittwoch zur Versteigerung nach Darmstadt.«

Und ob Petra wollte, doch zuerst musste sie das mit Hanna besprechen.

Die rief bei Petras Anblick: »Kaum habe ich an dich gedacht, stehst du vor der Tür!«

Schon wieder, hätte sie hinzufügen können. Denn so eng das Verhältnis der beiden auch war, vergingen häufig Tage und Wochen, in denen man sich nicht sah.

»Was machst du da?«, fragte die Enkelin beim Anblick der inmitten eines Chaos stehenden Großmutter.

»Das Zimmer muss ausgeräumt werden. Frau Siebenhühner braucht ein neues Domizil. Ihre Schwester ist völlig überraschend von ihrer Reise zu sich selbst zurückgekehrt und hat einen merkwürdigen Kerl mitgebracht. Osvald heißt er und nennt sich Schamane.«

Petra staunte nicht schlecht, als jetzt Karton um Karton geöffnet und der Inhalt begutachtet wurde.

»Da sind ja Kinderbücher von mir«, bemerkte sie. »Und diese CDs, wusste gar nicht, dass ich die noch habe.«

Gemeinsam stöberten sie alles durch und Petra nickte ab, was wegkonnte. »Maik kann es zum Bauhof fahren.« Ein paar Sachen jedoch wanderten in einen der Kartons zurück. »Die werden nicht weggeworfen!« So war das manchmal. Jahrelang dachte man nicht mehr an die Dinge, bis man sie wieder in der Hand hatte und sicher war, sie dringend zu benötigen.

»Aber sag mal, wie stellst du dir das Zusammenleben mit der Siebenhühner denn vor? Mir scheint, sie hat einen sehr eigenen Kopf. Und du hast ja noch nie in einer WG gelebt.«

Hanna zuckte mit den Schultern. »Es wird sich schon weisen«, meinte sie. »Außerdem ist es nicht für lange Zeit.«

»Denkst du. Wie soll sie denn eine neue Bleibe finden? Du kennst ja sicher die Situation auf dem Wohnungsmarkt.«

»Dem Nappes wird was einfallen. Ihm liegt viel an ihr.«

Nachdem sie alle Kartons und Kisten aus dem Zimmer getragen hatten, wirkte es wieder bewohnbar.

»Das Bett ist zwar alt, aber solide«, Hanna klopfte mit dem Fingerknöchel auf das Holz. »Und der Schrank ebenso.«

»Lüften würde ich«, schlug Petra vor.

»Muss ich sowieso, bevor ich räuchere.«

»Waaas!« Petra wich entsetzt einen Schritt zurück. »Nicht schon wieder ein Feuer!«

»Aber nein«, winkte Hanna ab. »Lediglich Räucherstäbchen. Weihrauch und Sandelholz, damit wird die Atmosphäre gereinigt.«

Bevor Petra sich verabschiedete, fiel ihr ein, warum sie überhaupt gekommen war.

»Eine Versteigerung? In Darmstadt? Am Mittwoch?«

»Genau. Maik fährt dich hin. Du kannst dir alle Gegenstände vorher anschauen. Mal sehen, was du dabei fühlst.« Sie ruckelte mit den Augenbrauen, aber Hanna fand das nicht witzig.

»Der Kontakt zur Zwischenwelt ist eine ernste Angelegenheit«, verkündete sie hoheitsvoll. Und dass sie es sich überlegen wollte.

Petra war sich sicher, dass sie am Haken hing. Gut so, denn was wäre denn Kristallkugel-Hanna, wie sie von vielen Leuten in Langen und Umgebung genannt wurde, ohne ihre Kristallkugel?

Michael Hanfstängel saß im *Tiepolo* auf einem der Hocker direkt am Fenster, das auf die Bachgasse hinausführte. Er las Zeitung und bemerkte Petra erst, als sie das Lokal betreten hatte und direkt vor ihm stand.

»Petra, hallo.« Er hob die Kaffeetasse an die Lippen und trank einen Schluck.

»Hallo Michi.« Sie hievte sich auf einen Hocker neben ihm, bedeutete der Bedienung, ihr ebenfalls einen Kaffee zu bringen und wartete, bis der Polizist seine Zeitung zusammengefaltet und weggelegt hatte. Er trug keine Uniform, war also privat unterwegs.

»Ich wollte dich was fragen«, begann sie. Ihr Gegenüber hob sofort abwehrend beide Hände.

»Wenn es um unseren aktuellen Fall geht – ich kann und darf nichts darüber sagen.«

»Hm«, machte Petra, nahm ihren Kaffee entgegen und blies über die aufgeschlagene heiße Milchhaube.

»Dann machen wir es doch umgekehrt«, meinte sie. »Wisst ihr, dass Zita Kirsch einen Stalker hatte?«

Er blickte nicht schnell genug weg, sie konnte sehen, dass ihn diese Information überraschte.

»Also nicht«, stellte sie mit Genugtuung fest.

»Das ist Sache der Kripo«, beeilte sich der Polizist zu sagen.

»Ja, schon, aber ihr werdet doch sicherlich das eine oder andere mitkriegen, oder? Man redet ja miteinander.«

Hanfstängel rieb sich die Nase, sagte aber nichts dazu.

»Sie wurde gestalkt, schon seit geraumer Zeit. Auf ihrem Blog, den sie inzwischen nicht mehr weiterschreibt, lässt sich sehr genau ablesen, wie ihr Tagesablauf aussieht und welche Gewohnheiten sie hat.«

»Die Leute sind ja so unachtsam«, brummte ihr Gegenüber.

»Na ja, Autorinnen müssen nahbar sein, habe ich mir sagen lassen. Häufig wollen ihre Leserinnen und Leser das Gefühl haben, den Menschen ein bisschen besser zu kennen.«

»Das kann gefährlich sein, das brauche ich dir ja nicht zu erzählen.«

»Nein. Aber ich möchte im Gegenzug zu dieser Information, der ihr jetzt nachgehen müsst, etwas von euch, von dir wissen.«

Hanfstängel zog die Augenbrauen hoch und schaute sie abwartend an.

»Die vier anderen Frauen, die sich um die Aufnahme in den Club bemüht haben, habt ihr die überprüft?«

»Wie gesagt, das ist Sache ...«

»Der Kripo, ich weiß. Aber ihr habt doch mitgekriegt, ob es Befragungen gab. Die werden ja wohl sicher hier vor Ort stattgefunden haben.«

Hanfstängel brummte etwas Unverständliches.

»Ich will keine Details wissen, nur sicher sein, dass ihr die nicht übersehen habt.«

Er sah sie an und blinzelte kurz.

Petra grinste und hob den Daumen. Das hieß nur, dass die vier Aspirantinnen nicht vergessen und vermutlich schon längst befragt worden waren. Ob eine davon verdächtigt wurde, würde ihr Hanfstängel nicht sagen, selbst wenn er es wüsste.

»Schnüffelst du schon wieder herum?«, wollte er stattdessen von ihr wissen. Sein Tonfall war neckend und nahm der Frage die Schärfe.

»Ich recherchiere«, antwortete sie würdevoll. »Und das nicht schlecht.«

»Deine Artikel lese ich ja immer gern.« Er tippte mit dem Finger auf die zusammengefaltete Zeitung.

»Haben eure Befragungen denn schon etwas ergeben? Gab es Zeugen, Personen, die am Mordtag schon so früh im Mühltal unterwegs waren?«

Hanfstängel blickte reglos vor sich hin.

»Oder sollen wir einen weiteren Aufruf starten? Über unsere Online-Ausgabe?«

Er hob den Kopf. »Wäre vielleicht nicht schlecht«, brummte er. »Wir hatten eine Menge zu tun mit Leuten, die zwar nicht im Mühltal unterwegs waren, aber andere Dinge bemerkt zu haben

179

glaubten, was meistens so aussah, dass sich irgendjemand merkwürdig verhalten hatte. Wenn du mich fragst, ist das ja inzwischen an der Tagesordnung. Die Hunde in der Tierpension haben zwei Mal auffällig gebellt, aber du weißt ja, wie das ist. Selbst wenn's jemand mitkriegt, wer steht denn um vier oder fünf Uhr auf, um bei sowas nachzusehen? Hätte ja auch ein Hase oder ein Fuchs sein können, die für Aufruhr gesorgt haben.« Er unterstrich seine Worte durch eine vielsagende Handbewegung. »Führte leider alles zu nichts. So früh wie Frau Kirsch waren die üblichen Leute, die mit ihren Hunden Gassi gingen oder selbst joggten, nicht dran. Gesehen hat niemand was.«

»Das ist blöd.«

»Wir wissen aber etwas anderes. Zita Kirsch wurde am Vorabend ihres Todes im *Sterzbacher Hof* gesichtet. Hast du eine Erklärung dafür?«

Petras Hand blieb mit der Tasse in der Luft stehen.

»Woher wisst ihr das?«

»Taxifahrer.«

Das bedeutete, dass das Zimmermädchen nicht bei der Polizei ausgesagt hatte! Petra nagte an ihrer Unterlippe.

»Sie hat sich dort mit jemandem getroffen. Heimlich. Offiziell durfte sie nicht dort wohnen, diejenigen, die noch nicht aufgenommen worden waren in den edlen Club, nächtigten daher in dem Hotel in der Frankfurter Straße.«

»Wen hat sie denn getroffen? Einen Liebhaber?«

»Eine Frau.«

Hanfstängel brauchte ein paar Sekunden, bis der Groschen fiel.

»Eine Freundin?«

»Genau.«

»Aha. Geht es um Eifersucht? Willst du darauf hinaus?«

»Nein«, versicherte ihm Petra. »Nein, die beiden ...«

In diesem Moment war es ihr, als ob jemand sie mit einem Kübel voller Eis übergossen hätte. Das Naheliegende, das hatte sie übersehen. Aurora Grüns Ehemann. Was, wenn er von der Affäre seiner Frau mit Zita gewusst und bei einer sich bietenden Gelegenheit die unliebsame Nebenbuhlerin aus dem Weg geschafft hatte? Sie schlug sich mit der Hand gegen die Stirn.

»Was ist los?«

»Nichts«, stammelte sie. »Ich muss etwas nachprüfen.«

»Wenn es ermittlungsrelevant ist, lass es uns wissen.«

Ganz bestimmt nicht! Sie hatte bereits viel zu viel verraten, der Quellenschutz konnte nicht einfach so ausgehebelt werden.

Jetzt aber musste sie sich erst einmal sortieren.

Maik arbeitete zu Hause an einem Artikel. Er schaute überrascht, als Petra mitten am Tag bei ihm aufkreuzte.

»Ich brauche dich«, informierte sie ihn knapp und marschierte an ihm vorbei in seine Wohnung. Maik schloss die Tür, überholte sie, trat zu dem im Wohnzimmer stehenden Schreibtisch und klappte rasch den Deckel seines Laptops runter.

»Nanu? Küchengeheimnisse?«

In den letzten Monaten hatte sie öfter mal den Eindruck gehabt, dass sich Küchenstars ziemlich divenhaft benehmen konnten. Unvergessen war ihr ein Artikel über den einst größten aller großen Köche, Auguste Escoffier, geblieben. Dessen Brigade hatte – einem Gerücht zufolge – sich immer umdrehen müssen, wenn der Meister seine Kreationen abschließend gewürzt hatte. Und dann gab es da die Legende mit dem Knoblauch. Für einen Hauch von Geschmack wurde eine Zehe aufgespießt und über dem Topf im Dampf des Gerichts geschwenkt. Voilà! Heute jedoch stand Petra nicht der Sinn nach eigenartigen Geschichten über eigenartige Menschen. Oder vielleicht doch, nur dass in ihrem Fall die Menschen nicht in einer Küche standen, sondern Bücher schrieben.

»Ich muss meine Gedanken ordnen«, fiel sie sogleich mit der Tür ins Haus. Den angebotenen Kaffee lehnte sie ab, das Wasser nahm sie gern und stürzte durstig gleich das ganze Glas hinunter.

»Es geht um den Todesfall im Mühltal.«

»Schieß los.«

Bevor sie das tat, kramte Petra ihr Notizbuch aus der Tasche, suchte einen Kuli und fing dann an, zu erzählen, wobei sie auf dem Papier eine Art Mindmap erstellte.

»Die Tote hatte einen Stalker, sie hatte eine Affäre mit einer Autorenkollegin, deren Mann eifersüchtig gewesen sein könnte und sie hatte vier Konkurrentinnen um den Platz bei den *Tödlichen Ladys*. All das könnten Mordmotive sein.«

Sie holte tief Luft, bevor sie fortfuhr.

»Im Autorinnenclub wiederum brodelt es. Wenn es nach einem rabiaten Grüppchen geht, soll die derzeitig *First Lady* Marie-Theres Strobel aus dem Amt gejagt werden. Ein Zusammenhang zum Mord an Zita Kirsch könnte sich aus der Tatsache ergeben, dass, wenn Strobels Platz frei wird, alle vier verbliebenen Kandidatinnen dem Club beitreten können.«

Maik sah mehr als zweifelnd aus. »Wer bringt denn eine Frau um, nur um in so einen Club aufgenommen zu werden?«

»Das verspricht Renommee, Aufmerksamkeit. Veranstaltungen, Presse und vieles mehr wird ja durch den Club unterstützt.«

»Wer so etwas tut, mordet nicht nur mit Worten«, brummte Maik. »Aber das sind lediglich vage Vermutungen. Was hast du denn konkret herausgefunden?«

Petra holte tief Luft.

»Dass Zita Kirsch morgens in aller Herrgottsfrühe joggen ging, wussten alle, die ihren Blog lasen. In welchem Hotel sie wohnte, wusste mit Sicherheit die Vorstandsriege der *Tödlichen Ladys*, außerdem die vier anderen Kandidatinnen und ihre Geliebte Aurora.«

»Mehr nicht?«

Petra zog eine Grimasse. »Eigentlich sollte das alles nicht öffentlich kommuniziert werden, auch nicht die Namen der Beitrittskandidatinnen. Aber wer weiß schon, ob sich alle daran hielten? Ich gehe jetzt bei meinen Nachforschungen aber mal davon aus.«

»Nachforschungen, soso.«

»Ich bin Journalistin. Schon vergessen? Du doch auch.«

Wobei Maik keinen Geschichten mehr hinterherjagen musste. Er ging ganz entspannt essen, trinken und plauderte dabei ein bisschen mit Chefköchen, Sommeliers, Restaurantbetreiberinnen. Jedenfalls stellte sich Petra das so vor.

»Na gut. Was sagt denn deine Spürnase?«

Petra kaute auf ihrem Daumennagel herum und überhörte Maiks Seufzer.

»Wenn ich ehrlich bin – bei mir klingelt gerade gar nichts.«

»Lass uns die möglichen Motive durchgehen.«

Petra nickte und zählte auf.

»Mordmotiv Stalking. Zitas Stalker ist durchgedreht, hat sie nach Langen verfolgt und sie getötet.«

»Kann man nicht ausschließen. Es wäre daher wichtig, den Mann zu finden.«

»Habe Hanfstängel gerade einen Tipp gegeben.«

»Gut. Weiter.«

183

»Mordmotiv Eifersucht. Auroras Ehemann ist hinter die Affäre gekommen und hat Zita getötet. Man könnte nachprüfen, ob Herr Grün sich zur Tatzeit in Langen aufgehalten hatte. Das wäre Sache des Ermittlungsteams. Dem aber kann ich mein Wissen nicht anvertrauen, ohne meine Quellen, Irina und Aurora, preiszugeben. Was beide offensichtlich nicht wollen. Das muss ich akzeptieren.«

»Man könnte doch herausfinden, wo er war?«

»Aurora kann das sicherlich. Es könnte sich aber auch um einen Auftragsmord gehandelt haben. Da wäre es egal, wo er zum Tatzeitpunkt war.«

»Liebe Güte. Weiter.«

»Mordmotiv Outing. Hätte Aurora Zita wirklich umgebracht, damit sie sie nicht unfreiwillig outet? Zita wollte die Beziehung nicht mehr im Geheimen führen und sie öffentlich machen. Aurora war strikt dagegen. Dazu passt jedoch Auroras Betroffenheit nicht. Sie kommt mir kühl vor, durchaus berechnend. Aber einen Mord an der Frau, die sie liebte, kann ich mir nicht vorstellen.«

»Okay, was kommt sonst noch in Frage?«

»Mordmotiv Konkurrenz. Die vier anderen Kandidatinnen.«

»Weißt du, wer sie sind?«

»Nö. Viola Habert, die Nummer 3 der Ladys, hat mich eiskalt abblitzen lassen mit der Bemerkung, das seien Interna, die sie nicht mit einer Journalistin teilen wolle.«

»Erkläre mir noch einmal, worum es bei diesem Club überhaupt geht und was so wichtig daran ist, dort aufgenommen zu werden.«

»Also ...« Petra holte tief Luft. »Ich habe ja neulich ein bisschen im Netz über die *Tödlichen Ladys* recherchiert. Dabei ist mir aufgefallen, dass sie nach außen geschlossen auftreten, von wegen Kooperation und gegenseitiger Unterstützung. Ladylike nennen sie es. Wenn man sich die Social-Media-Beiträge einiger Clubfrauen ansieht, bemerkt man aber schnell, dass es innerhalb der Gruppe unter der Oberfläche brodelt, es einen Dauerstreit zu geben scheint. Der wird hauptsächlich zwischen Marie-Theres Strobel und einer anderen Autorin namens Karmelita Gluck ausgefochten. Es geht um die Aufnahme von Selfpublisherinnen, also denjenigen, die nicht über einen Verlag veröffentlichen.«

»Ich weiß, was Selfpublishing ist.«

»Gut. Marie-Theres setzt sich dafür ein, den edlen Club diesem Autorinnenkreis gegenüber zu öffnen. Was aber anderen gar nicht gefällt. Du hast das Gespräch, das neulich an unserem Nebentisch in der Weinbar geführt wurde, ja selbst mitgehört.«

»Ich erinnere mich auch an ein weiteres Thema. Die Geschichte mit biologisch Frau und gefühlt Frau. Oder darf man das so nicht sagen?«

»Ich weiß selbst nicht mehr, was man an diesem Punkt sagen darf. Auf jeden Fall ist klar, dass die amtierende *First Lady* hier keinen Handlungsbedarf sieht. Wobei das zunehmend schwierig wird, wenn man das eigene Geschlecht einfach per Antrag auf dem Standesamt ändern kann. Womöglich mehrfach hin und her. Wer will da noch politisch korrekt irgendetwas tun oder lassen können? Stelle ich mir auf jeden Fall schwierig vor.«

»In diesem Fall stellen die Aufnahmekriterien eine Barriere dar.«

»Klar. Die Person braucht zwei Bürginnen und das Votum des fünfköpfigen Gremiums. Und das ist unanfechtbar.«

»Karmelita Werauchimmer ist an diesem Punkt offen?«

»Ja. Sie will, dass alle, die sich als Frau definieren, die Möglichkeit haben, den Ladys beizutreten.«

185

»Das bedeutet wohl, dass sie alles dafür tun würde, die Nummer eins zu werden, um an den richtigen Stellschrauben zu ziehen.«

»Sehe ich auch so.«

»Aber wie verhalten sich denn die aktuelle Nummer zwei und drei?«

»Das ist es ja gerade. Sowohl Mechthild Schmauser als auch Viola Habert kann ich schwer einschätzen. Oder, um es geradeheraus zu sagen, ich bin mir nicht sicher, ob sie sich ihrer aktuellen *First Lady* gegenüber loyal verhalten.«

»Loyalität kommt leider immer mehr aus der Mode.«

»Den Eindruck habe ich auch. Strobel macht klare Ansagen und hat eine Meinung, die sie vertritt. Das flößt vielleicht anderen Angst ein, weil sie denken, dass sie dem nichts entgegenzusetzen haben. Mir persönlich wäre das allemal lieber als das ein unklares oder opportunistisches Verhalten.«

»Wenn es denn so wäre«, relativierte Maik. »Wo könnte sich hier ein Motiv verstecken?«

»Es geht um Macht. Wenn Strobel abgewählt wird, Schmauser und Habert im Amt bleiben und sich mit Karmelita Gluck arrangieren, dann könnte das die Tür für den Personenkreis öffnen, dem Strobel sich nicht öffnen will. Gleichzeitig würde die Tür für die Selfpublisherinnen weiterhin geschlossen bleiben.«

»Interessant.«

»Vor allem unter dem Aspekt, dass Strobels Abwahl nur dann denkbar ist, wenn die Plagiatsvorwürfe, die jemand gegen sie erhoben hat, nicht vom Tisch gefegt werden können.«

»Oder mal so gedacht: Könnte Karmelita Gluck diejenige sein, die genau diesen Prozess in Gang gesetzt hat?«

»Wenn, dann werden wir es nie erfahren. Denn die Autorin, von der Marie-Theres angeblich abgeschrieben haben soll, ist in der virtuellen Welt nicht auffindbar. Es gibt lediglich ein Foto, von hinten aufgenommen, am Meer sitzend, eine Mütze auf dem Kopf. Ich vermute ein KI-generiertes Bild. Das Impressum weist eine Briefkastenfirma in Hongkong auf.«

»Heißt im Klartext: Bis die Frau gefunden wird, kann es dauern.«

»Und Strobel hat die Zeit nicht. Wenn sie den Sturm jetzt übersteht, muss sie weiterarbeiten, während von Karmelita Gluck weiter an ihrem Stuhl gesägt wird.

Um auf Dauer zu bestehen, muss sie von jedem Verdacht reingewaschen werden.«

»Soll ich dir mal was sagen? Schreib einen Krimi und bewirb dich um die Aufnahme dort!«

Petra lachte laut auf. »Weißt du, was ich glaube? Krimis ersinnen ist gar nicht so einfach, wie viele denken. Und mir persönlich ist die Wirklichkeit immer noch lieber. Wie man sieht, kann sie durchaus spannend sein!«

Nachdem sie ihre Gedanken sortiert hatte, war sich Petra immer noch nicht sicher, was sie von all dem halten sollte. Sie glaubte weder an ein Beziehungsdrama noch an einen Konkurrenzkampf als Mordmotiv. Ja, über solche Dinge stritt man. Aber dass Zita aus Eifersucht oder als Figur in einem Intrigenspiel getötet worden war, konnte sie sich nicht vorstellen.

Blieb der Stalker. Zurück in der Redaktion, suchte sie im Impressum von Zita Kirschs Webseite. Dort stand keine Privatadresse, sondern die des Verlages. Die angegebene Mobilnummer war die der Verstorbenen, würde demzufolge nicht weiterhelfen. Sie nagte am Daumen. Dann fiel ihr etwas ein.

Zita und ich kommen beide aus Bielefeld. Nicht gerade die große weite Welt.

Wer hatte das gesagt? Agnes Krüger. Die wollte sie nicht anrufen, vielmehr suchte sie sich die Nummer der Familie Kirsch aus dem Telefonbuch heraus und rief dort an. Es klingelte ewig, bis sich eine erschöpfte Frauenstimme meldete. Als Petra sich vorstellte, wollte Zitas Mutter gleich wieder auflegen.

»Bitte, geben Sie mir nur eine Minute«, bat Petra.

Wie sich in dem kurzen Gespräch danach herausstellte, wussten die Eltern der Ermordeten davon, dass ihre Tochter gestalkt worden war.

»Der Typ läuft immer noch frei herum. Das ist unsäglich«, klagte Frau Kirsch. Petra versicherte ihr, dass sie das genauso sehe, sie aber Vertrauen in die Ermittlungsarbeit habe. Leider hatten die Kirschs keine Ahnung, wer dieser Stalker sein könnte. Niemand aus Zitas direktem Umfeld, dessen war man sich sicher. Ein Ex-Freund? Gab es nicht. Einen verschmähten Verehrer? Da gab es einige. Zita sei wählerisch gewesen in ihren Beziehungen. An dieser Stelle wurde das Telefonat schwierig, weil sowohl Petra als auch Zitas Mutter einen verbalen Tanz um das heiße Thema aufführten. Petra, weil sie die andere nicht kalt erwischen wollte, falls die Ermordete ihren Eltern gegenüber nicht offen gewesen war, was die Beziehung mit Aurora betraf. Frau Kirsch ihrerseits schien der Journalistin an diesem Punkt nicht zu vertrauen, was natürlich verständlich war. Am Ende kam heraus, dass beide Bescheid wussten und Zitas Liebesleben sich schon immer nur um Frauen gedreht hatte.

188

»Aber das schreiben Sie nicht!«, verlangte Frau Kirsch und Petra sicherte ihr ihre Verschwiegenheit zu.

»Falls der Stalker davon weiß, dürfte es jedoch kein Geheimnis bleiben«, gab sie zu bedenken. Was Frau Kirsch davon hielt, erfuhr sie nicht mehr. Im Hintergrund hörte man jetzt Hunde bellen und Zitas Mutter brach nach den Worten »Das sind Zitas, ich weiß gar nicht, was jetzt aus denen werden soll« in Tränen aus und legte auf.

»Gut, dass Sie anrufen, Frau Koslowski!« Aurora Grün war außer Atem. »Ich brauche dringend Ihre Hilfe.«

Das waren ja mal ganz neue Töne. Eigentlich hatte Petra mit ihr nach dem Gespräch mit Zitas Mutter über den Stalker sprechen wollen. Aber jetzt war sie neugierig, was da jetzt kommen mochte.

»Okay.«

»Haben Sie morgen früh Zeit für mich?«

Petra warf einen Blick auf ihren Schreibtisch. Dort sah es wild aus, aber das war häufig der Fall, wenn sie an mehreren Artikeln gleichzeitig arbeitete.

»Wann genau?«, wollte sie wissen.

»Um vier Uhr.«

Petra glaubte, sich verhört zu haben. Aber Aurora bestätigte die Uhrzeit.

»Wissen Sie, ich schreibe gerade an einem neuen Krimi. Und da kehrt der Mörder an den Tatort zurück.«

»Entschuldigen Sie. Meiner Meinung nach ist das ein Ammenmärchen.«

»Möglich. Ist im Buch genauso. Allerdings klärt die Ermittlerin das Verbrechen dennoch auf, als sie sich zur Tatzeit an den Tatort

189

begibt. Wissen Sie, warum?« Aurora wartete Petras Antwort nicht ab. »Weil die Begegnung kein Zufall war. Der Mörder kam jeden Tag am Ort des Geschehens vorbei. Eine zwanghafte Persönlichkeit, die jeden Abend um exakt dieselbe Uhrzeit von seinem Herrenclub aus nach Hause spaziert!«

»Na ja, also, ich weiß nicht …«, murmelte Petra. Dieses Ansinnen, der ganze Gedankengang dahinter war ihr eher suspekt. Sie verdrehte die Augen, was Frederik mit einer mitfühlenden Geste beantwortete.

»Bitte. Ich brauche jemanden Ortskundiges.«

»Ja. Danke. Sie haben mich mit meiner Ortskenntnis schon einmal einfach stehen lassen. Sind mit dem Hopper auf und davon. So etwas möchte ich nicht noch einmal erleben.«

»Tut mir leid, ich musste schnell handeln. Kommt nicht wieder vor.«

»Habe ich Ihr Wort?«

»Definitiv!«

Und damit war es besiegelt. Sie würden um vier Uhr am nächsten Morgen im Mühltal auf der Lauer liegen.

28

Es war schweinekalt.

Nach einem Blick auf das Thermometer hatte sich Petra am Morgen die Skiunterwäsche angezogen, die ihr bereits bei ihren Reisen durch Island gute Dienste geleistet hatte. Darüber eine dicke Jeans, zwei Pullis und die gesteppte Jacke, die sonst immer erst zum Weihnachtsmarkt an der Altstadtkirche aus dem Schrank geholt wurde. Trotzdem bibberte sie schon nach fünf Minuten im Dickicht. Sie hatten ein bisschen suchen müssen, befanden sich inzwischen an der Stelle, an der Zita ins Unterholz geschleppt worden war. Sie standen mit Sicht auf den Weg und nicht direkt am Fundort, denn das hätten sie beide nicht gut ausgehalten. Aurora, die neben ihr ausharrte, blies sich in die Hände, schien aber sonst nicht besonders verfroren zu sein. Vielleicht war es die Anspannung, die sie warmhielt. Die beiden Frauen hatten sich vor dem Hotel getroffen. Aurora spendierte ein Taxi. Und nun standen sie hier und warteten. Schon jetzt war sich Petra sicher, dass es sich um eine Schnapsidee handelte. Wer kehrte denn in der Realität an den Tatort zurück? Sie glaubte nicht daran. Allerdings, und dafür war sie in den vergangenen Monaten dankbar gewesen, hielt sich die Anzahl der Gewaltverbrechen, die in der Sterzbachstadt begangen wurden, in Grenzen. Sie war, das war nun mal die Wahrheit, gar nicht wirklich vertraut mit diesen Fragen. Aurora hingegen schien vollkommen überzeugt von der Wahrheit ihrer These.

Die Luft stand in kleinen Wölkchen vor ihren Gesichtern. Über der immer noch grünen Wiese lag ein dünner Dunstschleier, milchiger Nebel hatte sich vor den fast vollen Mond geschoben, der bleich am dunklen Himmel hing. Es roch nach Herbst, nach

Moos und vermodertem Laub. Irgendwo knackte es und Petra fuhr erschrocken zusammen.

»Nur die Ruhe«, flüsterte Aurora. »Das sind nur die üblichen Waldgeräusche.«

Woher wusste sie das? Petra musste an Winfried Krekel denken. Der Komponist saß gerne mal nachts im Wald und nahm dabei genau solche Geräusche auf. Schnitt sie in seine musikalischen Kompositionen hinein und hatte es geschafft, mit derlei – Käuzchenschreie, Igelfauchen, Holzknaspern, Froschquaken – fast weltberühmt zu werden. Sie beide hatten sich im Winter bei einem anderen Todesfall kennen- und schätzen gelernt. Das, obwohl Petra frank und frei zugegeben hatte, völlig unmusikalisch zu sein. Mit Ausnahme der Triangel beherrschte sie kein Instrument. Krekel hatte das amüsant gefunden.

»Da kommt wer«, wisperte Aurora aufgeregt in Petras abschweifende Gedanken hinein. Beide hockten sich mit einem Ruck hin und beobachteten von ihrem Standpunkt aus den schmalen Weg. Der Lichtkegel einer Taschenlampe tanzte, von der Unterführung zur Stadt herkommend, durch die Dunkelheit. Eine schlanke Gestalt folgte. Setzte vorsichtig Schritt vor Schritt.

»Der Mörder!«, stieß Aurora aus. Sie geriet in Rage und trat Petra aus Versehen heftig auf den Fuß.

»Nur die Ruhe«, mahnte die. Nicht jeder Mensch, der hier um vier Uhr früh entlangkam, war ein Verbrecher. Jetzt bog die Person ab, lief leichtfüßig über das Grün zum Wasser. Etwas daran, wie sie sich bewegte, kam Petra bekannt vor. Sie beugte sich ein bisschen nach vorn, war aber zu weit entfernt, um mehr erkennen zu können. Noch war es nachtdunkel, und das Unterholz war hier dicht, sodass sie aus der hockenden Position heraus nicht viel sehen konnte. Sie erhob sich vorsichtig, was Aurora mit einem aufgeregten Zischen quittierte. Was dachte sie denn? Wenn es sich bei der Person dort vorne um den Mörder oder die Mörderin handelte, würde sie nicht einfach stehenbleiben. Aber was machte er oder sie am Ufer des Sterzbachs? Ziemlich in der Mitte zwischen Springenteich und Paddelteich. Genau dort, wo angeblich am Vortag schon wieder ein Nugget gefunden worden war. Was niemanden mehr zu interessieren schien, denn von Goldgräbern war weit und breit nichts zu sehen. Die unbekannte Person stolperte und wäre fast gefallen, dabei rutschte ihr die Kapuze des Anoraks vom Kopf. Ein leichter Wind fuhr raschelnd durch die Blätter. Es roch intensiv nach feuchter Erde und schwach nach Holzrauch. Holzrauch? Eine Erinnerung ploppte auf.

Petra stand jetzt aufrecht. Ohne auf Aurora zu achten, verließ sie ihr Versteck, querte den Weg und lief über die Wiese auf die Gestalt mit der Lampe zu. Die holte gerade etwas aus der Tasche ihres Anoraks, als sie Petra hörte und sich mit einem Ruck umdrehte. Das Licht fiel auf Petras Gesicht, die die Augen mit einer Hand abschirmte. Dennoch wusste sie bereits, wen sie vor sich hatte.

Die Person vor ihr schnappte hörbar nach Luft und ließ die Lampe sinken. Die beiden starrten sich an.

»Minna! Was machst du hier?«

Petra trat auf die junge Frau zu, der ihr langes Haar jetzt ins Gesicht geweht wurde. Wieder der intensive Geruch nach Holzrauch, der sich eben überall festsetzte. In Kleidung und ganz besonders in Haaren. Minna strich es nicht zurück, weil sie in der linken Hand die Taschenlampe und in der rechten etwas anderes hielt.

»Das ... das ist doch ...« Petra deutete auf das kleine, glänzende Teil.

Minna Maus grub die Zähne in die Unterlippe und starrte zu Boden.

Das, was sie in der Hand hielt, entglitt ihr.

»Ein Nugget«, vervollständigte Petra ihren Satz. Sie bückte sich und sah, dass sie sich geirrt hatte. Nicht eines, sondern zwei Goldklümpchen lagen dort, matt glänzend im Gras. Sie hob sie auf und hielt sie Minna auf ihrer ausgestreckten Hand hin.

»Erkläre es mir«, wollte sie sagen, als sie vom Zugang zum Tal her etwas hörte.

»Komm mit! Und sei still!«, flüsterte sie Minna zu, packte sie an der Hand und zog sie mit sich. Sie schafften es gerade noch rechtzeitig zu Aurora ins Versteck, da waren bereits deutlich Schritte zu hören. Petra ignorierte Auroras stumme fragende Gesten, legte den Finger auf die Lippen und bedeutete Minna, sich hinzuhocken. Vorsichtshalber hakte sie sich bei ihren beiden Begleiterinnen unter. Ihr Herz schlug wie verrückt. Wer hätte gedacht, dass kurz nach vier Uhr am Morgen bereits so viel los war im Mühltal? Sie jedenfalls nicht.

Die hochgewachsene Gestalt, die sich gleich darauf aus dem diffusen Dunkel schälte, trug keine Taschenlampe, sondern ein Windlicht vor sich her und gab ein leises, monotones Murmeln von sich, das Petra an die Mantras bei Meditationen erinnerte. Ihr Herz setzte vor Schreck fast aus, als der Mann, denn um einen solchen handelte es sich, direkt an der Stelle stehen blieb, die vom Weg aus zu ihrem Versteck führte. Auroras Finger gruben sich schmerzhaft in Petras Unterarm und die biss sich auf die

Lippen, um ja keinen Ton von sich zu geben. Minna hingegen wirkte wie paralysiert.

»Brrr«, brummte es, »zzzz«, zischte es und »gaaa«, grummelte es jetzt. Das Windlicht zitterte. Der Fremde wiegte sich vor und zurück, drehte sich in Richtung des Dickichts und schritt direkt auf die drei Frauen zu. Als wäre das alles nicht schon beängstigend genug, begann er mit tiefer Stimme bedrohlich zu murmeln.

Aurora fing an zu zittern und Petra befürchtete gleich ein Blasen-Unglück. Nur Minna blieb ruhig sitzen. Sie zog ihren Arm langsam und vorsichtig aus Petras Armbeuge zurück.

»Uuuuh!« Jetzt war der Kerl ganz nah. Er trug eine Sturmhaube. Von seinem Gesicht war nichts zu sehen außer den Augen. Die rollten wie verrückt hin und her.

Petra spürte, wie Minnas Körper sich anspannte. Was hatte sie vor?

»Aaaah!«, schrie jemand. Eindeutig nicht der Kerl vor ihnen, eindeutig kein Mann. Petra hob die Hand an den Mund. Eine zweite Gestalt, ebenfalls mit einem Windlicht, ebenfalls mit einer Sturmhaube über dem Gesicht. Das war es auch schon mit den Gemeinsamkeiten. Winzig und schmal war die Frau, die nun hinter dem Mann herkam.

»Zeig dich!«, rief der Mann in das Dunkel, in dem die drei Frauen hockten, hinein.

»Was ist das hier? Eine Sekte?«, flüsterte Aurora dicht an Petras Ohr.

»Stopp!«, schrie in diesem Moment Minna Maus. Die junge Frau sprang auf wie der Blitz, Petra sah, wie ihre Faust nach vorne flog und den Mann direkt auf der Brust traf.

»Uaargh!«, gab er von sich, gleichzeitig taumelte er nach hinten.

»Aua!«, schrie die Frau hinter ihm. Vermutlich war er ihr auf die Füße getreten.

»Mörder!« Aurora hatte sich wie ein Springteufel aus der Hocke erhoben und Petra mit sich gezogen. Sie wollte sich ebenfalls auf den Fremden stürzen, stolperte jedoch über etwas am Boden, einen Ast, eine Wurzel, das war in der Dunkelheit nicht zu erkennen, und schlug der Länge nach hin.

»Umpf!«, tönte es von unten her.

»Teufel du!« Das war wieder die kleine Frau, die sich nun überraschend geschmeidig auf Minna stürzen wollte. Die wich aus und nun lag noch jemand am Boden, von der eigenen Schwungkraft getragen.

»Hilfe! Was ist denn hier los!« Eine dritte Gestalt tauchte auf, schwarz gewandet wie die anderen beiden, ebenfalls mit einer Sturmhaube über dem Kopf.

Petra fuhr zu ihr herum.

Die Neuangekommene riss sich die Haube vom Kopf.

Petra prallte zurück. »Frau Siebenhühner! Was machen Sie denn hier?«

»Das ist meine Schwester.« Brunhilde deutete auf die kleine Frau, die sich gerade aufrappelte. »Und das hier«, ihr Finger zeigte auf den großen Mann, »ist Schaman Osvald.«

Auch der zog sich jetzt die Haube ab und fuhr sich mit der Hand übers Gesicht.

»Was soll denn die Vermummung?« Petra deutete auf die Hauben.

»Wir sind auf Dämonenjagd, da gehört das dazu«, verkündete er allen Ernstes.

»Nein. Wir wollen sie vertreiben«, widersprach Brunhilde Siebenhühner. Worauf sich ein heftiges Gespräch darüber entspann, was man eigentlich wirklich vorgehabt hatte an diesem frühen Morgen, mitten im Dickicht.

»Ich glaube, die sind alle verrückt hier«, hörte Petra in diesem Moment Aurora murmeln. Die kämpfte sich wieder in die Senkrechte und klopfte Blätter und Erde von ihrer Kleidung.

»Sie verstehen das nicht.« Frau Siebenhühners Schwester zeigte nun endlich auch ihr Gesicht. Ihr feines glattes Haar stand im Mondlicht elektrisiert zu Berge, woraufhin der Schamane es mit einer zärtlichen Handbewegung glattstrich.

»Was machen Sie drei eigentlich hier?«, wollte derweil Brunhilde Siebenhühner wissen. »Nachts, am Fundort einer Leiche? Halten Sie womöglich irgendwelche Rituale ab?«

»Das überlassen wir Ihnen«, entgegnete Aurora schnippisch. »Sie drei scheinen ja ziemlich esoterisch daherzukommen.«

»Jetzt hören Sie mal zu, Sie Neunmalkluge.« Brunhilde stemmte die Fäuste in die Hüften und Petra befürchtete Schlimmes. »Ich war es, die diese arme Frau hier gefunden hat. Ich bin es, der der Anblick nicht mehr aus dem Kopf geht. Ich werde, wenn ich mich nicht davon befreie, mein ganzes Leben lang an nichts anderes mehr denken können als daran, wie sie hier lag.« Ein Schluchzen bahnte sich den Weg durch Brunhildes Kehle. Sie senkte den Kopf und presste die Daumen in die Augenhöhlen. Dann ruckte ihr Kopf nach oben. »Aber wissen Sie was? Ich glaube, diese Frau, die hier zu Tode kam, hat mich ausgesucht. Wollte, dass ich Kontakt zu ihr aufnehme. Damit sie mich zu demjenigen führen kann, der sie getötet hat.«

»Kontakt aufnehmen?« Auroras Stimme war nur noch ein Hauch. »Aber sie ist tot!«

»Genau dafür bin ich da.« Jetzt war Osvalds Stunde gekommen.

197

»Sie sind ja gar kein Inder.« Minnas Stimme klang empört. »Sie sind ein Schwabe!«

»Ja und!«, schrie Brunhildes Schwester und stampfte mit dem Fuß auf. »Das ist doch schnurzwurzpiepegal! Wir müssen heute hier dieses Ritual abhalten, um den Geist der Toten anzurufen! Und wenn wir noch lange hier quatschen, ist die gesamte Atmosphäre vergiftet!«

Einen Moment lang hielten alle die Luft an.

»*Sie* haben sie gefunden?«, fragte Aurora mit tränenerstickter Stimme.

Brunhilde nickte verwirrt. Noch verwirrender war jedoch die Tatsache, dass sich Aurora in die Arme der Siebenhühner warf, dabei laut aufschluchzte und mehrfach »ach herrje!« von sich gab. Sie hörte erst auf, als Osvald laut vernehmlich »Pst!« sagte, den Finger an die Lippen legte und den Kopf in Richtung Weg streckte. »Da kommt jemand.«

Noch immer war es dunkel und kalt. Aber nun kauerten sie zu sechst im Gebüsch, Aurora hatte sich bei Brunhilde untergehakt, ihre Schwester bei Osvald, Petra und Minna hockten eng beisammen. Der Schamane musste Ohren haben wie ein Luchs, denn erst einmal tat sich gar nichts.

Dann tauchte erneut eine Gestalt in ihrem Blickfeld auf. Nicht allzu groß, schlank, mit eingeschalteter Handylampe. Petra registrierte, dass kein Hund dabei war. Für einen Jogger viel zu langsam, dachte sie. Wenn man es recht bedachte auch zu langsam für einen Spaziergänger. Immer wieder blieb das Licht kurz stehen, bewegte sich gelegentlich nach unten, dann weiter auf dem Weg.

Zügig passierte die Person die Stelle, an der sie sich alle versteckt hielten, bevor sie eine Weile verharrte. Für Petras Dafürhalten musste sie dort stehengeblieben sein, wo sich die großen Sitzsteine befanden, dann drehte sie um und ging wieder in die Richtung, aus der sie gekommen war. Mehr als eine schlaksige Gestalt, die Kapuze eines Hoodie tief ins Gesicht gezogen, war nicht zu erkennen gewesen. Ein Mann, dessen war sich Petra aber nach dem zweiten Mal sicher.

»Warum tun wir nichts?«, zischte Aurora.

»Was sollen wir denn tun?«, gab Petra leise zurück. »Ihn nach seinem Ausweis fragen?«

»Hä?«, entgegnete Osvald, der natürlich nicht wusste, was die beiden Frauen überhaupt hergeführt hatte.

Petra überließ es Aurora, ihn einzuweihen. Brunhilde hatte sich bereits erhoben und rieb sich das Kreuz. Dann stapfte sie in Richtung Pfad. Minna und Petra folgten ihr.

»Er hat sich immer wieder gebückt«, murmelte die junge Frau. Sie lief jetzt, ihre Taschenlampe schwenkend, in die Richtung, aus der die Gestalt gekommen war.

»Hier liegt was!«, rief sie auf einmal halblaut und eindeutig alarmiert. Brunhilde, die ihr gefolgt war, hatte sich bereits gebückt und aufgehoben, was sie da im Gras gefunden hatte.

»Leberwurst«, sagte sie tonlos.

»Leberwurst?« Aurora war neben die drei getreten.

Petra atmete tief ein und aus. Ihr war aufgrund der Geschehnisse der letzten Zeit vollkommen klar, was das bedeutete. »Das sind Giftköder.«

Alle, inzwischen waren auch Osvald und Brunhildes Schwester herangekommen, starrten sie an.

»Wir haben seit einiger Zeit immer wieder Hunde, die krank geworden oder sogar verendet sind. Weil jemand Giftköder in der Stadt ausgelegt hat.«

Wie auf Kommando drehten sich alle um und schauten in die Richtung, in der die Gestalt verschwunden war.

Minna war die Erste, die loslief. Mit einem Affenzahn, wie Petra anerkennend bemerkte. Sie folgte ihr direkt, schaffte es dabei nicht, sie zu überholen. Der Kerl war fast schon unter der Unterführung durch. Aber er musste sie gehört haben, denn auf einmal rannte auch er.

Dann erlosch seine Handylampe. In der Dunkelheit war er nicht mehr auszumachen. Minna legte noch einen Zahn zu, Petra hörte sie schnaufen. Als sie unter der Unterführung durch und an der Weggabelung angelangt waren, war von dem Kerl nichts mehr zu sehen.

»Du links, ich rechts«, keuchte Minna.

Doch es war zu spät. Sie hatten denjenigen, der die Giftköder ausgelegt hatte, nicht einholen können.

»Das hier habe ich gefunden.« Minna hielt eine Beanie hoch.

»Du rennst wie eine Weltmeisterin«, keuchte Petra.

»Ich bin Handballerin, HSG Langen, hat vielleicht damit zu tun. Hat mir aber leider nichts genutzt. Er war schneller und ist in Richtung Schrebergärten gelaufen. Das Teil hier ist an einem Ast hängengeblieben. Bringt uns aber auch nichts mehr.«

»Möglicherweise doch.« Petra hatte bereits ihr Handy gezückt. »Ich kenne da jemanden, die uns vielleicht helfen kann.«

Inzwischen waren die anderen vier bei ihnen angelangt, Brunhilde Siebenhühner schwer schnaufend. Osvald trug ein zusammengeknotetes Taschentuch in der Hand.

»Fünf Köder hatte der Kerl ausgelegt. Fünf!« Empört schwenkte er den Stofflappen samt Inhalt.

»Das ist ekelig!« Brunhilde schüttelte den Kopf. »Wenn Esmeralda das gefressen hätte ... oder Lumpi.« Den Rest konnten sich alle denken.

Auroras Gesicht schimmerte bleich. Noch war es dunkel, doch die Leuchtkraft des Mondes verblasste am Himmel, der sich bald erhellen würde.

»Für eine Zeremonie ist es jetzt zu spät«, befand Osvald. »Die Energie dieses Ortes ist viel zu aufgewühlt.«

»Was für eine Zeremonie hatten Sie denn geplant?«, wollte Petra wissen.

»Die Tür ins Jenseits öffnen. Damit Zita Kirschs Seele uns ihre letzten Eindrücke auf dieser Welt schildern kann.«

»Was, wenn sie selbst ihren Mörder oder ihre Mörderin nicht gesehen hat? Weil sie von hinten angegriffen wurde?«

Jetzt plusterte sich der Schamane auf. »Jedes Lebewesen hinterlässt eine Spur in der energetischen Welt, also auch diejenige Person, die Zita das angetan hat. Die Spur ist für viele technologisierte Menschen nicht mehr sichtbar, weil unser Geist verschlossen ist. Sobald diese Tür geöffnet wird, ist es wie ein Pfad, dem man einfach nur folgen muss.«

»So ähnlich wie Staubkörner, die im Sonnenlicht tanzen?« Aurora wirkte sehr interessiert. Ob sie bereits ihr nächstes Buch plante?

»Das kann man sich so vorstellen. Die Spur, die man durch sie hindurch verfolgen muss, ist vielleicht in einer anderen Farbe, einer anderen Form oder einfach als Schneise zu sehen, zu fühlen oder zu riechen. Denn am Anfang steht die Kontaktaufnahme mit dem Fremden, dem man folgen will.«

»Und das machen Sie?«

»Sagen Sie doch Osvald zu mir.«

»Ich bin Aurora.«

»Schaman Osvald ist derjenige, der den Kontakt herstellen kann. Am Ort des Geschehens. Ich bin übrigens Sheeva.«

»Sehr erfreut.«

»Ich stelle es mir wie eine Duftspur vor. Der Hunde folgen können. Die haben bekanntermaßen ja eine viel bessere Nase als wir.« Brunhilde legte den Zeigefinger an ihre Nasenspitze.

»Das ist eine gute Überleitung«, meinte Petra und trat ein Stück vor. Ein Wagen war angefahren gekommen. Eine Frau mit dunklem Haar stieg aus, öffnete die hintere Klappe und ließ einen Schäferhund herausspringen.

»Wer ist das?«, fragte Minna.

»Eine Mantrailerin aus Egelsbach. Sie wird uns helfen, die Spur des Flüchtigen zu verfolgen.«

Dann wandte sie sich der Frau zu.

»Toll, dass Sie uns helfen. Das ging ja schnell!«

»War gerade in der Nähe. Und als ich das mit den Giftködern gehört habe, habe ich noch einen Zahn zugelegt. Wer Tieren so etwas antut, muss gefasst werden. Wenn Esra und ich dabei helfen können, tun wir das gern.« Ihre ernste Miene sprach Bände.

Minna reichte der Frau die Beanie, die das Teil in ein Glas steckte und es unter die Hundenase hielt. Esra nahm mit einem tiefen Atemzug sofort die passende Geruchsspur auf, der sie sogleich folgte. Der Trail führte die Hündin in Richtung Stadt über die schmalen Wege durch die Schrebergärten. Das Tempo war schnell. Minna und Petra hatten Mühe, Esra und der Hundeführerin zu folgen. Das Tier hechelte und rannte über die schmalen Wege. Alle rannten hinterher, Minna zuerst, Petra fast gleichauf.

Die spürte Osvalds Atem in ihrem Nacken, die anderen drei folgten, vermutlich bildete Brunhilde, die schon vorhin kaum noch konnte, das Schlusslicht.

Die wilde Jagd endete nach zehn Minuten jäh an einem unbefestigten, sandigen Parkplatz am Rande der Schrebergartenanlage. Niemand war zu sehen, kein Mensch, kein Auto. Inzwischen zeigte sich am Himmel ein morgenheller Streifen. Der Hund lief eine Weile hin und her, bis zu einer Stelle, an man drei Wahrzeichen der Stadt, den Stumpfen Turm, die Stadtkirche und den Spitzen Turm, sehen konnte. Sie überragten dunkel die Dächer der Sterzbachstadt. Doch in welche Richtung der Fremde gelaufen war, ließ sich nicht mehr feststellen. Esra lief im Kreis, hielt die Nase in die Luft, setzte sich schließlich hin und schaute ihre Führerin mit einem klaren Blick an.

»Tut mir leid«, meinte die. »Esra zeigt hier ein sogenanntes Negativende an. Der Mann, den Sie suchen, ist vermutlich mit einem größeren Wagen, einem Bus oder Transporter weitergefahren. Wäre es ein PKW gewesen, hätte Esra die Spur weiterverfolgen können. Aber so – da haben wir heute leider keine Chance mehr.«

Minna runzelte die Stirn. »Das versteh ich nicht. Da gibt es doch keinen Unterschied zwischen PKW und Transporter, oder?«

Die Hundeführerin nickte. »Anders als beim Bus hat ein PKW eine Zwangsentlüftung, die den individuellen Geruch durchlässt. Ich weiß das aufgrund meiner langjährigen Erfahrungen.«

29

Brunhilde Siebenhühners Wohnzimmer, das jetzt wieder das Wohnzimmer von Sieglinde Siebenhühner alias Sheeva geworden war, wurde nach der frühmorgendlichen Aktion im Mühltal zur Kommandozentrale.

Alle hatten sich dort eingefunden. Tee, Kaffee und einige staubig aussehende ayurvedische Kekse, laut Sieglinde-Sheeva für alle Doshas ausgleichend, standen auf dem niedrigen Couchtisch, um den sie, auf Sesseln, Stühlen und einem Sofa, saßen.

»Wir müssen die Zeremonie morgen wiederholen«, sagte Osvald. »Zita Kirschs Seele wird sonst unerlöst weiter über dem Mühltal schweben.«

»Ich bin immer noch davon überzeugt, dass der Mörder an den Tatort zurückkehren wird. Ich will ihn überführen«, meinte Aurora.

»Wenn das so weitergeht, werde ich mein Trauma nie los«, jammerte Brunhilde.

»Wir helfen dir, du kannst ganz beruhigt sein. Osvalds Kräfte sind magisch«, tröstete Sieglinde-Sheeva ihre Schwester.

Petra sagte nichts. Sie musterte Minna, die zusammengesunken neben ihr auf der Couch saß.

»Hast du mal 'ne Minute?«, fragte sie leise.

Die vier anderen Anwesenden hatten sich in eine lautstarke Diskussion darüber begeben, ob jetzt die Suche nach dem Giftköder-Menschen und die nach dem Mörder am sinnvollsten und dringlichsten war. Die Leberwurst-Stückchen hatten sie beim Polizeirevier abgegeben. Petra hatte Frederik angerufen und ihn gebeten, auf sämtlichen Online-Plattformen, die er beruflich oder privat bespielte, Warnungen zu posten. Mehr konnten sie an diesem Morgen nicht tun.

Petra und Minna erhoben sich, um in die Küche zu gehen. Petra zog die Tür zu.

»Erkläre mir das bitte.« Sie kramte die beiden Goldklümpchen aus ihrer Jeanstasche und hielt sie Minna hin. Deren Augen huschten hin und her, als suchte sie einen Ausweg.

»Schau mich an!«, verlangte Petra ungewohnt streng.

Minnas Finger verkrampften sich ineinander. »Ich ... wir ... es ging darum, ein Zeichen zu setzen.«

»Ein Zeichen. Aha. Wofür oder wogegen?«

Jetzt hob die junge Frau den Blick und wirkte auf einen Schlag selbstbewusst und stark. »Gegen die Gier und die Dummheit der Menschen.«

Petra schüttelte verständnislos den Kopf.

Minna seufzte. Sie ging zum Fenster, lehnte sich mit dem Rücken an, verschränkte die Arme vor der Brust und sagte: »Frederik hat nichts damit zu tun. Er soll und darf es nicht wissen.«

»Was?«

»Das. Mit den Nuggets.«

Petra starrte die winzigen Goldklümpchen an. »Die sind echt, oder?«

»Ja«, quetschte Minna heraus.

»Und jetzt bitte von Anfang an.«

Minna zögerte noch einen Moment, dann gab sie auf. »Ich bin Mitglied einer kleinen Aktivisten-Gruppe. Wir wollen mit Aktionen auf die grenzenlose Gier der Menschen aufmerksam machen. Dass sie bereit sind, alles zu tun, nur um sich zu bereichern. Unseren Planeten ausplündern. Ressourcen, Tiere, Menschen. Wofür das alles? Für Statussymbole und Schnickschnack. Dass man

205

angeblich Gold im Sterzbach gefunden hat, schien ein gutes Thema. So kurz vor der Buchmesse. Alle Augen sind auf Frankfurt und Umgebung gerichtet. Hotelzimmer sind rar, schon allein das würde für Wirbel in der Presse sorgen.«

»Die ersten beiden Funde waren nicht echt, oder?«

Minna schob die Unterlippe nach vorn und schüttelte den Kopf.

»Der Mann und die Frau Fakes?«

»Einer unserer Mitglieder aus dem Ruhrgebiet und seine Schwester.«

»Aber warum jetzt echtes Gold?«

Minna atmete hörbar aus. »Beim zweiten Mal hat kaum jemand reagiert. Vielleicht vier, fünf Leute. Wir wollten aber das totale Chaos zur Buchmesse. Wir mussten also dafür sorgen, dass einer von den wenigen Goldschürfern, die sich beim zweiten Mal noch haben nach Langen locken lassen, etwas findet. Echtes Gold. Da haben wir eigenen Schmuck einschmelzen lassen.« Sie deutete auf das, was Petra in der Hand hielt.

»Klar. Wenn ein echter Fund gemacht worden wäre ...«

Dann wäre die Sterzbachstadt erneut von einem Schwarm von Leuten heimgesucht worden, die sich vermutlich nicht so schnell wieder vom Acker gemacht hätten. Echtes Gold hatte die Gier der Menschen schon immer angestachelt.

»Ach, Minna«, murmelte Petra. »Das ist doch Quatsch. Ihr hättet irgendwann mit eurer Geschichte in die Öffentlichkeit gehen müssen. Die Leute würden euch dafür hassen. Aber ganz bestimmt nicht ihre Gewohnheiten hinterfragen.«

Minna schaute betreten drein.

»Hör zu. Wenn ich dir das Gold zurückgebe, kann ich mich darauf verlassen, dass du es nicht gleich wieder in den Paddelteich oder sonst wohin wirfst?«

»Und wenn doch?« Sie schien aber nicht wirklich überzeugt davon, ihre Aktion fortsetzen zu wollen. Eher, als wolle sie nicht gleich kampflos aufgeben und dabei den Anschein erwecken, die eigene Mission nicht mehr ernst zu nehmen.

»Das wäre Bullshit. Habe ich dir erklärt. Aber ich kann dir ein Angebot machen.«

»Hm.«

»Wir setzen uns zusammen. Du erzählst mir was über eure Gruppe, eure Anliegen, und ich schreibe einen Artikel.«

»Hm.«

»Deal?«

»Deal.« Minna und Petra klatschten sich ab. In diesem Moment flog die Tür zur Küche auf.

»Sie haben ihn!«, schrie Aurora. Das Gesicht der Autorin war hochrot angelaufen, die Augen riesig.

»Sie haben Zitas Mörder gefasst!«

Es war Michael Hanfstängel, der sich meldete, als Petra noch von Brunhilde Siebenhühners Küche aus bei der Polizeistation in der Südlichen Ringstraße anrief.

»Stimmt das?«, wollte sie atemlos wissen. Sie hatte gedanklich bereits begonnen, den Artikel für die *Langener Morgenpost* zu schreiben.

»Es gab eine Verhaftung«, erklärte er steif. Dann, mit gesenkter Stimme: »Danke für den Tipp. Es war der Stalker.«

Petra vollführte stumm einen Freudentanz, bevor sie sich bedankte und wieder zu den anderen im Wohnzimmer stieß.

»Ich muss los«, erklärte sie. »Meine Arbeitszeit beginnt.« Ein ernster Blick zu Minna, die Petra knapp zunickte. Sie würde sich an die Verabredung halten.

Brunhilde Siebenhühner wirkte eher verstört als erleichtert. So, als bedauere sie es jetzt, den Täter nicht selbst überführt zu haben. Aurora war sofort nach Erhalt der Nachricht verschwunden. Petra hatte sie nicht einmal fragen können, wer sie über die neueste Entwicklung informiert hatte.

Osvald und Sieglinde-Sheeva saßen einträchtig nebeneinander und grinsten um die Wette.

»Du hast energetische Wellen ausgesendet, das hat zur Verhaftung geführt«, schwärmte Brunhildes Schwester den Schamanen an.

»Sagen Sie mir, wie Sie das machen?«, wollte Minna von dem falschen Inder wissen.

Petra verließ das Grüppchen, bevor die Unterhaltung zu sehr vom Hier und Jetzt ins Esoterische Irgendwo abdriftete. Vor dem Haus stieß sie beinahe mit Karl Nappes zusammen, der, eine Brötchentüte in der Hand, fröhlich pfeifend des Wegs kam.

»Wo kommen Sie denn her?«, fragte er mit hochgezogenen Brauen.

»Kann Ihnen Frau Siebenhühner erklären«, antwortete sie knapp.

Sie konnte es kaum erwarten, in die Redaktion zu kommen. Als Erste zu wissen, wer Zita Kirsch getötet hatte, als Erste einen Artikel dazu zu schreiben – ach, es juckte sie bereits in den Fingern.

Als sie zehn Minuten später im Büro ankam, fand sie es verwaist vor. Nicht einmal Natalie war anwesend. Egal. Petra warf ihre Tasche unter den Schreibtisch, zog sich den dicken Pullover, den sie über einen dünneren gezogen hatte, aus, rieb sich die Hände und öffnete ein neues Dokument.

»Zita Kirschs Mörder gefasst!«, lautete die zwar nicht originelle, aber vielsagende Überschrift. Und nun? Sie war tatendurstig, wusste dabei eindeutig zu wenig über den Täter und sein Motiv.

»Kirsch«, meldete sich die zittrige Stimme am Telefon.

Zitas Mutter hatte viel durchgemacht in der letzten Zeit, daher fiel Petra nicht gleich mit der Tür ins Haus, fragte erst einmal, wie es ihr gehe.

»Jetzt, wo sie den Kerl gefasst haben, schon viel besser. Aber das bringt mir mein Kind auch nicht zurück.«

Im Hintergrund bellten zwei Hunde um die Wette. Frau Kirschs Stimme entfernte sich, eine Tür wurde geschlossen, dann war sie wieder dran.

»Ich habe erfahren, dass die Kripo aus Hessen den entscheidenden Tipp gegeben hat«, fuhr sie fort.

»Ja, das Tötungsdelikt wurde hier verfolgt und als sich dann herausstellte, dass es bei Ihnen in Bielefeld einen Stalker gab, haben sich die Ermittlungsbehörden zusammengetan.«

Sie sagte nicht, dass sie diesen wichtigen Impuls gegeben hatte. Manche Kollegen hätten sich damit gebrüstet. Solche, die nur für die Galerie arbeiteten und sich selten hinter den Kulissen abstrampelten. »Aber leider weiß ich zu wenig über das, was geschehen ist. Ich möchte einen Artikel darüber schreiben. Können Sie mir was dazu sagen?«

Frau Kirsch schien das Telefon wegzulegen, man hörte, wie sie sich im Hintergrund schnäuzte, bevor sie antwortete.

»Er war hier. Stand auf einmal in unserem gemeinsamen Garten. Er starrte zu Zitas Fenster hinauf. Wir wohnen ja Haus an

Haus.« Ihre Stimme versagte. »Wohnten«, ergänzte sie so leise, dass sie kaum zu verstehen war. Sie schluckte hart. »Ich habe sofort die Polizei gerufen. Er hat sich widerstandslos festnehmen lassen.«

»Und dann?«

»Wie und dann?«

Wie sollte sie das Frau Kirsch jetzt erklären? Der Mann hatte das Haus angestarrt, mehr erst einmal nicht.

»Hat er was gesagt?«

»Oh ja! Er rief: ›Ich war es. Ich habe sie getötet. Nehmt mich fest.‹

»Das haben Sie gehört?«

»Er schrie so laut, die ganze Nachbarschaft ist zusammengelaufen.«

Aha.

»Hat er sonst noch etwas gesagt oder getan?«

»Sie glauben es nicht, wenn ich es Ihnen erzähle.« Jetzt flüsterte Zitas Mutter. »Er ließ mir durch eine Polizistin ausrichten, er bitte um Verzeihung. Und um ein Kleidungsstück von Zita! Ein T-Shirt oder einen Pullover mit ihrem Duft wollte er haben.«

Frau Kirsch stieß einen dumpfen klagenden Ton aus. »So ein Ungeheuer!«

Petra fragte nicht nach, es stand außer Frage, dass die verzweifelte Mutter von Zita dem Mörder ihrer Tochter einen solchen Gefallen niemals tun würde.

»Mit wem redest du denn da?« Eine dunkle, polternde Männerstimme aus dem Hintergrund.

»Es ist diese nette Frau von der Zeitung«, piepste Frau Kirsch, eindeutig erschrocken.

»Wir reden nicht mit der Presse!«, brüllte es plötzlich an Petras Ohr, so laut, dass sie den Hörer von sich weghalten musste. »Wagen Sie es nicht, auch nur ein Wort von dem zu schreiben, was meine Frau Ihnen womöglich erzählt hat! Ich verklage Sie und Ihr Schmierblatt. Verstanden?«

Peng. Aufgelegt. Petra wischte sich den Angstschweiß von der Stirn.

»Was ist denn mit dir los?« Frederik stand wie aus dem Boden gewachsen neben ihr. »Keine Ahnung. Der Tag hat schon bizarr begonnen und geht gerade so weiter«, brummte sie.

»Der Giftköder-Ausleger, ich weiß. Habe nach deiner Nachricht schon überall Warnungen gepostet.« Frederiks Miene verdüsterte sich mit einem Schlag. »Schade, dass ihr den Kerl nicht geschnappt habt.«

»Ja, fast hätte Mi ...«, Petra konnte sich gerade noch bremsen. Frederik sollte nicht wissen, was seine Freundin, oder Ex-Freundin, am Morgen im Mühltal vorgehabt hatte. Sie hustete gekünstelt, während er sie fragend ansah. »Also Sieglinde, oder Sheeva, wie sie sich jetzt nennt, also sie und dieser angebliche Inder, der Schamane, sie wollten eine Art Geisterbeschwörung durchführen.«

»Im Mühltal?«

»Da, wo die Leiche von Zita Kirsch gefunden wurde.«

»Um Himmels willen! Was hast du dabei getan?«

»Ich?«

»Ja, du. Du warst ja ebenfalls anwesend. Mit deiner Großmutter?«

»Äh, nein, Hanna braucht erst eine neue Kristallkugel.«

»Hm«, murmelte Frederik mit zweifelndem Blick. »Vielleicht erst einmal einen Kaffee?«

»Gute Idee.« Sie rollte mit ihrem Bürostuhl vor und zurück. »Es gibt noch eine Neuigkeit. Man hat den Mörder von Zita Kirsch gefasst.«

»Echt? Das ging ja schnell.« Frederik stand ratlos an der Tür zur Kaffeeküche. »Natalie noch nicht da?«

»Ne. Niemand. Merkwürdig.«

In diesem Moment betrat Sigurd Falck das Büro. »Morgen«, rief er laut.

»Moin.«

»Mosche.«

»Natalie noch nicht da?«

Petra und Frederik schüttelten synchron die Köpfe.

»Die Kollegen?«

Weder Wirtschaft noch Politik und Sport waren vertreten.

»Was ist denn hier los?«, brummte der Chefredakteur und verschwand in seinem Büro.

»Weißt du es?« Petra blickte auffordernd zu Frederik.

Der schüttelte den Kopf. Und wurde rot dabei.

»Du schwindelst«, stellte Petra leise fest. »Du weißt was.«

»Wüsstest du auch, wenn du gestern Abend noch deine Mails gelesen hättest.«

Petra zog die Brauen hoch und hackte gleich darauf auf ihrem PC herum.

»Strategiebesprechung«, las sie leise den Betreff einer als »dienstlich« und »vertraulich« gekennzeichneten Nachricht.

»Heute, 14 Uhr im *Sterzbacher Hof*? Wir beide. Warum das denn?«, fragte Petra, nachdem sie den Text gelesen hatte.

Frederik sagte nichts.

»Und warum sind die anderen Redaktionskollegen bereits für heute früh bestellt worden?«

Frederik sagte immer noch nichts.

»Und warum weiß Sigurd nichts davon?«

»Weil es eine Überraschung werden soll.« Frederiks Stimme hatte einen verschwörerischen Ton angenommen.

»Hoffentlich keine unangenehme.«

Daraufhin sagte Frederik wieder nichts.

Den Vormittag über arbeitete Petra an ihrem Artikel. Ein paar Telefonate später, unter anderem mit den Ermittlungsbehörden in Bielefeld und Agnes Krüger – da die Nummern eins bis drei der *Tödlichen Ladys* nicht zu erreichen waren, musste sie ein Statement im Namen des Vereins abgeben, was sie spürbar ungern und verschwurbelt tat. Sie war eindeutig keine Führungskraft -, war der Text fertig. Dennoch. Etwas störte Petra, ohne dass sie hätte benennen können, was es war. Kurzerhand änderte sie die Titelzeile ihres Artikels in »Durchbruch im Fall Zita Kirsch?« Und verkündete, sie müsse noch einmal außer Haus.

Sigurd winkte nur müde ab.

»Bis nachher«, raunte Frederik.

Eine Viertelstunde später schob Petra ihr Rad in den Ständer an dem Hotel, in dem Zita gewohnt hatte. Als sie die wenigen Stufen zum Eingang hochstieg, wurde die Tür von innen geöffnet. Drei Männer in Monteurkleidung kamen heraus. Der erste, ein großer Blonder, sprach in ein Handy. Der zweite fiel ihr auf, weil ihm eine unschöne Narbe quer über die Wange lief. Der dritte hatte die Figur eines Rugbyspielers und einen roten Bart. Keiner der drei beachtete Petra, als sie zum Parkplatz gingen und in einen dunkelblauen Transporter stiegen. Petra stand noch auf der Treppe zum Hotel, als eine weitere Person erschien.

»Frau Grün. Sie hier?« Petras Blick fiel auf den Rollkoffer, den Aurora Grün hinter sich herzog.

»Ich habe das Okay der Familie, Zitas Sachen mitzunehmen, um sie nach der Buchmesse bei ihren Eltern abzuliefern. Die Kripo hat schon alles aufgenommen und freigegeben. Das Hotel war froh, das Zimmer wieder vermieten zu können.« Das konnte Petra sich vorstellen. Am morgigen Mittwoch begann bereits das Vorprogramm zur Frankfurter Buchmesse. Es gab immer noch Leute, die händeringend nach einer Unterkunft suchten.

»Schade«, sagte sie. »Ich bin hier, um einen Blick in das Zimmer zu werfen.«

»Zu spät.« Aurora zuckte die Achseln. »Alles wurde bereits gereinigt und das, was Zita dabeihatte, befindet sich hier drin.« Sie deutete auf den Rollkoffer. Etwas in ihrem Blick signalisierte Petra, dass die andere nicht gewillt war, einer Journalistin Einblick in Zitas private Sachen zu gewähren. »Gut, dass man den Kerl gefasst hat«, brummte sie.

Im selben Moment fuhr ein Taxi vor und Aurora Grün zog ihres Wegs. Petra blickte ihr nach, bis der Wagen mitsamt Fracht verschwunden war.

Leider war man im Hotel auch nicht gesprächiger. Nein, man könne nichts über den Gast sagen. Und nein, es gab nichts, was auffällig gewesen wäre.

»Niemand, der sich nach ihr erkundigt hat? Kein Mann, der sich verdächtig benahm oder auf dem Gelände Ihres Hauses Aufmerksamkeit erregt hat?«

Offensichtlich nicht. Oder man war hier ganz besonders diskret und verschwiegen, was im Grunde ja für diese Unterkunft sprach.

Anschließend radelte Petra durch Schrebergärten, Felder und Wiesen hindurch ins Neurott. Sie war früh dran, daher trank sie im Café des *Sterzbacher Hofs* in Ruhe eine Apfelschorle, recherchierte dabei ein paar Dinge auf ihrem Laptop und begab sich Punkt 14 Uhr zum vereinbarten Treffpunkt, einem kleinen Besprechungszimmer. Frederik kam, als sie gerade die Tür aufzog. Gemeinsam betraten sie den Raum. Drei Personen, zwei Männer und eine Frau, saßen dort an einem runden Tisch, ein paar Dokumente vor sich, halblaut in ein Gespräch vertieft. Als Petra und Frederik eintraten, hoben die drei die Köpfe. Der ältere der Männer trug einen dreireihigen Anzug mit passender Krawatte und das wenige Haar, das noch auf seinem Kopf spross, war weiß und akkurat auf drei Millimeter gekürzt. Der jüngere Mann war dunkelhaarig und salopp mit Baumwollhose und Pullover gekleidet. Die Frau war wohl um die Vierzig, sie erinnerte Petra ein bisschen an die frühere Regierungschefin eines benachbarten Bundeslandes. Sie war die Einzige, die lächelte.

»Schön, dass Sie da sind«, sagte die Frau und zeigte auf die freien Stühle. Petra und Frederik sahen sich unsicher an, während sie Platz nahmen. Der Ältere verschränkte die Hände vor dem Bauch. Der Jüngere musterte sie beide, ohne eine Miene zu verziehen.

»Sie fragen sich sicherlich, warum wir Sie hergebeten haben. Dazu noch in zwei Schichten.« Die Frau hatte die Gesprächsführung übernommen. »Wir wollten auf keinen Fall, dass die Redaktionsräume heute verwaist sind.« Ein schnelles Lächeln, das keiner der anderen Anwesenden aufnahm. Petra spürte im Nacken eine Verkrampfung. Sie hätte gerne die Schultern gerollt, sich auf eine Faszienrolle gelegt oder wenigstens eine Yogaübung gemacht, aber all das ging hier gerade gar nicht.

Frederik stützte die Ellbogen auf den Tisch und beugte sich nach vorn.

»Machen wir es kurz«, übernahm der jüngere der drei Männer. Petra spürte, wie sich ein Klumpen in ihrem Magen formte. Das klang nicht gut.

Es kam schlimmer.

»Die *Langener Morgenpost* hat in ihrer bisherigen Form keine Überlebenschance.« Auch er beugte sich jetzt nach vorn, sah Petra und Frederik abwechselnd mit ernstem Blick an. »Sie wurde verkauft.«

Petras Herz rutschte in die Hose und plumpste von dort direkt auf den Boden. Die nächsten Worte wirkten, als wolle ihr Gegenüber darauf herumtrampeln. »Wir repräsentieren die neuen Herausgeber.«

Frederik faltete ergeben die Hände.

»Und wir sind der Meinung, dass eine Regionalzeitung durchaus eine Zukunft haben kann. Allerdings nur dann, wenn sie breiter aufgestellt ist und auch Leserschichten abholt, die sich bislang über andere Medien informieren. Bei denen man sich, das wissen wir alle hier im Raum, teilweise überhaupt nicht den Regeln eines verantwortlichen Journalismus verpflichtet fühlt. Das wollen wir ändern.«

Er lehnte sich zurück als Zeichen, dass sein Redebeitrag nun beendet war. Es übernahm wieder die Frau.

»Wir wollen dabei weder das Rad neu erfinden noch die Zeitung einstellen. Es gibt verschiedene Modelle, die wir, beziehungsweise die künftigen Herausgeber, die wir vertreten, sich

216

vorstellen können. Aber«, beim letzten Wort hob sie die Stimme, »wir sind uns einig, dass wir dabei weder auf Sie, noch auf Ihr Fachwissen, noch auf Ihre Expertise verzichten wollen. Sie sind diejenigen, die die Augen und Ohren direkt am Puls dieser Stadt haben.« Sie blickte Petra und Frederik aufmunternd an. Die wiederum verstanden jetzt nur Bahnhof, was ihnen beiden durch einen erneuten Blickwechsel deutlich wurde.

»Zurzeit sprechen wir mit allen Redakteurinnen und Redakteuren, den freien Mitarbeiterinnen und Mitarbeitern und natürlich auch mit den anderen Akteurinnen und Akteuren der Redaktion.«

Zum Wohle der Leserinnen und Leser vermutlich, die ihren Journalistinnen und Journalisten vertrauen wollen und den Herausgeberinnen und Herausgebern ebenfalls, wie Petra mit einem Grinsen bei sich dachte. Gendergerechte Sprache war natürlich in der Theorie wunderbar, hörte und las sich in der Praxis jedoch manchmal recht verkrampft.

»Sie sprechen auch mit Sigurd?«, wollte Frederik wissen.

»Natürlich. Zu gegebener Zeit.« Das war der Ältere, der sich bei diesen Worten über die edle Krawatte strich.

»Kurz und gut. Wir möchten gerne von Ihnen hören, wie Sie sich eine Zukunft vorstellen.«

Als sie eine Dreiviertelstunde später den Raum verließen, fühlte sich Petra wie nach einem unfreiwilligen Gang in die Sauna. Ausgelaugt. Frederik taumelte leicht, versuchte aber, sich nichts anmerken zu lassen.

»Ob die auch nur einen einzigen unserer Vorschläge annehmen?«, flüsterte er.

217

»Die Frau wirkte aufgeschlossen. Die beiden Männer ... keine Ahnung. Die kann ich nicht einschätzen.«

»Auch wenn noch nicht Dienstschluss ist, ich will jetzt nur noch nach Hause.«

»Zu deiner Maus?«

Frederiks Miene verdüsterte sich. »Sie hat mich verlassen, schon vergessen?«

»Dann kämpfe um sie!«

»Wie denn?« Er blieb stehen und hob in einer hilflosen Geste beide Arme.

»Zeig ihr, dass du sie ernst nimmst. Ihre Argumente verstehen kannst. Wenigstens zum Teil.«

»Und dann? Soll ich leben wie im vorigen Jahrhundert?«

»Geht aufeinander zu, schaut, was geht, nicht, was euch trennt. Wer sich liebt, findet immer eine Lösung.«

»Du hast gut reden«, erklärte Frederik dumpf.

Petra war zu müde, um noch etwas dazu zu sagen. Das vorangegangene Gespräch hatte sie angestrengt. Die Fragen waren wie Hagelkörner auf sie eingeprasselt. Schweigend schlugen sie den Weg zum Ausgang ein.

Sie waren fast an der Tür angekommen, als Petra aus dem hinteren Teil der Lobby einen laut vernehmlichen Hickser wahrnahm. Sie wandte den Kopf. Marie-Theres Strobel saß dort. Vor sich eine Flasche Wein, aus der sie sich gerade nachschenkte.

»Warte mal«, bat sie Frederik und legte ihm eine Hand auf den Arm. »Da ist die *First Lady*. Ich habe den Eindruck, es geht ihr nicht gut.«

Sie ging zu Strobel hinüber, die sie mit einem heftigen Silberblick ansah.

»Ach Sie«, lallte sie und kippte den Wein auf Ex. Ein Sancerre, nicht gerade das günstigste Angebot auf der Barkarte, wie Petra wusste.

»Frau Strobel«, sagte sie hilflos.

»Auch einen?« Die Frontfrau der *Tödlichen Ladys* hob die Flasche. Sie war leer.

»Kellner!«, rief sie in den Raum.

»Frau Strobel, wir können Sie auf Ihr Zimmer bringen«, schlug Petra vor.

Die Antwort war ein lautes Hicksen. Dann senkte die Krimiautorin den Kopf und barg ihn in ihren Händen.

Ein Blick genügte. Frederik trat zur einen, Petra zur anderen Seite. Sie hakten die Beschwipste unter. Sie schien keine Gegenwehr zu planen und ließ sich widerstandslos hochziehen. Gemeinsam schwankten sie zum Lift, auf Außenstehende musste es wirken, als sei man einfach gemütlich und ein bisschen angeheitert unterwegs. Vor Strobels Zimmer fingerte diese unter erheblichen Schwierigkeiten die Zimmerkarte aus der hinteren Tasche ihrer Jeans, dann endlich waren sie im Raum. Drinnen war es nicht besonders ordentlich. Etliche Kleidungsstücke bildeten ein unordentliches Knäuel auf einem Stuhl. Neben dem aufgeklappten Laptop stapelten sich Seiten bedruckten Papiers. Die Badezimmertür stand offen und erlaubte einen Blick auf einen nicht ganz abgedrehten Wasserhahn. Strobel ließ sich in einen der tiefen Sessel fallen und blickte mit traurigen Augen um sich. Petra drehte den Wasserhahn ab, schloss die Tür zum Bad und suchte in der Minibar nach einer Flasche Wasser. Erst, als Strobel ein großes Glas getrunken hatte, war sie zufrieden.

»Was ist passiert?«, wollte Petra wissen.

»Das wissen Sie doch. Man hat mich des Plagiats beschuldigt. Ich muss den Verdacht ausräumen, kann es aber nicht. Diese verdammte Autorin mit dem Fantasienamen und dem gefakten Impressum.« Sie verstummte, verdrehte die Augen, ließ ihren Oberkörper nach vorn fallen und saß jetzt da wie ein Droschkenkutscher während einer Fahrpause.

»Äh, Petra, kann ich jetzt gehen?« Frederik trat von einem Fuß auf den anderen.

»Ja, klar«, sagte die. »Ich bleibe.«

»Gehen Sie. Gehen Sie beide. Niemand kann mir helfen.« Strobel schlug die Hände vors Gesicht. »So ein Scheiß«, murmelte sie dann leise.

»Kann man denn wirklich nicht herausfinden, wer sich hinter diesem Impressum verbirgt?«, fragte Petra hilflos.

»Vermutlich kann man das. Aber es kostet Zeit. Ich habe Anfragen an die Anbieter des eBooks gestellt, doch die Antwort lässt auf sich warten. Und wie Sie wissen, habe ich keine Zeit.«

»Ja.« Petra erhob sich. »Das tut mir sehr leid. Dann werden Sie also ihren Posten als *First Lady* verlieren?«

»Sieht so aus.« Strobel schielte zur Minibar. Ein paar Fläschchen Hochprozentiges befanden sich im Inneren, wie Petra wusste.

»Bestellen Sie lieber einen Kaffee.«

Strobel verdrehte die Augen und ließ sich tiefer in ihren Sessel fallen.

»Um was genau geht es?«, mischte Frederik sich in diesem Moment ein.

Petra erklärte es ihm.

»Ich hasse es, wenn jemand anonym Anschuldigungen erhebt«, knurrte er.

Dann, an Marie-Theres Strobel gewandt: »Darf ich Ihren Laptop benutzen?«

Strobel machte eine Handbewegung, die alles und nichts heißen konnte.

»Frederik!«, zischte Petra.

Der winkte ab. »Ich gehöre zu den Guten. Schon vergessen? Sag mir lieber, worum es genau geht.«

Petra bemühte sich, ihm gegenüber eine finstere Miene aufzusetzen, informierte ihn aber knapp.

Gleich darauf stöpselte Frederik sein Handy an Marie-Theres Strobels Laptop. Während die *First Lady* leise schnarchend eingeschlafen war, Petra nägelkauend auf und ab tigerte, so langsam der Nachmittag in den Abend überging, klapperte Frederik auf der Tastatur des Geräts herum und setzte seine Fähigkeiten als Hacker ein. Es war nicht einfach, aber kurz nach 18 Uhr schlug seine Faust krachend auf den Schreibtisch. Strobel schreckte, von einem besonders lauten Schnarchlaut begleitet, aus dem Schlaf auf. Petra biss sich vor Schreck in den Daumen. Frederik sprang auf und reckte die Arme in die Luft.

»Da. Schaut her. Ich habe das Impressum und das Pseudonym geknackt.«

Die beiden Frauen eilten zum Laptop und beugten sich nach vorn, um zu lesen, was dort stand.

»Das ist ja ein Ding«, sagten sie beide unisono, als sie das Ergebnis von Frederiks Nachforschungen schwarz auf weiß vor sich sahen.

30

Marie-Theres Strobel wirkte mit einem Schlag vollkommen nüchtern. Sie ging ins Badezimmer, schloss die Tür und gleich darauf war das Rauschen von Wasser zu hören. Frederik googelte derweil vor sich hin und stieß einen Pfiff aus, als er sah, was das Ergebnis seiner Recherche bedeutete. Petra lief nervös auf und ab. Strobel kam aus dem Bad, um ihr Handy zu holen. Sie nahm es mit, die Tür schloss sich wieder. Was sie sagte, konnte Petra nicht hören.

»Was meinst du, sollen wir gehen?«, fragte Frederik.

»Keine Ahnung.«

Das Gemurmel im angrenzenden Raum verstummte. Die *First Lady* kam zurück. Sie war blass, ihre Augen gerötet. Petra konnte sich gut vorstellen, wie es ihr ging. Bevor sie etwas fragen konnte, wurde an die Tür geklopft.

»Agnes. Schön, dass du gleich kommen konntest.« Marie-Theres Strobel bat die Nummer vier ins Zimmer.

»Hallo«, sagte Agnes, offensichtlich verschreckt davon, Petra und den ihr unbekannten Frederik dort zu sehen. »Du hast es dringend gemacht.«

»Ja. In Anbetracht der Geschehnisse der letzten Tage wollte ich sofort mit dir über etwas sprechen.«

Petra, die nicht so richtig wusste, was sie jetzt tun sollte, ließ sich in einen Sessel plumpsen. Frederik hatte beim Eintreten von Agnes den Deckel des Laptops halb zugeklappt. Marie-Theres Strobel ging nun darauf zu, drehte das Gerät herum und öffnete es, sodass Agnes das Display sehen konnte.

»Erkläre es mir.« Strobels Worte standen im Raum wie ein Donnerhall.

Agnes Krügers Augen wurden groß. Sie schluckte und fuhr sich hektisch mit der Hand über den Hals, auf dem sich rote Flecken ausbreiteten.

»Warum hast du das gemacht?«

Agnes taumelte zwei Schritte nach hinten, legte eine Hand auf den Magen, drehte sich wortlos um und rannte ins Bad. Die anderen drei hörten, wie sie sich dort übergab. Frederik zog eine Grimasse und erhob sich.

»Brauchen Sie mich noch?«, fragte er Marie-Theres Strobel halblaut.

»Danke«, sagte die. »Sie haben mir den Ruf und meine Position als *First Lady* gerettet. Dafür werde ich mich bei Ihnen erkenntlich zeigen.«

»Ich würde dann auch gehen.« Petra erhob sich.

»Es wäre schön, wenn wenigstens Sie noch etwas bleiben könnten. Ich brauche für das Gespräch mit Agnes eine neutrale Zeugin.«

Nebenan rauschte das Wasser.

Frederik verabschiedete sich hastig.

Als Agnes ins Zimmer zurückkehrte, wirkte sie wie ein Schatten ihrer selbst, kreidebleich, mit hochroten Flecken auf den Wangen und wässrigem Blick.

»Warum, Agnes? Ich dachte, wir hätten ein offenes und freundschaftliches Verhältnis.« Die andere wankte zu dem Sessel, aus dem sich Petra gerade erhoben hatte, ließ sich hineinfallen und starrte einen Moment dumpf vor sich hin.

»Wie bist du darauf kommen?«, wollte sie wissen.

»Egal!« Strobels Hand durchschnitt in einer energischen Geste die Luft. Tatsache war, dass sie vermutlich noch weniger als Petra über Frederiks Fähigkeiten wusste.

Agnes legte den Kopf in die Hände, jammerte und wiegte sich vor und zurück.

»Du weißt, dass ich dich verklagen werde?«

»Nein!« Agnes sprang auf wie von der Tarantel gestochen. »Tu mir das nicht an!«

Strobel zuckte mit den Schultern. »Wenn ich es nicht mache, macht es mein Verlag. Du hast einen Riesenschaden verursacht. Mein Krimi wird nicht wie geplant zur Buchmesse herauskommen, ich brauche dir nicht zu erklären, was das für mich bedeutet.«

Agnes röchelte.

»Sag mir wenigstens, warum du es getan hast.«

Agnes fiel in sich zusammen und zurück auf den Sessel.

»Hast du eine Ahnung, wie es ist, immer nur die Nummer vier zu sein? Immer nur hinter euch dreien her arbeiten zu müssen? Wenn ihr mal wieder keine Zeit hattet, oder euch etwas zu langweilig war, durfte ich ran. Den Ruhm kassiert habt immer ihr. Du hast das Renommee, kannst deine Position für dich nutzen. Und sage ja nicht, dass dir das nicht beim Ergattern deines neuen Vertrages geholfen hat! Mechthild und Viola stolzieren ebenfalls durchs Leben, als hätte man ihnen einen Orden verliehen.«

»Da hast du dir gedacht, wenn du mich aus dem Weg räumst, rückst du einfach nach? Oder wolltest du gegen mich kandidieren?«

»Mir hätte die Nummer drei gereicht.«

»Karmelita und du ...«

»Karmelita hat nichts damit zu tun. Beziehungsweise ich nichts mit ihr. Sie ist schon lange auf den Posten der *First Lady* scharf. Dass sie die Geschichte mit dem Plagiat als Aufhänger genommen hat, um eine Palastrevolution anzuzetteln, konnte ich nicht ahnen.«

»Wie naiv bist du eigentlich!« Marie-Theres Strobel tippte sich mit dem Finger gegen die Schläfen. »Du hast dir einfach einen Teil meines Manuskripts geschnappt und in dein Machwerk eingebaut? Wie bist du überhaupt an den Text gekommen? Und wie geht das, so schnell ein Büchlein auf den Markt werfen?«

Agnes blickte nervös zwischen den beiden Frauen im Raum hin und her.

»Wir haben das mit dem Pseudonym herausgefunden, den Rest schaffen wir auch noch. Aber eines sage ich dir – für jedes bisschen Aufwand, das ich betreiben muss, werde ich dir öffentlich die Hölle heiß machen!«

Agnes schnappte entsetzt nach Luft. »An den Text bin ich bei der letzten Vorstandssitzung gekommen. Als wir uns bei dir zu Hause getroffen haben. Er lag in deinem Arbeitszimmer. Ich habe ein paar Seiten abfotografiert.«

»Das ist ein halbes Jahr her! So lange planst du das schon?«

Petra konnte sehen, wie fassungslos Marie-Theres Strobel gerade war.

Agnes zuckte mit den Schultern, als sei das alles egal.

»Das Buch habe ich mit einer KI erstellt. Sie einfach mit ein paar Versatzstücken aus einem völlig unbekannten und nicht mehr erhältlichen Titel aus Spanien gefüttert, übersetzen lassen und fertig.«

»So etwas verkauft sich?«, wunderte sich Petra.

»Nö. Aber das war ja auch nicht Sinn und Zweck der Aktion«, stellte die *First Lady* klar. »Agnes wollte mich damit diskreditieren und das ist ihr gelungen.«

Nach dem Gespräch fühlte sich Petra auf eine diffuse Art schlecht. Es hatte damit zu tun, dass sie unfreiwillig Zeugin der Auseinandersetzung zwischen den beiden Frauen geworden war. Agnes würde mit sofortiger Wirkung aus dem Club ausgeschlossen, was bei dieser erst zu einem Heulkrampf, dann zu einem Wutanfall geführt hatte. Marie-Theres hatte sie gebeten, das Hotel umgehend zu verlassen und sich daran gemacht, alles Notwendige in die Wege zu leiten. Was immer das heißen mochte, denn Petra verabschiedete sich an diesem Punkt.

Vor dem Eingang zum Hotel traf sie auf Mechthild Schmauser, die im Freien genüsslich an einem Zigarillo zog.

»Na, Frau Koslowski. Wieder unterwegs, um neue Skandale aufzudecken?«, fragte sie schnippisch und blies den würzigen Rauch aus.

Den neuesten kennst du noch gar nicht, dachte Petra, antwortete aber: »Wenn Sie sich öffentlich prügeln, dürfen Sie sich nicht wundern, wenn darüber in der Presse berichtet wird.«

Schmausers Miene verfinsterte sich. »Diese Karmelita und Konsorten mussten in ihre Schranken gewiesen werden. Wir können es nicht dulden, dass eine amtierende *First Lady* demontiert wird.«

Oho. Das hörte sich so gar nicht nach Illoyalität an.

»Sie und Viola haben den Eindruck vermittelt, Frau Strobel nicht aus den Augen zu lassen.«

»So ist es.« Mechthild Schmauser drückte ihr Zigarillo in einem Taschenaschenbecher aus. »Wir haben bemerkt, dass was im Gange war und wollten verhindern, dass Marie-Theres kalt erwischt wird. Aus welcher Richtung auch immer. Das konnten wir nicht zulassen. Wir verhalten uns unserer Nummer eins gegenüber loyal, auch wenn das ein wenig aus der Mode gekommen scheint.« Ihr Blick ruhte kritisch auf Petra, die innerlich Abbitte tat. Mechthild und Viola waren beileibe nicht darauf aus, die *First Lady* zu stürzen. »Es gab unter anderem Hinweise, dass der Presse bestimmte Informationen zugespielt werden sollten.«

»Konkrete Vorwürfe betreffend?« Wieder so ein Eiertanz. Was wusste Mechthild Schmauser über die Plagiatsvorwürfe?

»Die dazu führten, dass der Verlag Marie-Theres' neues Buch erst einmal nicht auslieferte«, bestätigte die und atmete heftig aus. »Eine Schweinerei ist das. Am liebsten würde ich der Verantwortlichen mal so richtig die Meinung geigen. Aber diese sogenannte Autorin versteckt sich hinter Fake-Angaben.« Sie lachte unfroh auf.

Im selben Moment gab ihr Handy einen Laut von sich. Petra sah die Verwirrung in ihrer Miene, als sie die Nachricht betrachtete.

»Hm. Wo wir gerade davon reden. Da scheint sich was getan zu haben. Es wurde eine sofortige außerordentliche Vorstandssitzung einberufen. Ich muss.« Sie steckte das Handy ein und eilte davon.

»Moment«, rief Petra ihr hinterher. »Eines wollte ich Sie noch fragen. Wenn Frau Strobel aus dem Club hätte ausscheiden müssen, wären dann nicht Sie automatisch an ihre Stelle gerückt?«

»Göttin bewahre!« Die Autorin hob abwehrend die Hände. »Können Sie sich vorstellen, was es heißt, diesen Club nach außen zu repräsentieren? Da bin ich nicht die Richtige dafür. Für mich passt alles so, wie es gerade ist.« Damit drehte sie ab und verschwand im Hotel.

Als Petra am Abend bei ihrem Freund vorbeisah, saß Maik vor dem Fernseher und schaute sich eine Sportsendung an.

»Na, konntest du dich heute mal pünktlich loseisen?«

»Ich bin K.o.«, sagte sie und ließ sich neben ihn auf die Couch fallen.

Er schaltete die Glotze aus und wandte sich ihr zu. »Kaffee? Wein? Einen Kuss?«

»Kuss und dann Wein.« Kaffee hatte sie im Laufe des Tages genug getrunken, ihr ganzer Magen war übersäuert. Nach einem langen Knutscher rang sie nach Atem und musste lachen, weil Maik sie an den Rippen kitzelte.

»Bist du weitergekommen mit deinen Recherchen?«, wollte er dann wissen und erhob sich, um den Wein zu holen.

»Du glaubst es nicht. Aber wir haben herausgefunden, wer die Strobel gelinkt hat.«

»Und Zita Kirschs Mörder wurde gefasst, oder? Das ist doch wohl die Hauptnachricht des Tages.«

»Ich weiß nicht.« Petra wurde ernst.

»Der Mann hat gestanden.« Maik verschwand in der Küche. Sie hörte den Kühlschrank und Gläserklirren.

»Ja. Schon.« Sie knabberte am Daumen.

»Ich glaube, ich muss nochmal kurz telefonieren.« Damit war sie aufgesprungen. »Komme gleich zurück.«

In ihrer Wohnung zückte sie das Handy und wählte.

»Hallo Michi«, sagte sie, als sich Hanfstängel auf seinem privaten Mobiltelefon meldete.

»Petra. Was gibt es?«

»Ich habe gehört, dass mein Tipp zum Erfolg geführt hat. Zitas Stalker wurde gefasst. Glückwunsch.«

»Der gebührt den Kollegen in Bielefeld«, antwortete er steif. Gerade so, als wolle er kein unbedachtes Wort von sich geben.

»Sag mal, weißt du etwas darüber, wie er es gemacht hat? Ob er Zita von ihrem Wohnort nach Langen verfolgt, ihr morgens aufgelauert hat?«

»Soweit ich weiß, hat er sich zum konkreten Tathergang bisher nicht geäußert.« Dann, ein bisschen leiser. »Man hat um Amtshilfe gebeten. Wir konnten die Angaben, er sei hier in der Stadt gewesen, bislang nicht verifizieren. Also bis gestern. Heute habe ich frei. Womöglich gibt es neue Erkenntnisse.« Sein Ton jedoch sagte, dass er daran zweifelte.

»Hat denn niemand aus Bielefeld und Umgebung im Hotel gewohnt?«

Wenn der Stalker Zita Kirsch verfolgt hatte, dann doch bestimmt bis direkt dorthin, wo sie wohnte.

»Wir haben alle überprüft. Zwei Ehepaare und sonst nur Monteure auf der Durchreise, die bei der Messe die Stände aufbauen. Der Name des Verdächtigen tauchte dabei nicht auf.«

»Kein Bahnticket, keine Tankquittung. Kein Hotelzimmer. Und keiner hat ihn gesehen«, mutmaßte Petra.

»Willst du den Job wechseln?«, neckte er sie.

»Ne, obwohl ich dir noch etwas erzählen kann.« Sie wanderte mit dem Telefon am Ohr zum Fenster und sah auf den Forstring hinunter. Ein Motorradfahrer parkte vor ihrem Haus ein. Eine Frau kam mit einer Einkaufstüte die Straße lang. Ein paar Kinder spielten Fangen auf dem Grünstreifen zwischen den Häusern.

»Sprich.«

»Wir haben heute früh im Mühltal fast denjenigen erwischt, der die Giftköder auslegt.«

»Was?!« Es war zu spüren, dass diese Nachricht den Polizisten regelrecht elektrisierte.

»Leider ist er uns entwischt.«

»Mist.«

»Wir haben die Köder eingesammelt und sie bei euch auf der Wache abgegeben.«

»Was war es?«

»Leberwurststückchen.«

»Leberwurst.« So wie Hanfstängel das Wort aussprach, schien er über etwas nachzudenken.

»Vergiftet, vermutlich. Aber das werdet ihr ja herausfinden.«

»Könntest du den Mann beschreiben?«

»Ne. Leider nicht. Es war zu dunkel, ich war zu weit weg.«

»Mist. Falls dir noch was dazu einfällt, sag mir Bescheid.«

Sie beendeten das Telefonat.

Maik hatte den Fernseher wieder eingeschaltet und sein Glas Wein halb leer getrunken.

»Sorry«, murmelte Petra und kuschelte sich an ihn. Er legte den Arm um sie, stellte den Ton leiser und fragte, ob es was Besonderes gab.

Ja, hätte sie am liebsten gesagt. Zuerst die frühmorgendliche Aktion im Mühltal. Dann ihre unerklärlichen Bauchschmerzen beim Artikel über Zita Kirschs Mörder. Dazu noch das merkwürdige Gespräch mit den Bevollmächtigten der neuen Herausgeber ihrer Zeitung. Über das sie nicht sprechen durfte. Streng vertraulich, hatte man ihnen eingebläut. Sie vertraute Maik, aber ihren Job wollte sie nicht riskieren. Der krönende Abschluss war dann die Situation mit Marie-Theres Strobel und Agnes Krüger gewesen. Sie war restlos bedient.

»Es war viel los heute. Und ich bin hundemüde.«

»Okay«, meinte er gedehnt. Seine Hand krabbelte ihr Bein entlang bis zu den Oberschenkeln.

Petra kicherte. »Du bist wohl noch unternehmungslustig«, neckte sie ihn.

»Und wie«, murmelte er. Um dann, völlig zusammenhanglos, fortzufahren: »Morgen wird für mich ein anstrengender Tag.«

Petra fuhr hoch. »Sag bloß, du kannst Hanna nicht nach Darmstadt zu der Versteigerung bringen?«

»Doch, das schon. Muss allerdings ziemlich früh raus.«

»Dann lass uns jetzt gleich anfangen, den Abend zu genießen«, schlug sie vor. Maiks Augen funkelten bei diesen Worten, was immer ein gutes Zeichen war.

31

Der Mittwoch begann wie jeder andere Tag auch. Petra hatte bei Maik übernachtet. Er döste noch, als sie in ihre Wohnung hinüberging, sich einen Saft einschenkte, die Yogamatte ausrollte und fünf Mal den Sonnengruß ausführte, anschließend die Kriegerin, um Kraft zu sammeln und zum Schluss den Baum, der Stabilität versprach. Dann tippte sie auf dem Musikplayer ihres Smartphones einen Song an und sang leise mit.

Das Leben ist beides, Dur und auch Moll. Nur klingt's halt leider nicht immer so toll.

Wohl wahr. Heute hatte sie ein bisschen Bammel davor, in die Redaktion zu gehen. Sigurd schien nicht zu wissen, dass sämtliche Festangestellten zu ihren Vorstellungen über die Zukunft der *Langener Morgenpost* befragt worden waren.

Sie atmete daher auf, dass der Chefredakteur bei ihrem Eintreffen gar nicht anwesend war und sich den ganzen Vormittag über nicht blicken ließ. Genauso wenig wie Natalie.

Gegen Mittag rief Hanna an. »Kannst du gleich mal vorbeikommen? Die Siebenhühner zieht ein und ich muss doch nach Darmstadt. Schlüssel hast du ja.«

Tatsächlich stand Hannas neue Mitbewohnerin bereits mit Sack und Pack vor deren Haustür, als Petra angeradelt kam.

»Ich glaube, jetzt können wir uns duzen«, lauteten Brunhildes erste Worte, die sie mit einem kräftigen Handschlag besiegelte. »Deine Großmutter ist eben mit deinem Liebsten durchgebrannt.« Sie lachte laut und zwinkerte Petra zu.

Die grinste gequält. Keine Ahnung, wie diese beiden unterschiedlichen Frauen miteinander klarkommen wollten. Aber das war nicht ihr Problem. Die nächste halbe Stunde waren sie und Brunhilde damit beschäftigt, deren Habseligkeiten von der August-Bebel-Straße in die Bachgasse zu verfrachten. Zwei riesige Koffer, eine Reisetasche, ein paar Kisten mit Büchern, etliche Plastiktüten. Alles musste seinen Platz finden. Als Brunhilde allerdings ein riesiges Gewürzregal samt exotischem Inhalt in der Küche anbringen wollte, gebot Petra ihr Einhalt. Das, so ihre strenge Anweisung, müsse Hanna selbst entscheiden.

Sie waren fast fertig, als Karl Nappes hereinschneite.

»Hallo die Damen!«, rief er aufgeräumt und rieb sich die Hände. »Gibt es noch etwas zu schrauben oder zu bohren?« Brunhilde brach in schallendes Gelächter aus.

»Nein, mein Lieber. Wir sind gerade fertig geworden. Es ist doch ganz wohnlich.« Sie blickte stolz um sich. Der Teppich, mehrere bunte Tücher über dem Sessel und dem Bett, ein Gemälde, das recht vielfarbig und sonst vermutlich eher interpretationsfähig war, gaben dem Raum einen besonderen Touch. Petra, die ihr ehemaliges Jugendzimmer nicht mehr erkannte, nickte bestätigend.

»Schade, dass ihr gestern denjenigen, der die Giftköder ausgelegt hat, nicht erwischt habt.« Nappes war ernst geworden. »Nicht auszudenken, wenn mein Lumpi einen davon gefressen hätte. Was war das eigentlich genau?«

»Leberwurst!«, rief Brunhilde aus.

»Leberwurst?«

»Genau die.«

»Merkwürdig.« Nappes kratzte sich am Kopf.

»Wieso?«

»Weil, die Frau, die da im Gebüsch lag, die Tote, die hat nach Leberwurst gerochen.«

»Habe ich nicht mitgekriegt«, meinte Brunhilde achselzuckend.

»Doch. Ihre Hand war damit ganz verschmiert. Ich habe es gesehen, als ich den Puls geprüft habe«, versicherte Nappes ihr.

»An dem Morgen wurden aber keine Giftköder gefunden«, gab Petra zu bedenken. »Und es wurde auch nichts davon bekannt, dass ein Hund krank geworden wäre.«

»Gottseidank.« Brunhilde schnaubte.

»Na ja, vielleicht hatte sie ja einfach ein deftiges Frühstück zu sich genommen«, meinte Nappes schulterzuckend.

In diesem Moment fiel Petra etwas ein. »Nein«, sagte sie gedehnt. »Zita Kirsch lebte vegan. Sie war tierlieb. Hatte selbst zwei Hunde.«

Brunhildes Augen wurden groß und rund. Nappes erbleichte.

»Und das bedeutet ...«, sinnierte Petra.

»... dass sie Kontakt zu einem der Giftköder hatte«, setzte Brunhilde den Satz fort.

»Was, wenn sie demjenigen, der die Köder ausgelegt hat, am Morgen ihres Todes im Mühltal begegnet ist, ihn überrascht, ihn vielleicht zur Rede gestellt hat«, fuhr Petra fort.

»Und er hat sie getötet?« Nappes schüttelte den Kopf wie im Krampf.

»Mein Gott«, stammelte Petra, der die Bedeutung dieser Unterhaltung schmerzhaft bewusst wurde. »Ich muss Hanfstängel anrufen. Die Leberwurstköder müssen mit dem abgeglichen werden, was Zita Kirsch an der Hand hatte.«

»Und dann? Der Kerl ist uns entwischt«, erinnerte Brunhilde sie.

»Die Mütze. Wo ist eigentlich die Mütze?« Ratlos blickte Petra die anderen beiden an. Ja, wo war sie abgeblieben?

Esmeralda war schwer davon zu überzeugen, ihr Körbchen zu räumen. Tatsächlich hatte Sieglinde-Sheeva die Mütze in der Diele ihrer Wohnung einfach irgendwohin gelegt, wie sie sagte. Wie sie danach in den Hundekorb gekommen war, wusste niemand. Aber da war sie. Hanfstängel hatte zugesagt, sofort die Kollegen von der Kripo und auch der Spurensicherung zu informieren.

Brunhilde packte das Teil in eine saubere Papiertüte, um es zur Polizei zu bringen. Mit ein bisschen Glück würde man DNA-Spuren feststellen können. Und falls der Träger der Mütze in der Datenbank war, würden sie ihn finden. Falls nicht ... Aber daran wollte niemand einen Gedanken verschwenden.

Petra verabschiedete sich, um an der Pressekonferenz der *Tödlichen Ladys* teilzunehmen. Nach allem, was sie mit den Frauen innerhalb der letzten Tage mitgemacht hatte, war sie sehr gespannt darauf, was Marie-Theres Strobel verkünden würde.

Die saß vorne auf dem Podium, wirkte souverän und hochprofessionell. Wenn Petra sie nicht ein bisschen näher kennengelernt hätte, wäre sie ihr kühl bis ans Herz vorgekommen. Die Ladys hätten, so sagte die Frontfrau des Clubs, eine sehr informative und lehrreiche Woche voller Austausch und Inspiration hinter sich. Sie freue sich, vier neue Mitglieder aufnehmen zu können, die die frei gewordenen Plätze auffüllten. Petra stenografierte fleißig mit – was wäre eine Reporterin ohne Stenokenntnisse? –, schrieb die Namen der Neuen auf und Stichworte aus deren Antritts- und Dankesrede.

Danach wurde auf den Stand der Ladys bei der Frankfurter Buchmesse aufmerksam gemacht. Der sei, wie alle, ja bereits aufgebaut. Schon am Abend fanden die ersten exklusiven Veranstaltungen statt. Ab morgigem Donnerstag waren die Türen der Messe geöffnet. Gäste, ob Fachbesucher oder Interessenten, seien am Stand jederzeit herzlich willkommen. Am Ende erhob man sich, um der verstorbenen Zita Kirsch, die zwar kein Mitglied, aber auf dem Weg dorthin gewesen war, während einer Schweigeminute zu gedenken. Auf den Streit und die Schlägerei war Strobel nicht näher eingegangen. Sie hatte in ihrer Rede lediglich von Differenzen gesprochen, die ans Tageslicht gekommen und mittels einer Mediation beigelegt worden waren.

Als sich der Saal langsam leerte, holte Petra ihr Handy wieder aus dem Flugmodus.

Vier Nachrichten waren eingegangen.

Hanna schrieb: Muss dich dringend sprechen! Ruf mich an.

Frederik schrieb: Muss dich dringend sprechen. Es geht um Minna.

Maik schrieb: Muss dich dringend sprechen. Koss.

Sigurd schrieb: Du bist gefeuert!

Antworten konnte sie auf keine der Messages, denn mit einem Signalton gab das Gerät an, der Akku sei leer. Da stand sie nun wie ein begossener Pudel mit tausend Fragezeichen im Kopf.

Minna hockte auf der Treppe vor Petras Wohnung. Sie war blass und wirkte angegriffen.

»Ich muss dich sprechen«, murmelte sie.

Petra stand der Sinn ganz und gar nicht nach einem womöglich hochemotionalen Gespräch mit der Ex-Freundin ihres Kollegen. Aber wegschicken wollte sie die junge Frau nicht. In der

Wohnung hängte sie als Erstes ihr Handy ans Ladegerät und trommelte ungeduldig mit den Fingern auf der Tischplatte herum.

»Es geht um Frederik«, brachte Minna sich in Erinnerung.

»Ihr solltet euch aussprechen«, gab Petra zurück.

»Das will ich ja. Nach wie vor bin ich ziemlich verknallt in ihn. Obwohl wir so unterschiedlich sind.«

»Was erwartest du jetzt von mir?«

»Frederik mag dich, er vertraut dir. Kannst du mal nachfragen, wie er zu unserer Situation steht?«

»Zu eurer Trennung?« Petra, die genau wusste, dass Frederik genauso litt wie Minna, das jedoch der jungen Frau gegenüber nicht einfach herausposaunen wollte, gab sich möglichst unbeteiligt.

»Wenn du so willst, ja.«

»Du hast ihn verlassen. Soweit ich das mitbekommen habe, bist du ihm sowieso eine Aussprache schuldig.«

Minna wiegte unschlüssig den Kopf.

»Ich glaube, die Dinge müssen auf den Tisch.« Petras Stimme klang ungewohnt energisch. »Redet über eure Unterschiede und die roten Linien, die ihr gegenseitig akzeptieren müsst. Überleg, ob es nicht doch Sinn macht, Frederik mal mit zu deiner Familie zu nehmen.«

Minna riss erschrocken die Augen auf.

»Mit Maik kommen sie doch auch gut klar.« Na ja, Maik war zwar umweltbewusst, dabei aber auch nicht gerade ein Öko-Freak.

»Maik schreibt einen Artikel über das, was er Aussteigerleben nahe einer Großstadt nennt.« Ein Lächeln teilte Minnas Lippen. »Oder lässt schreiben? Er war mit einem jüngeren Kollegen bei uns, meine Eltern sind ganz begeistert davon, wie interessiert die beiden sind.« Dann fuhr sie nachdenklich fort: »Genau so etwas hatte ich mir von Frederik erhofft.«

Petras Handy gab einen Piepton von sich. Es hatte wieder Saft genug, eine neue Nachricht anzuzeigen. Petra ignorierte es.

»Welcher jüngere Kollege?«, fragte sie stattdessen.

»Ein Nachwuchsreporter«, antwortete Minna arglos. Dann wurde sie schlagartig ernst und legte die Hand über den Mund. »Habe ich jetzt etwas ausgeplaudert?«

»Ich habe keine Ahnung, wovon die Rede ist«, verkündete Petra verwirrt. Maik arbeitete für eine Gourmetzeitschrift, die ganze Zeit alleine. Warum jetzt auf einmal ein regionales Thema? Mit einem anderen Journalisten zusammen? Als wäre das alles nicht schon verwirrend genug, klingelte es in diesem Moment an ihrer Tür Sturm.

»Wer zum Teufel ...« Sie riss die Tür auf und prallte direkt zurück.

»Sie!« Agnes Krügers Arm schoss nach vorn, der Finger wie die Spitze eines Bajonetts auf Petras Hals zu. »Sie haben mir das eingebrockt!« Schockiert wich Petra einen Schritt zurück. Was Agnes wohl als Aufforderung betrachtete, ihr in die Diele zu folgen.

»Was fällt Ihnen ein!« Petra versuchte, die andere zurückzuhalten, doch die war in Rage.

»Sie unverschämte Person mussten mich unbedingt in Misskredit bringen!«

»Dafür haben Sie schon selbst gesorgt«, gab Petra zurück. Bemüht darum, nicht den eskalierenden Tonfall der anderen anzunehmen, sondern, im Gegenteil, ruhig zu bleiben.

»Wissen Sie, was Marie-Theres plant? Nein?! Hah! Diese scheinheilige *First Lady*«, die letzten beiden Worte spuckte

238

Agnes Krüger fast aus, »wird mich öffentlich fertigmachen! Alles werde ich verlieren. Meinen Vertrag, meine Reputation. Mir bleibt nichts mehr!«

»Moment! Jetzt reicht es aber. Sie selbst haben sich in diese Situation gebracht. Niemand sonst. Warum haben Sie diese ganze Fake-Geschichte aufgezogen? Sie haben Frau Strobel beschuldigt, zu Unrecht, und jetzt beschweren Sie sich darüber, dass Sie die Konsequenzen tragen müssen?«

War die Frau gestört? Die aufgerissenen Augen, die hochroten Wangen und der ungezügelte Zorn sprachen für einen emotionalen Ausnahmezustand.

»Was wollen Sie eigentlich von mir?«

Petra schielte zur halb offenstehenden Wohnzimmertür. Minna hatte sich bisher nicht bemerkbar gemacht. Sie konnte drin alles mithören. Es war zu hoffen, dass sie daraus die richtigen Schlüsse zog und die Polizei alarmierte.

»Dieser Typ. Der da am Laptop hockte, als ich kam. Das war Ihr Kollege, stimmt's? Der mich hat auffliegen lassen. Wo finde ich ihn?«

Frederik.

»Das geht Sie gar nichts an. Reden Sie mit mir. Es gibt für alles eine Lösung.« Beschwichtigend hob Petra die Hände. Sie wollte Ruhe in das Gespräch bringen, es konnte nicht mehr lange dauern, bis die Polizei kam.

»Die Lösung habe ich hier.« Mit diesen Worten, die sie ganz ruhig sprach, zog Agnes Krüger eine Pistole aus der Manteltasche und richtete die Mündung auf Petra.

»Woher haben Sie die?« Petra wich zurück. Angst erfasste sie. Diese Krüger war nicht bei Sinnen. Was, wenn sie abdrückte? Versehentlich oder absichtlich?

»Ich bin Krimiautorin. Schon vergessen? Kleiner Rundgang im Frankfurter Bahnhofsviertel. Offenbach hätte vermutlich auch gereicht.«

Petra bekam kaum noch Luft.

»Frau Krüger ...«

»Nix Frau Krüger!«, kreischte die andere. »Raus mit der Sprache. Wo finde ich diesen Kollegen von Ihnen.«

Sie starrten sich an. Petras Gedanken rasten.

Es war nicht an der Zeit, der anderen zu erklären, wie sinnlos dieses Unterfangen war. Dass sie alles nur noch schlimmer machte. Agnes Krüger war nicht in der Lage, rational zu denken. Sie fühlte sich gekränkt, gedemütigt und schlug um sich wie ein wildes Tier. Petra starrte auf die Pistole. Klein, schwarz, tödlich. Sie musste daran denken, wie sie vor Jahren bei der Schützengesellschaft Langen ein Probetraining absolviert hatte. Welchen Respekt ihr Schusswaffen eingeflößt hatten. Eine winzige Bewegung von Agnes Krügers Finger würde genügen, um ihr Gegenüber zu verletzen. Auf die Entfernung vielleicht sogar zu töten. Ach was, vielleicht. Sicher. Sie blickte dem Tod direkt ins Auge! Dennoch – Frederiks Adresse auszuplaudern kam nicht infrage.

»Nehmen Sie die Waffe runter, dann komme ich mit Ihnen.«

»Pah! Sie sagen mir einfach die Adresse und dann ziehe ich meines Weges.«

Nein, dachte Petra. Dann sterbe ich hier zuerst und dann Frederik. Ein merkwürdiger Ton kam aus ihrer Kehle, die auf einmal sauer schmeckte. Hoffentlich muss ich mich nicht gleich übergeben, dachte sie und presste eine Hand an ihre Kehle.

Wenn Agnes Frederiks Namen bisher nicht ausfindig gemacht und damit auch keine Ahnung davon hatte, wo er wohnte, war es noch nicht zu spät. Aber wo blieb die Polizei?

Dann fiel es ihr siedendheiß ein. Minna. Sie besaß kein Handy! Der Schrecken lähmte sie kurz. Jetzt musste sie alles aufbieten, um ihren ungebetenen Gast zu besänftigen.

»Bleiben Sie ruhig«, versuchte Petra es erneut.

Doch Agnes hatte nicht vor, ruhig zu bleiben. Zwar schoss sie nicht, aber sie schlug Petra mit dem Knauf der Pistole so schnell und heftig gegen die Schläfe, dass diese rückwärts taumelte, an die Wand knallte, nach unten rutschte und völlig benommen dort liegenblieb. Aus dem Hausflur war das Geräusch einer Tür zu hören. Agnes wandte hektisch den Kopf.

In diesem Moment sauste ein Schatten aus dem Wohnzimmer heraus. Minna sprang, stieß Agnes einen Fuß in die Seite, brachte sie dadurch zu Fall, trat ihr auf die Schusshand und kickte die Pistole, die ihr aus den kraftlosen Fingern fiel, zur Seite. Agnes schrie wie am Spieß und hörte auch nicht auf, als plötzlich drei Personen in die Wohnung stürmten. Hanfstängel, Ayshe Müller und Benno Schnappauf hielten alle drei ihre Waffen im Anschlag. Ein Bild so fremd, als habe man die Langener Stadtkirche rosa angestrichen, nur eben beängstigender.

»Auf den Boden«, schrie Schnappauf.

»Da liegt sie schon«, erwiderte Ayshe Müller trocken. Die Beamtin steckte ihre Pistole weg, zog Agnes Krüger die Arme auf den Rücken und ließ die Handschellen zuschnappen.

»Auf geht's.« Hanfstängel und seine Kollegin zogen die am Boden Liegende nach oben.

»Scheißbullen!«, kreischte die.

»Das ist Beamtenbeleidigung. Nach Paragraph …«

»Ist gut, Schnappauf«, fiel ihm Hanfstängel ins Wort. Der Bayer schnaubte, sah Agnes Krüger mit finsterem Blick an und steckte seine Waffe weg.

»Danke dir. Das war echt klasse.« Petra sah Minna erleichtert an.

»Volkshochschulkurs Selbstverteidigung«, erwiderte die und schlug bescheiden die Augen nieder.

»Frau Koslowski?« Ayshe Müller hatte sich von der Gefesselten abgewandt und half Petra auf. »Brauchen Sie einen Arzt?«

Petra schüttelte den Kopf, so gut es ging. Ihr Schädel dröhnte heftig.

In diesem Moment tauchte Maik an der Tür auf.

»Was ist denn hier los?« Sein entsetzter Blick erfasste die Situation, dabei war ihm anzusehen, dass er nicht verstand, was er sah.

»Erkläre ich dir gleich.« Das war Minnas Stimme.

Seit wann duzten sich die beiden eigentlich? Eine Frage, die erst einmal unbeantwortet blieb, denn jetzt mussten die Aussagen aufgenommen werden.

Maik hielt Petras Hand. Minna starrte verloren vor sich hin. Natürlich war ein Notarzt gerufen worden, der Petra etwas zur Beruhigung gab, nachdem sie ausgesagt hatte. Als sie wieder alleine waren, wandte Petra sich ihrer Besucherin zu. »Wie hast du es geschafft, die Polizei zu rufen?«

»Dein Handy lag zum Aufladen da. Gottseidank!«

Ja, gottseidank. Denn wenn nicht ... aber daran wollte Petra jetzt nicht denken.

»Warum wolltest du mich eigentlich so dringend sprechen?«, wandte sie sich mit schleppender Stimme an Maik.

»Das sage ich dir morgen«, erklärte er sanft.

»Okay«, antwortete Petra, von einer plötzlichen heftigen Müdigkeit befallen, die ihr alle Sinne raubte. »Morgen ist auch noch ein Tag.«

32

Petra lief hinter einem dunkelblauen Transporter her, der sich eilig entfernte.

»Halt!«, rief sie, ganz aus der Puste. »Sie haben Ihre Leberwurst vergessen.« Hörte sie denn niemand? Schwer atmend blieb sie erschöpft stehen. Jetzt endlich leuchteten die Bremslichter grellrot. Der Wagen hielt mit quietschenden Bremsen. Doch dabei blieb es nicht. Jetzt passierte etwas, mit dem sie nicht gerechnet hatte. Der Fahrer hatte den Rückwärtsgang eingelegt, der Wagen kam in einem Affentempo direkt auf sie zu. So dass sie sich nicht mehr retten konnte, denn ihre Beine waren auf einmal schwer wie Blei. »Hilfe!«, schrie sie in höchster Not, da prallte der Transporter bereits auf sie drauf.

Mit einem dumpfen Schlag erwachte sie. Ihr Herz pochte wie verrückt. Sie versuchte, sich aus der Erinnerung an den Traum, die sie wie ein dorniges Gestrüpp umarmte, zu befreien. Bis sich etwas den Weg aus ihrem Unterbewusstsein an die Oberfläche bahnte.

»Ich habe es!«, rief sie aus und setzte sich mit einem Ruck auf. Um sie herum war es dunkel, neben ihr regte sich Maik.

»Was ist los?«, murmelte er.

»Ich weiß jetzt, was geschehen ist!« Petra strampelte sich die Decke von den Beinen und sprang auf. »Ich muss Hanfstängel anrufen.«

»Schatz, es ist fünf Uhr früh! Was soll das werden?« Maik gähnte und richtete sich auf. »Wie geht es dir denn überhaupt? Ist dein Kopf in Ordnung?«

»Gut, gut«, erklärte sie, »alles paletti«, vielleicht ein wenig zu hastig.

»Komm wieder ins Bett und erzähle mir, was dich aus dem Schlaf gerissen hat.«

Als sie ihren Traum geschildert hatte, zog er zweifelnd die Brauen nach oben.

»Ein Traum hat dir den Weg zur Wahrheit gewiesen? Du hörst dich an wie deine Großmutter.«

Großmutter ... hatte Hanna ihr nicht gestern eine Nachricht geschickt? Und Sigurd. Himmel! Er hatte sie gefeuert! Sie musste sofort antworten.

Petra stieg aus dem Bett, tappte durch ihr Schlafzimmer, stieß sich den Zeh, fluchte lautlos, tastete sich ins Wohnzimmer. Dort hing noch das Ladekabel an der Steckdose. Vom Handy keine Spur. Wo war das Ding? Ratlos drehte sie sich um sich selbst.

»Was suchst du denn?« Maik tauchte im Türrahmen auf. Einen Moment lang war sie versucht, sich gleich mit ihm wieder unter die Decke zu kuscheln. Er sah so süß aus mit seinem verwuschelten Haar. Doch es gab etwas anderes zu tun.

»Mein Handy«, murmelte sie. »Wo habe ich es bloß?«

Dann fiel es ihr wieder ein. Minna hatte die Polizei gerufen. Und das Gerät wo abgelegt? Nirgends, wie sie fünf Minuten später feststellte. Sie hatte sich von Maiks Mobiltelefon aus selbst angerufen. Kein Klingeln. Jedenfalls nicht in ihrer Wohnung.

»Verdammt. Minna muss das Gerät versehentlich eingesteckt haben.«

»Was ist denn so wichtig?«

»Habe ich dir doch gesagt. Ich weiß jetzt, wer der Mörder ist.«

»Du siehst Gespenster, weil du noch unter der Nachwirkung der Beruhigungsmittel stehst.«

»Außerdem wollte Hanna, dass ich sie dringend zurückrufe. Und Sigurd. Er hat mich gefeuert«, fuhr Petra unbeeindruckt fort.

»Waaas?!« Maik trat einen Schritt zurück. Die Empörung in seiner Miene sprach Bände. »Er kann dich nicht feuern!«

»Woher willst du wissen, was er kann und was nicht«, regte sich Petra auf. »Warum allerdings, da ist er mir eine Erklärung schuldig.«

»Mir auch«, brummte Maik. Er riss Petra schon fast sein Gerät aus der Hand und verschwand damit im Schlafzimmer. Die Tür fiel zu. Seine Stimme klang aufgebracht, was er sagte, konnte sie dennoch nicht verstehen. Er schien jedoch ein einseitiges Gespräch zu sein, mit einer Mobilbox vermutlich. Die Tür flog wieder auf.

»Hier. Ruf Hanfstängel an. Und solltest du aus dem Haus gehen, egal wohin, ich komme mit!«

Es war kurz vor sechs Uhr, als sie zu fünft am Eingang des Hotels standen. Die Tür war noch verschlossen, von innen war das leise Klappern von Besteck und Porzellan zu hören.

»Also, nochmal. Ich führe das Gespräch.« Michael Hanfstängel blickte erst Ayshe Müller, dann Benno Schnappauf an. Die beiden nickten.

»Ihr haltet euch ebenfalls raus.« Das ging in Richtung Petra und Maik.

»Wenn ich dich nicht für die Identifizierung bräuchte, wärt ihr gar nicht hier.«

Er wandte sich zur Tür. Bevor er klingeln konnte, wurde sie von innen geöffnet. Der Monteur mit dem roten Bart starrte das Aufgebot verständnislos an. Hanfstängels Blick suchte Petra, die kaum sichtbar den Kopf schüttelte. Hanfstängel trat beiseite, um den Mann durchzulassen, hielt aber die Eingangstür auf. Die restlichen vier Personen verfolgten den Mann mit ihren Blicken, bis er den Transporter erreicht und entriegelt hatte. Gleich darauf kamen seine zwei Kollegen. Der Blonde lachte über etwas, der dritte im Bunde schaute finster. Als er die Polizisten vor der Tür sah, wurde er so bleich, dass die gezackte Narbe in seinem Gesicht rot und wulstig hervortrat.

»Er«, bestätigte Petra, gerade so laut genug, dass Hanfstängel sie hören konnte.

»Sie können durchgehen«, sagte der nun zu dem großen Blonden. Der stand verwirrt da, schaute von einem zum anderen.

»Bitte gehen Sie weiter.« Ayshe Müller griff den Mann sanft am Ellbogen und dirigierte ihn weg von der Tür. Er protestierte kurz, folgte ihrer Anweisung jedoch.

»Guten Morgen.« Hanfstängel musterte den Mann mit der Narbe.

»Gehört diese Mütze Ihnen?«

Die Augen des Mannes wurden starr.

»Nein«, sagte er dann und wollte weitergehen.

»Nicht so schnell.« Schnappauf, nur unwesentlich größer und ebenso schmächtig wie der Verdächtige, baute sich vor dem Mann auf.

»Mosche!«, rief in diesem Moment jemand von der Straße unten her.

»Herr Nappes. Guten Morgen.« Ayshe Müller erwiderte den Gruß und wandte sich gleich wieder den anderen zu. Aber Nappes war neugierig geworden und kam mit Lumpi näher. Der Hund hob plötzlich den Kopf, seine kleine schwarze Nase zuckte und dann zerrte er so heftig an der Leine, dass sie seinem

Herrchen aus der Hand glitt. Gleich darauf sprang Lumpi an Hanfstängel, der die Mütze in der Hand hielt, hoch.

»Aus, hierher«, versuchte Nappes seinem Vierbeiner Benehmen beizubringen. Als er sah, was der Polizist in der Hand hielt, schnaufte er. »Der Hund riecht die Esmeralda, das Wollding lag ja in ihrem Körbchen«, erklärte er entschuldigend. Jetzt jedoch ließ Lumpi von Hanfstängel ab, stellte sich vor den Mann mit der Narbe und bellte diesen an.

»Da haben wir es. Der Hund hat Ihre Witterung aufgenommen.« Petra hatte laut und vernehmlich gesprochen. Die Augen des Mannes flackerten auf. Eindeutig ängstlich. Gab es das wirklich, dass jemand einen so kleinen Hund fürchtete? Tatsächlich. Er trat einen Schritt zurück, sein Blick suchte nach einem Ausweg, als Lumpi ihm nachsetzte.

»Lumpi, hierher!« Nappes stand jetzt direkt neben Maik. Er bückte sich nach der Leine und zerrte seinen Hund von dem Mann weg.

Der schluckte heftig. Es war ihm anzusehen, dass er am liebsten weggelaufen wäre. Aber das hätte ihm nicht mehr geholfen. Er fiel regelrecht in sich zusammen. Widerstandslos folgte er den Polizisten.

»Wir sprechen später«, raunte Hanfstängel Petra zu. Das war der Deal. Sie hatte ihm den Tipp gegeben, er würde dafür sorgen, dass sie, beziehungsweise die *Langener Morgenpost*, als Erste über die Angelegenheit berichten können würde, sofern sich ihr Verdacht bestätigte. Das, obwohl sie gar nicht wusste, was es mit der Kündigung auf sich hatte. Sie blickte auf die Uhr. »In der Redaktion ist eh noch keiner. Ich gehe jetzt zu Hanna.« Und dann, an Nappes gewandt: »Warum sind Sie denn heute alleine unterwegs? Ohne Frau Siebenhühner?«

»Na, weil sie ja jetzt die Esmeralda nicht mehr Gassi führen muss. Das macht jetzt wieder ihre Schwester.«

»Wuff!«, gab Lumpi seinen Senf dazu. Ob er traurig war, nicht mehr so viel Zeit mit seiner Angebeteten verbringen zu können? Für Hanna war es eindeutig besser so, denn Esmeralda und der Kater hätten sich sicherlich nicht verstanden.

Letztere war dann auch der Grund, warum Maik nicht mit zu Petras Großmutter ging. »Habe die Allergietabletten nicht dabei«, entschuldigte er sich und machte sich eilig davon.

»Petra, du glaubst es nicht!« Hanna war ganz aus dem Häuschen.

»Sie hat mit mir gesprochen! Schon beim allerersten Blick auf sie wusste ich, es ist die Richtige.«

Gemeint war die Glaskugel, die in Hannas Arbeitszimmer mitten auf dem Tisch, gebettet auf eine Schale aus weich poliertem Holz thronte.

»Schau nur!« Hanna schlug entzückt die Hände zusammen. Petra, die nicht mehr sah als eine kristallene Kugel, nickte. Endlich war ihre Großmutter wieder glücklich.

»Dann kannst du mir ja sicher gleich meine berufliche Zukunft vorhersagen«, brummte sie. »Sigurd hat mich nämlich gestern gefeuert.«

»Was? Das gibt es doch nicht!« Hanna schüttelte entrüstet den Kopf. »Setz dich, dann sehen wir gleich, was die Kugel kann.«

»Bin ich da jetzt so was wie dein Versuchskaninchen?«

»Ja, aber es tut nicht weh«, erklärte Hanna gut gelaunt.

Petra ließ sich auf den Stuhl, der Hannas gegenüberstand, nieder. Die legte nun beide Hände an die Kugel, schloss die Augen und machte einen äußerst konzentrierten Eindruck. Petra schaute auf das Glas, das sich unter Hannas Berührung einzutrüben schien. Waren das vielleicht schon die Geister aus der Zwischenwelt? Ihr war sogar, als läge plötzlich ein leises Summen in der Luft.

»Ah!«, sagte Hanna. Und dann noch einmal »Ah!«

Und dann flog die Tür auf und ein Geist erschien auf der Bildfläche. Petra riss bei seinem Anblick vor Schreck die Augen auf. Erst dann bemerkte sie, dass die Gestalt in einem riesigen weißen Walle-Walle-Gewand die Siebenhühner war. Deren Haare standen wild um den Kopf herum und sie schnaubte. »Was ist denn hier los? In aller Herrgottsfrühe! Da will man einmal ausschlafen ...«

»Mist!«, rief jetzt Hanna aus und schaute betrübt auf die Kugel. »Sie haben meine Séance gestört!«

»Wir waren schon beim Du«, grunzte Brunhilde, drehte sich um, das Gewand blähte sich dabei auf, und verschwand.

»Was hat die denn an?«, wisperte Petra, bevor sie anfing, hysterisch zu kichern.

»Ist von meiner Mutter. Habe ich auf dem Speicher gefunden. Brunhilde hat gesagt, sie schläft normalerweise nackt. Aber den Anblick wollte ich mir nun wirklich nicht jeden Morgen antun.«

Jetzt kicherten sie beide. Bis Petra wieder einfiel, warum sie da war. Sie zog einen Flunsch und beschloss, trotz der frühen Stunde ins Büro zu gehen.

»Erst trinkst du mit mir einen Tee«, befahl Hanna. »Wenn ich dir schon nichts über deine Zukunft sagen konnte, möchte ich mich doch bei dir und Maik bedanken für den Tipp mit der Versteigerung. Ich lade euch am Samstag ins Restaurant *Zum Treppchen* ein.«

»Zum Lieblingsschnitzel? Das wird Maik freuen.«

Der Isländer hatte sich anfangs mit der hessischen Küche schwergetan. Den Handkäs' hatte er mit Messer und Gabel gegessen. Die Grie Soß' für einen Smoothie gehalten. Inzwischen hatte er seine Vorliebe für das Frankfurter Schnitzel entdeckt und lebte diese hemmungslos aus.

Doch erst einmal musste Petra an diesem Tag klären, was mit ihrem Handy war und was es mit Sigurds Kündigungsmail auf sich hatte.

Frederik pfiff gut gelaunt vor sich hin, als er und Petra sich vor den Redaktionsräumen trafen.

»Nanu, du bist ja so fröhlich heute«, wunderte sich Petra.

Ob er schon wusste, was ihr widerfahren war?

Offensichtlich, denn auf einmal schaute er betreten. »Geht es dir gut?«

»Ich wurde gefeuert«, antwortete sie dumpf.

»Ach so«, rief er aus und lachte. »Ich auch.«

Gemeinsam betraten sie das Gebäude.

»Was? Hat das was mit unserem Termin gestern zu tun?«

»Hast du denn die zweite Mail von Sigurd nicht gelesen?«

»Mein Handy ist weg.«

»Ach so. Hier.« Er zog Petras Mobiltelefon aus seiner Tasche und schwenkte es hin und her.

Der Aufzug kam und sie stiegen ein.

»Übrigens, das mit dieser Krüger, das ist ja der Hammer. Tut mir sehr leid für dich. Dafür, dass du mich vor dieser Person quasi gerettet hast, möchte ich mich bei dir bedanken.«

»Woher weißt du das?« Noch während sie fragte, fiel der Groschen.

»Minna. Sie war danach bei mir. Wir haben uns versöhnt. Dass sie dein Handy eingesteckt hatte, fiel ihr erst heute früh auf.«

Der Aufzug hielt mit einem Ruck. Sie stiegen aus. Im Büro brannte Licht. Sigurd und Natalie standen im Büro des Chefredakteurs. Beide wirkten gut gelaunt.

»Da seid ihr ja!«, rief Sigurd aus. »Herzlichen Glückwunsch!«

»Glückwunsch, wozu?«, fragte Petra entgeistert.

»Hast du meine Mails nicht gelesen?«

»Nur die, mit der du mich gefeuert hast. Dann war der Akku leer.«

»Ach herrje!« Sigurd schüttete sich fast aus vor Lachen. Jetzt betraten auch die anderen Kollegen das Büro.

»Jetzt aber alle ins Besprechungszimmer«, forderte Sigurd.

Dort verkündete er dann sämtliche Neuigkeiten.

»Die neuen Herausgeber haben unsere Vorschläge aufgenommen und in Form gegossen. Die *Langener Morgenpost* wird erhalten bleiben, wie sie ist. Zusätzlich zu unserer eigenen bekommen wir eine weitere Online-Redaktion. Dort werden neue Angebote erstellt. Das *Egelsbacher Tagesecho* beispielsweise und andere, ähnliche reine Online-Formate zusammengefasst. Unter dem Dach von Qualitätsjournalismus.«

Jetzt warf Sigurd mit dem Beamer ein neues Organigramm an die Wand. Es enthielt noch keine Namen.

»Wie ihr seht, gibt es eine Chefredaktion, die über allem steht. Dazu zwei Stellvertreterposten. Einer für die Printausgabe, einer für alle Onlineausgaben.« Es folgte eine kleine Kunstpause. »Falls es euch interessiert, wer diese Positionen besetzen wird: Hier sind die Namen.«

Das nächste Organigramm führte bei Petra zu einer leichten Verkrampfung. Konnte das sein? Sie sollte stellvertretende

Chefredakteurin der Printausgabe werden? Sie blickte unsicher zu Frederik, der ihr aufmunternd ein ›Daumen hoch‹ signalisierte. Auch die Kollegen von Wirtschaft und Politik und Sport nickten ihr wohlwollend zu. Das hieß offenbar, dass sie gar keine Ambitionen auf diesen Posten gehabt und dies auch bei den Vorgesprächen so kommuniziert hatten. Ganz im Gegensatz zu Petra, die sehr klar ausgesprochen hatte, wohin ihr Weg sie führen sollte. Nur eben, dass sie noch nicht an jetzt, sondern an später gedacht hatte.

Sie schluckte, weil ihr ganz kribbelig wurde. Sie würde aber ohne Frederik auskommen müssen, was sie jetzt schon schmerzte. Ihr Praktikant würde nämlich am Ende des Jahres in die Online-Redaktion wechseln. Wer dort die Chefredaktion übernahm, stand nicht auf dem Blatt.

Doch Sigurd ließ die Katze gleich aus dem Sack.

»Ich bitte jetzt unseren neuen Kollegen herein«, rief er laut aus.

Gleich darauf dachte Petra, sie müsse vom Stuhl fallen.

»Maik! Was machst du denn hier?«

Ihr Freund schaute etwas betreten drein. Jetzt erst einmal gab es keine Gelegenheit, sich auszusprechen.

Denn Sigurd begrüßte nicht nur Petras Freund als neuen Kollegen und Stellvertreter, er verkündete auch, dass die zwei altgedienten Redakteure Altersteilzeit anstrebten. »Die freiwerdenden Positionen, auch der Praktikumsplatz, sollen vorzugsweise weiblich besetzt werden, denn wir haben hier noch Nachholbedarf.«

Das war einer von Petras Punkten gewesen und sie war wirklich bass erstaunt darüber, wie schnell so etwas umgesetzt wurde.

252

Mitten in das sich jetzt anschließende Gespräch hinein meldete sich Petras Handy. Hanfstängel war es.

»Sorry!«, flüsterte sie Sigurd zu. »Hot News, ich muss sofort an meinen PC.«

Die Aussprache mit Maik fand später am Tag im Café *EisAnita* statt. Während sich im Hintergrund zwei Paare mittleren Alters für die Tageszeit etwas zu früh mit einem »Auf einen schönen Abend« zuprosteten, versuchte Maik seiner Freundin zu erklären, warum er ihr nicht früher Bescheid gesagt hatte.

»Es tut mir leid, aber ich habe mich tatsächlich erst in letzter Sekunde dafür entschieden«, verteidigte er sich. »Zwar hatte ich mit einigen Leuten aus den Online-Foren Termine wahrgenommen. Wollte wissen, ob das was für mich ist. War schon drauf und dran, abzusagen, weil ich mir nicht vorstellen konnte, meinen Job bei dem schwedischen Gourmet-Magazin an den Nagel zu hängen.«

»Und jetzt?«

»Jetzt habe ich eine Dreiviertelstelle hier und schreibe weiterhin, wenngleich weniger, für die Schweden.« Er legte seine Hand auf ihre. »Wir haben ab sofort wesentlich mehr Zeit füreinander.«

»Du hättest mir trotzdem was sagen können«, maulte Petra.

»Und dich enttäuschen, falls es nicht klappt? Das wollte ich nicht. Außerdem war Stillschweigen vereinbart.«

»Ich weiß gar nicht, ob ich das kann. Stellvertretende Chefredakteurin.«

»Du schaffst das.« Er gab ihr einen raschen Kuss.

»Und jetzt erzähle mal, was der Michi dir verraten hat.«

»Erfährst du alles morgen in der offiziellen Pressekonferenz.«
So ganz wollte sie ihn nach seiner Heimlichtuerei nicht davonkommen lassen.

»Petra!«

»Ja, ja.« Sie konnte ihm einfach nicht böse sein.

»Der Verdächtige hat auch in der Vergangenheit, also schon an seinem Wohnort und den Einsatzorten, Giftköder ausgelegt. An dem Tag, an dem Zita Kirsch zu Tode kam, hat sie ihn im Mühltal erwischt und zur Rede gestellt. Sie war ja eine große Tierfreundin, hatte selbst zwei Hunde. Es kam zu einem Streit, sie hatte ihn sofort als einen Hotelgast identifiziert, hatte ihn dort gesehen und ihm mit einer Anzeige gedroht. Er wusste, er kommt nicht davon, wollte sie beruhigen. Dabei hat er sie gestoßen und sie fiel mit dem Kopf unglücklich auf einen der Sitzsteine. Als er merkte, dass sie nicht mehr lebte, geriet er in Panik. Zog die Leiche ins Unterholz, sammelte die ausgelegten Köder wieder ein – sonst hätte man die Verbindung schneller hergestellt –, und haute ab. Als Zita gefunden wurde, gab es etliche Spuren, denen die Kripo nachging. So wie ich ja auch.«

Sie holte tief Luft, bevor sie fortfuhr. »Dann lief uns der Mann morgens über den Weg, verlor seine Mütze. Der Personenspürhund konnte seine Spur bis zu dem Punkt verfolgen, an dem er in einen Wagen gestiegen ist. Dass es kein normaler PKW war, sondern ein Bus oder Transporter gewesen sein musste, erfuhren wir da schon. Als sich herausstellte, dass Zita Kirsch Leberwurst an den Fingern hatte, wurde mir klar, dass sich ihre Wege und die desjenigen, der die Giftköder ausgelegt hatte, gekreuzt haben mussten. Und ich hatte beobachtet, wie drei Männer, die im selben Hotel wie Zita wohnten, in einen Transporter gestiegen waren. Nur einer von ihnen hatte dieselbe Statur wie der Mann, den wir im Mühltal verfolgt und verloren hatten.«

»Sicher, dass die Mütze ihm gehört? Ich meine, Lumpi ist ja kein Personenspürhund.«

»Hat aber offensichtlich eine feine Nase. Und ja, die Mütze gehört dem Verdächtigen.«

»Warum hat er das getan? Giftköder ausgelegt, meine ich.«

»Du hast die Narbe auf dem Gesicht des Mannes gesehen?«

Maik nickte.

»Er wurde als Kind von einem Kampfhund angefallen, der eigentlich an die Leine gehört hätte, und schwer verletzt. Seither hat er einen unbändigen Hass auf alle freilaufenden Hunde.«

»Scheint so, wenn ein Winzling wie Lumpi ihm Angst einflößen kann ...«

»Der Stalker wurde übrigens in die Psychiatrie eingeliefert. Er war nachweislich niemals in Langen. Seine Besessenheit von Zita ging so weit, dass er ihr auch noch im Tod nahe sein wollte. Und sei es damit, ein falsches Geständnis abzulegen.«

»Meine Güte.« Maik fuhr sich durchs Haar. »Das sind ja Sachen.«

»Genau. Wir sind schon online mit dem Artikel. Aurora habe ich telefonisch informiert, sie hatte fast einen Nervenzusammenbruch.«

»Triffst du dich noch einmal mit diesen ganzen *Tödlichen Ladys*?«

»Morgen, auf der Buchmesse. Marie-Theres Strobel hat mir angeboten, mich sofort in den Club aufzunehmen, sollte ich mal einen Krimi schreiben.«

»Was du hoffentlich nicht vorhast.«

»Wer weiß«, schmunzelte Petra versonnen. »Wer weiß ...«

33

Alle waren gekommen und brachten Sieglinde-Sheevas Wohnzimmer fast zum Platzen. Hanfstängel und Karina hielten verliebt Händchen. Brunhilde lachte bei jeder Gelegenheit so dröhnend, dass der Fußboden vibrierte. Nappes starrte sie dabei so verzückt an, dass sich Petra und Maik immer wieder angrinsen mussten. Ayshe Müller war da, Benno Schnappauf und Frederik mit seiner wieder versöhnten Maus. Osvald hatte in der Küche ein Büffet vorbereitet, von dem sich alle bedienten. Endlich war Ruhe eingekehrt in der Sterzbachstadt. Das Treffen der *Tödlichen Ladys* war vorüber, der Goldrausch vorbei und jetzt, am Montag, waren auch alle abgereist, die wegen der Buchmesse in der Stadt genächtigt hatten.

»Und Lumpi hat den Mann wirklich gewittert?« Minna konnte es kaum glauben.

»Möglich. Fakt ist: Der Mann hatte ein Mettwurstbrötchen in der Tasche«, antwortete Hanfstängel.

Karina prustete los. »Dann hat der Übeltäter womöglich zu früh gestanden.«

»Hauptsache, wir haben ihn.«

»Endlich sind wir wieder unter uns«, meinte Hanna. Seit sie im Besitz einer neuen Kristallkugel war, wirkte sie wie ausgewechselt.

»Ein Kommen und Gehen ist das jetzt wieder im Haus«, brummte Nappes.

Kein Wunder, es hatte sich herumgesprochen, dass erneut die Zukunft vorhergesagt wurde in der Bachgasse.

»Und – was gibt es Neues aus der Zwischenwelt?«, wollte Schnappauf wissen. Er und Frederik hatten sich anfangs angeknurrt wie zwei Kampfhunde, aber inzwischen ihre Animositäten mit Hilfe von ein paar Schnäpsen beigelegt.

»Ich sehe mehrere glückliche Paare«, vermeldete Hanna mit sanfter Stimme und strich sich einen nicht vorhandenen Fussel vom Rock. »Eines davon wird demnächst mit Nachwuchs gesegnet.«

Drei Männerköpfe fuhren zu ihren Frauen herum. Karina, die gerade in ein großes Stück Bananenkuchen gebissen und den Mund voll hatte, schüttelte mit aufgerissenen Augen den Kopf. Minna guckte erschrocken, wedelte dann ebenfalls ab. Und Petra prustete ihr »Ich bin definitiv nicht schwanger« geradezu heraus.

Sieglinde-Sheeva und Brunhilde riefen unisono, sie seien aus dem Alter raus. Ayshe verkündete, sie habe genug am Hals.

»Ja, aber wer ...«, stammelte Hanna. War die Glaskugel defekt? Oder vielleicht gar nicht echt?

Petra wollte ihre Großmutter gerade trösten, als ihr Blick zur Tür fiel. Die beiden Hunde standen dort, dicht nebeneinander. Lumpi, sie hätte es schwören können, hatte ein unternehmungslustiges Funkeln in den Augen. Und seine Freundin?

»Oh nein. Oh nein!«, schrie Sieglinde-Sheeva beim Anblick ihrer Königspudeldame auf und schlug sich vor Schreck die Hand auf den Mund. Der Hund senkte schuldbewusst den Kopf. »Esmeralda! Wie konntest du nur!«

Sämtliche Köpfe flogen herum. Brunhilde lachte ungläubig auf. Hannas Augen wurden groß und rund. Osvald kicherte in sich hinein. Hanfstängel und Karina wirkten verdächtig nachdenklich. Frederik und Minna hingegen versuchten vergeblich, ein Grinsen zu unterdrücken.

»Auf das Ergebnis bin ich mal gespannt«, flüsterte Maik Petra zu, bevor sie beide einen so heftigen Lachanfall bekamen, dass alle Anwesenden davon angesteckt wurden und es ihnen gleichtaten.

Später sollte es in der Stadt heißen, man hätte sie vom Lutherkreisel bis zum Vierröhrenbrunnen gehört. Und damit ging das definitiv als das größte Gelächter aller Zeiten in die Annalen der Sterzbachstadt ein.

Dank und Nachwort

Auch für dieses Buch bekam ich tatkräftige und sachkundige Unterstützung, für die ich mich bedanken möchte.

Harmke Horst ist Mantrailerin und Autorin von Fachbüchern. Sie kennt sich mit allem aus, was man zu Personenspürhunden wissen muss. Für dieses Buch hat sie mir ihre Hündin Esra ausgeliehen, die in der Geschichte eine kleine, aber sehr wichtige Rolle spielt.
Mehr über Harmke auf ihrer Webseite
www.harmkehorst.de

Reinhold Werner gehört zum Kreis der HEIMATKUNDIGEN in Langen und hat sich mit seinen Vorträgen unter anderem dem Sterzbach, der Lebensader der Stadt, gewidmet. Ihm habe ich es zu verdanken, dass ich mehr darüber schreiben konnte, als ich anfangs wusste.
Mehr über die HEIMATKUNDIGEN Langens auf der Webseite
www.vvv-langen.de/heimatkunde

Markus Striegl ist Singer-Songwriter und Organisator vieler Musikveranstaltungen in der Sterzbachstadt. Er gestattete mir, eine Strophe aus dem Text seines Songs *Das Leben ist schön* zu verwenden. Ich freue mich sehr darüber.
Mehr über Markus auf seiner Webseite
www.markusstriegl.de

Christine Meyerhöfer ist eine passionierte und begabte Fotografin. Sie hat mich mit großer Geduld bei einigen Recherchen begleitet, mein Auge für passende Motive und Handlungsorte gestärkt und mich immer wieder inspiriert.
Mehr über Christine und ihre Fotokunst auf
www.instagram.com/christinemeyerhoeferphotoworks

Mit niemandem plaudere ich lieber über Bestattungsfragen als mit Helga Oehmen von der Pietät Daum. Bei ihr bekomme ich stets Antwort auf meine Fragen, was in mehr als einer Hinsicht beruhigend ist. Auch für diese Geschichte hat sie mir mit ihrem Fachwissen unter die Arme gegriffen.

Mein Mann Wolf-Ingo hat mich vor vielen Jahren nach Langen gebracht, mit ihm habe ich einst am Vierröhrenbrunnen die ersten Ideen für die Sterzbach-Krimis ausbaldowert. Er hat auch dieses Buch im Hintergrund wieder begleitet. Mit Tipps und Motivation und Schreibwissen. Und auch dieses Mal wurde wieder eines klar: Wenn es in einem Schriftsteller-Haushalt etwas gibt, das es nicht gibt, dann ist es Langeweile.
Mehr über Wolf-Ingo auf seiner Webseite
www.wolfingohaertl.de

Für etwaige Verständnis- oder Übertragungsfehler oder sonstige Patzer trage ganz alleine ich die Verantwortung.

Ein besonderes Dankeschön geht an Sie, meine lieben und treuen Leserinnen und Leser. Ohne Ihre begeisterten Rückmeldungen wäre es beim ersten Schmunzelkrimi aus der Sterzbachstadt geblieben. Nun sind es drei geworden; mal sehen, was es für Petra in Zukunft noch zu ermitteln gibt. Sachdienliche Hinweise nehme ich jederzeit gern entgegen.

Darüber hinaus ist mir Ihr Feedback immer willkommen. Wenn Sie sich mit diesem Buch gut unterhalten gefühlt haben, lassen Sie es mich gern wissen oder geben Sie eine Empfehlung auf einer der gängigen Buchplattformen ab.

Abschlussbemerkung

Es gibt eine Vielzahl von Netzwerken für Autorinnen und Autoren. *Die Tödlichen Ladys* gehören nicht dazu. Ich hatte aber großen Spaß daran, den edlen Club für dieses Buch zu erfinden.

Wer Gold schürfen möchte, kann dies tatsächlich fast überall in Deutschland tun, ausgenommen sind ausgewiesene Naturschutzgebiete und Privatgelände. Aber bevor Sie sich nach der Lektüre dieses Buches hoffnungsvoll aufmachen - am Sterzbach werden Sie meines Wissens leider vergeblich suchen.

Nicht immer war es möglich, für die Cover dieser Reihe die Örtlichkeiten mittels Fotos oder anderer Vorlagen 1:1 abzubilden. Aus diesem Grund habe ich mich teils oder gänzlich für idealtypische Varianten entschieden.

Sie möchten hin und wieder Neuigkeiten über meine Bücher, Lesungen und Schreibworkshops erhalten oder mir gelegentlich am Schreibtisch über die Schulter schauen?
Dann abonnieren Sie doch meinen Newsletter *WortKonfetti*.

Herzlichst
Cornelia Härtl

www.cornelia-haertl.de
hallo@cornelia-haertl.de

Weitere Schmunzelkrimis von Carla Wolf

Der Tote am Vierröhrenbrunnen
Der erste Schmunzelkrimi aus der Sterzbachstadt Langen

Die Sterzbachstadt in Aufruhr: Am Morgen nach dem beliebten Ebbelwoifest liegt ein Toter am Vierröhrenbrunnen. Was zunächst wirkt wie ein Unfall, entpuppt sich schnell als Mord. Doch wer war der Unbekannte und warum wurde er ins Jenseits befördert? Die Journalistin Petra Koslowski gerät bei ihren Recherchen schnell in den Strudel der Ermittlungen und wird tiefer in das Geschehen hineingezogen, als ihr lieb ist. Denn unter dem Mantel der Wohlanständigkeit tun sich bei einigen prominenten Persönlichkeiten der Stadt Abgründe auf. Damit nicht genug, erhitzt der Wahlkampf um das Bürgermeisteramt die Gemüter und sorgt für reichlich Zündstoff. Als Petra einen Hinweis erhält, beides könnte zusammenhängen, bricht sie mehr als eine Regel, um die Wahrheit herauszufinden. Da taucht plötzlich ein attraktiver Fremder auf. Maik Larsson erobert das Herz der jungen Frau im Nu. Doch kann sie ihm trauen?

Ein Wohlfühlkrimi aus Hessen.

Tod im Krötsee
Der zweite Schmunzelkrimi aus der Sterzbachstadt Langen

Die entspannte vorweihnachtliche Stimmung in der Sterzbachstadt wird jäh unterbrochen, als man im nahe gelegenen Krötsee eine eingefrorene Leiche entdeckt. Schnell wird eine totale Nachrichtensperre über den Fall verhängt, was die journalistische Neugier von Petra Koslowski, Reporterin bei der *Langener Morgenpost*, erst richtig weckt. Auch der Polizist Michael Hanfstängel und seine neue Kollegin Ayshe Müller haben gute Gründe, der Sache heimlich weiter nachzugehen. Doch trotz eines geheimnisvollen Zeugen lässt eine heiße Spur lange auf sich warten. Gleichzeitig kommt die angesagte Kochshow »Feuer unterm Topf« in die Stadt. Moderiert wird sie von der glamourösen Pernilla Groth. Die scheint es ausgerechnet Petras Freund Maik angetan zu haben. Ein Umstand, der kurz vor Weihnachten für Eifersucht und Missverständnisse sorgt. Dabei entgeht der engagierten Journalistin beinahe ein Hinweis darauf, wie nah der Täter ihr bereits ist ...

Ein Wohlfühlkrimi aus Hessen.

Alle Schmunzelkrimis sind in sich abgeschlossen und lassen sich unabhängig voneinander lesen.